翼竜館の宝石商人

高野史緒

講談社

目次

翼竜館の宝石商人

アムステルダムにある噂(うわさ)が流れた。

夜、市庁舎の回廊を隻眼(せきがん)の王の霊がさまよい歩くという。

大騒ぎにこそならなかったが、その噂は絶えず市中を流れ続けた。この街に張り巡らされた運河のように。あるいはこの街を絶えず浸(ひた)し続ける忌々(いまいま)しい湿気のように。

目撃譚(たん)には異同も多かったが、一つだけ、誰もが口を揃(そろ)えて言うことがあった。刀傷で潰(つぶ)された左目だ。それは古代ローマ時代の英雄、クラウディウス・キウィリスに他ならない。もちろんこの一六六二年の現代に、そんな黴(かび)も生(は)えないほど古い王の面など拝んだことのある人間はいない。分かりやすい元ねたがあるのだ。王は市庁舎の歴史画から抜け出してくるのだという。王が絵から出てきて、夜な夜な回廊を徘徊(はいかい)し、残された右目で目撃者を鋭く見つめ返すということだった。

だが、そんな時代がかった幽霊話の舞台は、何年か前にできた新しい市庁舎だった。壮大と言えば壮大な建物だが、所詮商人どもの国の役所だ、さほど華麗でも荘厳でもない。旧い曰くもなければ伝説もない。悲劇の歴史もない。しかも目撃者の大半は、夜回りの用務員や、些末な用事で退庁が遅れた小役人ばかりだった。こんなつまらないところに王冠を戴いた古代の英雄が現れるというのも、いかにも奇妙な話ではないだろうか。

人為的に仕組まれ、入念に運営された幽霊騒動という可能性も無くはない。庁舎は一階の窓には頑丈な鉄格子があり、戸締りも厳重だったが、中の人間が通用口の一つも開けておけばことは足りる。だが一体何のために？　遊びにしては面白みに欠け、嫌がらせとしては押しが弱い。

一つ考えられるのは、そこから何か金銭的な利益が生じるという場合だ。

何しろここは、商売人と金貸しの都だ。

アムステルダムの住人の大半は表向きは慎ましやかで堅実だ。教養は全体的に高く、読み書きのできる労働者も少なくはない。新教徒の国だが、ユダヤ人やカトリック教徒と共存する寛容さも持ち合わせていた。が、それは言わば商売のためにやっているだけのことで、理想の叡智でも何でもない。噂好きで利にさとく、目先の得のために我を通す連中ばかりだ。

住民の多くは、何らかの形でものの売り買いに関わっている連中なのだ。彼らは風聞や女たちのおしゃべりの中にも商売の種があることを知っている。時にはたった一つの噂で株価が大きく動くこともある。香辛料を積んだ船が沈んだというデマが意図的に流されることも稀ではない。もし役所の幽霊騒動で得をする者がいるとすれば？余所の国でなら馬鹿話だが、ここでは真剣に考えるに値する。

得をする者はいるだろう。何しろ、絵画には「価格」というものがある。描かれた人物が画布から出てくるほどの迫真の絵画ともなれば、高値がつくに決まっている。気味悪がって安値も構わず叩き売る者もいれば、それを買い叩いて高値で転売する者もいるはずだ。その画家の新作を欲しがる者も当然出てくるだろう。どうですか？レンブラント親方？　あなた儲かったんじゃありませんか？　絵、売れるでしょ？注文増えたでしょ？　みんなあなたの絵を欲しがるでしょう？　それより、あなたんとこの工房、夜中になるとさぞかし賑やかじゃありませんか？　ところで描きかけの人は出てくるんですか？

そんな問いに悩まされ、彼が家から出なくなってひと月半ほど経った。レンブラント・ファン・レインの名はすでに、画家としての名声に輝き、借金と愛人の醜聞にまみれていたが、これでまた怪談という名誉を授かったわけだ。

ローゼンフラフト通りの工房兼自宅の小さな借家は、日の出から宵の口まで、通りすがりを装った野次馬の視線にさらされた。かつては貴族のように装って美人妻を連れ歩いたこの画家は、絵に描いたような浪費と没落を経て、今や昔日の面影はない。絵の具のしみついた作業着のほかにはろくに着るものもなく、齢まもなく六十にならんとする身体に鞭打って、日々、借金返済のための絵を描いている。世間の人々も一時期は同情という体裁で好奇心を寄せていたが、それもだいぶ手垢がついて飽きられ、最近ではもうほとんど忘れられた存在だった。それがこういう形で再び脚光を浴びたのである。実際、絵の依頼者は増え、過去の作品の売買価格も上がったのだ。

さて、キウィリス王の幽霊に儲けさせてもらっているのは誰かな？　そんな冷笑も聞こえてこなくはない。防波堤を務める息子の労苦も甲斐なく、噂はどこからともなくレンブラント親方本人の耳にも入った。

何とでも言うがいい。親方は世間に対しては何も反論せず、ただ筆を握った。どんな噂にも動じないほどの精神力があるわけではない。彼はネーデルラント人らしく、ただただ画家としての自分を押し通しただけだった。確かに仕事の依頼は増えたが、おかしな輩も多く、彼らの相手をしていたのでは仕事にならない。だいたい、絵の転売価格はどれほど高騰したところで、当の画家本人の懐にはびた一銭入らない。

アムステルダムは大騒ぎにこそならなかったが、ひそやかに噂は流れ続けた。淀(よど)んだ汚水溜(だ)めに見える運河が、実は絶え間なく流れているようにだ。夜になると、キウイリス王がレンブラント親方の絵から抜け出して市庁舎の回廊を彷徨(さまよ)い歩くという。もっともその噂は、間もなくより荒唐無稽な噂によって上書きされることになるのだが。

一六六二年の晩夏のことである。

一日目

　九月のとある夕刻、ナンド・ルッソは西日で蒸し上がった広場を抜けると、アムステルダム市庁舎に入っていった。

　五段ばかりの外階段を登っただけで蒸し暑さは和らぎ、石造りの市庁舎の中に入ると、気温も湿度もはっきりと分かるほど下がった。うっとうしいアムステルダムの夏も、もういい加減終わっていい頃だ。運河のすえた臭いも、魚の傷みを早くする湿気も、何もかもがうんざりだ。もっとも、冬になればなったで、運河はすえた臭いのまま凍結し、湿気は老人の関節を痛ませるだけだ。

　広間の空気は晩夏の表通りよりはひんやりとしていたが、日中さんざん人が出入りしたせいだろう、埃が立ち、窓から入る西日は光の帯になっている。この真新しい市庁舎は長方形の建物で、中庭を二つに分ける形で中央広間を配していた。正面は真東を向き、四方が正確に東西南北を向いている。建物の下半分は壮大な吹き抜けでできており、今やヨーロッパ一、ということはおそらく世界で一番の巨大な役所だった。

この国際都市を訪れる客が好んで買い求める冊子によると、広間は奥行一三〇フート（三七メートル）、幅六五フート（一八メートル）、高さが九六フート（二七・五メートル）あるという。広間の奥には地球をかついだ巨大なアトラス像があり、彼が見下ろす床には大理石の床材に描かれた世界地図が配されている。アムステルダムが世界の中心であり、世界中にネーデルラントの植民地があることを示した地図だ。広間を行きかう市民は、東インド会社よろしく世界を堂々と渡り歩けるという趣向になっている。

馬鹿馬鹿しいと言えば馬鹿馬鹿しいが、王や皇帝というものを持たない国には、分かりやすく権威を表す何かが必要だった。王国の羨ましいところは、王国は王国で、王様が一番偉いとはっきり分かるところだろう。しかしネーデルラント市民は、常に意識して共和国というものを心に思い描いていなければいけない。

ネーデルラントは世界の中心だ。より正確に言えば、世界の銭金の流れの中心だ。

少なくとも、今のところは。

ナンドは広間を横切って奥の回廊に向かいながら、見るともなしに人々の身なりや顔つきをながめた。

若い寡婦、高価そうだが古ぼけて擦り切れた服をまとった老人、宝石を身に着けた男、相場師の目つき、東方教会の十字架、娼婦上がり特有の動作、小心翼々の優良市民、イスパニアのレース飾り、アジアの香辛料の匂い。ナンドとすれ違った市民たちは、一人ひとりがその身なりや顔つきにそれぞれの来し方を秘めている。閉庁時間が近づいているからだろう、人影はさほど多くもなく、みな玄関に向かっていた。ナンド一人が流れに逆らっている格好だった。

ここに来たのは四、五回ほどだが、ナンドはどこに何の部屋があるのかを、少なくとも一般市民が足を踏み入れてもいい範囲ではすっかり把握していた。財産競売や古物売買に関する情報を求めて、丸一日かけて全ての部署を訪ね歩いたことがあるからだ。ようやく面会が許された役人たちの迂遠な話から分かったのは、以下の二点だけだった。共和国政府も市当局も個人の財産にはほとんど干渉しないことと、裁判所命令による競売は庁舎の片隅に掲示が出るということだ。

広間を渡り切って左折すると、ナンドは回廊の南西の角に向かった。そこには二十人ばかりの人だかりがあった。集まっているのは、競売の公示を見に来た市民たちだ。この時間にはもう日が当たらない中庭からしか採光がないので、みな掲示板にへばりつくようにして目録を調べている。

家や家財道具から絵画、宝石、東洋の陶器類など、毎週のように何かしらの出物があった。特に船が沈んだ後は、商材を失った商人や投機に失敗した仲買人が補塡のために財産を放出するので、高価な品物が出てくることが多い。ここに来る市民たちはみな、漁るべき獲物の見当をつけに来ている。言わば合法でお高くとまった火事場泥棒だ。

ナンドは自分もその一員かと思うと、いくらか気がふさいだ。小声でささやき交わす人々から距離を取り、数歩後ろをそっと歩く。そうしながら、掲示を一通り眺めまわす。こういう時、持ち前の視力の良さがものをいう。当分の間、宝石類の競売はないようだった。

今日は見るべきものは何もない。いや、今日も、と言うべきだろう。ナンドはそのまま南回廊をまっすぐ行って、出入り口に向かおうとした。が、ふと異変を感じてその場に立ち止まった。

回廊にいる二ダースほどの市民たちは、競売の掲示だけを見ているのではなかった。彼らは悪い噂をささやき合うように、ある方向にちらりちらりと視線を走らせているのだ。あからさまに凝視したり指差したりしないように気をつけながらだ。ナンドは彼らが気にしているのが何なのかをすぐに見つけた。

それは一枚の壁画だ。回廊にはネーデルラントの栄光を描いた小難しい歴史画が何枚も掲げられているのだが、例の観光客向けの冊子によると、それらは新庁舎を作る際にアムステルダム中の有名画家たちに発注されたものだという。市民たちが後ろめたそうな一瞥を送っているのはそのうちの一枚だった。他の絵には目もくれないありさまだ。南西の角という恐ろしく採光の悪い場所に、その絵はあった。

どうやらそれが噂の『クラウディウス・キウィリスの謀議』のようだ。目を潰された老王らしいのが真ん中にいるのだから、そうに違いない。ナンドは回廊のあちこちに絵画があることに気づいてはいたが、今までそれらに目を向けることはなかった。絵などどうでもいいからだ。が、昨夜、宿の酒場で陶器の卸商たちからキウィリス王にまつわる怪談話を聞かされ、にわかに好奇心がわいてきたのだった。

なるほど変わった絵だ。他の絵は赤だの青だのを塗りたくって神話か何かの場面を描いた似たり寄ったりの代物だが、問題の一枚はまるで違っていた。ほとんど色はない。闇の中で黄色みがかった小さな明かりがあるだけだ。そこに照らし出された戦士たちという図は、薄暗い片隅に掲げられているだけに不気味なほど現実じみている。

キウィリス王は大昔の偉い学者の書物に出てくるという、ほとんどおとぎ話の人物だ。ナンドは彼が本当に実在したのかどうかを知らない。絵は、キウィリス王とその同族の貴族たちが、大国ローマの侵略に対してこの地——今でいうネーデルラント——の独立を守り通すために誓いを立てるとか何とか、そういう場面を描いたものだという。

王は金属の環(わ)をあしらった丈高のターバンのような冠を戴き、胸元に幅広の剣を掲げて、男たちの忠誠の剣先を受け止めている。王の潰された左目は力なく瞑(つぶ)られ、眼帯などで隠されることもなく、あからさまに描かれていた。残された右の眼光は鋭い。荒々しいひげに覆われた口は少しばかり開かれている。夜の廃墟(はいきょ)に集合したひげ面の男たち。卓の上には小さな光に向かって差し出された幾つもの剣や杯。

ナンドは南回廊の真ん中に立って見入った。が、何かがその注意を逸(そ)らした。ナンドと壁画の間にいる市民たちの様子がおかしいのだ。彼らは振り返り、いぶかしげな視線をナンドに向けたかと思うと、さも何事もなかったかのように玄関の間へと消えていった。いや、その視線はナンドに向けられたものではなかった。ナンドも振り返った。その周囲にいた市民たちも、きまり悪そうにある人物を横目でとらえ、そろりそろりと出口へと向かっている。

掲示板の前に残ったのは、ナンドともう一人の男だけになった。後ろから見ただけでも、身体つきからして、かなり若いと分かる。まだ少年と言ってもいいくらいだろう。縁なし帽をかぶり、長めの巻き毛を肩に垂らしている。黒っぽい上着は古着なのか、体に合っておらず肩が下がっている。ナンドはわざと足音を立てて男の横に回りこんだ。それでも気づく様子はない。左腕で身体の前に抱え込むようにして構えた板には、隅に金属製の紙留めがついている。男はそこに挟(はさ)んだ大きな紙に、鉛筆で何かを書きこんでいた。どうやら競売の掲示板を書き写しているようだ。

青年は掲示板に顔を上げ、ちらりとナンドに視線を向けた。彼は視線を外すと、少し大げさに重心を左足から右足に移し替えた。貴方(あなた)を見ようとしたわけではありませんよ、ただ姿勢を変えただけですよという、わざとらしいほど明らかな主張の動作だ。

ナンドはあと数歩の距離を詰め、失礼だがと声をかけた。

「あの絵を描いたのは君か？」

青年——さすがに少年というにはとうが立っている——はびくりとしてナンドを見上げ、そのまま固まってしまった。もちろん返答は無い。面長だが幼い印象を与える顔立ちだった。厚みのあるまぶたや唇、丸い鼻先のせいだろうか。女のように柔らかそうな茶色の巻き毛が肩にかかり、ひげも産毛(うぶげ)程度にしか生えていない。青年は戸惑ってはいるが、その目は一瞬でナンドの容貌を隅から隅まで把握したのが分かった。

鷲鼻（わしばな）、高い頬骨、潮風と太陽にさらされた皮膚、眉間に刻まれたしわ、険しい目つき。曖昧（あいまい）な色の髪は荒れ放題で、異様なほど濃いひげは口元を残して青々と剃（そ）りあげてあるが、夕刻にはもう伸びてきてしまう。ナンドは自分のこの容姿を決してよいものとは思っていない。が、青年は何かしら神々（こうごう）しいものでも見つめるような目でこちらを見ていた。ナンドも不思議と、この見知らぬ優男（やさおとこ）に親しみを覚えた。

青年は動揺を隠すようにナンドから目をそらしたが、思い直して再び顔を上げた。彼は答える代りにこう聞き返したのだった。

「どうしてそう思うのですか？」

「君は画家だろう？」絵を見る目はないが、観察力まで無いわけではない。「そういうのは画家が使う道具だ。それに、君に気づいてから皆の態度がおかしくなった。あの絵と君を見比べながら逃げていった」

ナンドは市民たちが降りていった階段のほうに顎（あご）をしゃくった。

「ろくでもない怪談話なんぞ気にするな。ああいう小金持ちは退屈を紛（まぎ）らわせる刺激に舌なめずりしているだけだ」

青年はナンドの言葉に戸惑いを見せたが、その目は助けを求める子供のようだった。

「ありがとうございます。そんなふうに言って下さる方は多くはありません。でも、旦那様は、あの絵をどう思われますか？」

「旦那様だ？　そういう胸糞の悪い呼び方はやめてもらおう。俺はフェルナンド・ルッソ。ナンドと呼べ。敬称などつけたら二度と口はきかん」

「すみません。僕はティトゥス・ファン・レインと言います」

こういうやりとりがあった後でも、ティトゥスと名乗った青年は多少ためらう様子を見せただけで、改めて質問をし直してきた。あの絵をどう思うか、だ。きれいで押しの弱い声をしていながら、要求ははっきりしている。こういう肝の据わった若造は好ましい。こうでなければ、自作が人目にさらされる画家などやってゆけないのだろう。

『キウィリス』は薄気味悪いの一言だ。絵に描かれた人間を見ているのではなく、廃墟の物陰にひそんで彼らの集会を覗き見している気分になる。キウィリス王は覗き見る者の存在に気づいているに違いない。なるほど批判されるのも無理はない。俺のように教養もへったくれもない人間にも分かる。これはどう見ても、神格化された英雄たちではない。これじゃ山賊の集会だろうが。だが、本当に国を守るのは、こういう命を捨てた連中であるはずだ。

ナンドは思ったことをそのまま口にした。あまりにもそのままであり過ぎ、しまったと思ったが、後の祭りだ。これでも褒めているつもりだったのだが。絵の褒め方など皆目わからない。ティトゥスは少し眉尻を下げた表情で嘆息した。

「ありがとうございます。今まで何人もの画商や蒐集家たちがあの絵を評してきましたが、あなたほどあの作品の本質を摑んだ方はいません」

意外な答えだった。だがティトゥスの表情を見る限り、それはお愛想でもお世辞でもなかった。

「それならよかった。君は若いのにすごいな。俺でさえ、ティトゥス・ファン・レインという名前に聞き覚えがある気がする。よほど有名なんだろうな」

「残念ながら……いえ、幸いにしてと言ったほうがいいでしょうか、僕は作者ではないんです。描いたのは僕の父、レンブラント・ファン・レインです。僕は父の助手もしますが、実質的には画家と言うより画商です」

ティトゥスは腰から下げた皮袋に鉛筆をすべりこませると、紙挟みを閉じた。そのまま立ち去るかに見えたが、そうはしなかった。ナンドが羽虫を払うのに手を挙げると、ティトゥスはそれを目で追った。何かきっかけを待っているようでもある。ナンドは助けるつもりで直截的に尋ねた。

「ついでと言ってはなんだが、もう一つ聞かせてほしい。何故、ずっと俺を見ていた？」

「すみません。気づかれているとは思いませんでした。僕はその、あなたを見ていたというより、その指輪が気になっていたんです」

ティトゥスは思った以上にあっさりとそう答えた。後から考えれば、彼は最初からその件でナンドに声をかけるつもりだったようだ。

「指輪？　ああ、これのことか」

ナンドは左手を上げ、小指の指輪を見せた。トルコ石と珊瑚をあしらった、やや派手な指輪だ。

「目立つだろうな。ネーデルラントで男がこんな指輪をしていれば、頭がおかしいと思われても文句は言えん」

「いえ、そういうことではないんです。個人的なことなんですが、どうしても、その、僕の母の形見の指輪のように見えて……。珊瑚とトルコ石の数が合っていないので、ここだけ珊瑚が二つ並んでしまってますよね。ひどい造りですが、確かスペインのもので、裏側にはアムステルダムで彫らせたという母の旧姓の頭文字、SとUを組み合わせたものが彫られているんですが……」

「そうなのか。欲しかったらやる」

「まさか！　そんなわけにはいきません！　父が破産した時に正式に競売で売られたものですから、僕に権利はないんです。ただ、母のものはいつか一つでも買い戻せないかと思っていて……」

　彼が競売の掲示を見に来ていたのはそれが理由なのだろう。

「今すぐ買い戻すのは無理ですが、せめて確認だけでもさせていただければと思ったんです」

「俺も自分が何故こんなものを嵌めているのか覚えていない。悪趣味だしうっとうしいしで外したいんだが、小さすぎて動かない。油があれば外れるだろう。邪魔なので引き取ってくれるとむしろありがたいんだが」

　邪魔だの悪趣味だのと言ってからまたしまったと思った。ティトゥスにとっては大切な指輪だ。いずれにせよ、外したいのも厄介払いしたいのも本心だった。こんなものをどこでどう手に入れたのか、まったく記憶がない。

　それから少し押し問答はあったが、退庁を促しに来た役人に急かされる格好で、二人はヨルダーン地区にあるファン・レインの家に向かうことになった。

　晩夏の日差しで一日中暖められた運河からは、藻と腐敗の匂いがわいていた。気にすまいとしても、ドイツで発生したという疫病(えきびょう)の噂が脳裏をよぎる。瘴気(しょうき)、湿気、臭い、風通しの悪さ。そういったものが混じり合って、また新たな不愉快さが生まれる。水面には緑色のしわが寄っていて、その上を行き交うはしけがそれに新たなしわを刻んでゆく。

ファン・レイン父子(おやこ)の家は、市庁舎を出て広場と反対側の運河を六本越え、ローゼンフラフト街を三町(ちょう)ほど行ったところにあるという。運河六本と聞くと恐ろしく遠いように思えるが、運河と運河の間隔は家一軒か二軒分しかなく、実際にはたいした距離ではなかった。

このヨルダーン地区はいかにも新しい街らしく、道も運河も真(ま)っ直(す)ぐで、建物も古びてはいない。が、その建物がそもそも安普請(やすぶしん)の狭小住宅ばかりなので、場末という印象はまぬがれなかった。貧民街でこそなかったが、限りなくそれに近い。市街の中心地よりも人通りが多いのは、狭い家々に大勢の住人が詰め込まれた街であることの証(あか)しだった。

道端で仕事をしていた職人たちが、道具を片づけて家に戻ろうとしている。もうすぐ当該の住所に行きつこうかという頃、ティトゥスは突然横道に入り、一本裏の運河のない通りに向かった。

ナンドはわけも聞かずにそれについて行った。表通りで誰かがこちらに向かって走って来ようとしたのが目に入ったからだ。さっき市庁舎でティトゥスは借財と競売の話をしたばかりだ。この古着を着た画商がいまだに負債の取り立てにあっていたとしても不思議ではない。

裏の通りで、ティトゥスは一軒のパン屋に入った。顔なじみであるらしく、互いに短い挨拶を交わしただけで、店主は背後の棚から擦り切れた麻袋を取り出し、ティトゥスに押しつけるように寄越した。麻袋はよれよれで、おそらく、何年もの間この店とファン・レイン家を行き来しているものだろう。ティトゥスが店の奥を指差すと、店主はあごをしゃくるようにしてそれに応(こた)えた。その意味を察したナンドも、ティトゥスとともに裏庭に向かう。

ローゼンフラフト街の中庭には木も植えられ、花も咲いているが、使わなくなった道具類や修理を諦めた家財道具がそこかしこに放置されていた。日当たりの悪い掘立小屋を建てて土地を又貸ししているらしい家もあった。パンの匂いにつられたのか、臭い犬と大きな黒縞(くろしま)の猫がどこからともなく現れ、ティトゥスの足元にまとわりついた。犬はまたすぐにどこかに行ってしまったが、猫はまるで二人を先導するように中庭を渡っていった。

日没までにはまだ少し時間があるが、この狭苦しい中庭はもう日が射さない。掘立小屋に向かう人夫らしき男が一人、お喋りに夢中になっている老婦人が二人、そして廃材で建て増しした風体の家の勝手口には、男女の一組がいた。比較的身なりのいい青年が年増の女中を口説いているようでもあり、近所のもめ事で言い争っている風でもある。女は美女でこそなかったが、丸みのある顔立ちで、子猫のような愛嬌があった。ナンドが何とはなしにその女の方を見ているのに気づいたのか、ティトゥスが立ち止まって言った。

「そのうち噂が耳に入ると思うので先に言っておきますが、僕の義母、ヘンドリッキエ・ストッフェルスです」

ティトゥスはちらりとその年増女に振り返った。

「実の母は僕を産んですぐに亡くなりました。その後に来た二人目の……その、要するに乳母だったのが彼女です」

男やもめが乳母を雇い、乳母が愛人となり、なし崩し的に家庭に入るのは珍しいことではない。が、当の子供にとってはどうなのだろうか。ティトゥスの顔には歓迎も批判もなかった。真意は測りかねるが、ただ事実を事実として受け入れる、そう取れる表情だった。

二人に気づくと、ヘンドリッキェは助けを求めるように男のそばを離れ、ティトゥスのほうに身体を向けた。

「お帰りなさい、ティトゥス。もう、どうしましょう。この人、どうしても先生にって、きかないのよ」

あまり頭の回らない女特有の話し方だが、媚(こび)や計算高さを感じさせないせいか、悪い印象はない。この人呼ばわりされた男は、商人の匂いをさせた面長の青年だった。飾り気はないがあつらえものの服を着ており、下町の中庭でうろうろするような身ではなさそうだ。青年はティトゥスの姿を認めると、貴族に対してするように、帽子を取って頭を下げた。

「私はホーヘフェーン商会のマイヤーと申します。社主ニコラス・ホーヘフェーンの使いで参りました。若旦那様、どうかお願いです。どうか、ファン・レイン先生にお取り次ぎいただけませんでしょうか。どうか……」

ティトゥスは戸惑う様子を見せなかった。こういうことには慣れっこのようだ。

「申し訳ありません。弊社の工房は現在新たな注文を受けられる状態ではないのです。もちろん、ご希望でしたら順番待ちの名簿に登録いたします。その件については表の張り紙通りで、改めてご説明申し上げることはございません」

「張り紙は拝見いたしました。分かっております」

　それからしばらく、商人の定型文らしい言葉づかいでの押し問答が続いた。持って回った言い方だが、要するにマイヤーの主人がレンブラントに会わせろとごねているということだった。絵の注文ではないとのことだった。しかし、用件はマイヤーにも言おうとしないらしい。

　ティトゥスがどうかお帰り下さいと言って勝手口へと一歩踏み出すと、マイヤーはそれまでの落ち着いた商人の仮面をかなぐり捨てて、すがりつくようにティトゥスの右腕をとった。

「すみません、正直、私ももう困り果ててまして。主人の用事というのが何なのか、私も教えてもらえないんですよ。どうしてもファン・レイン先生に直接でないとお話しできないと……」

　ティトゥスは思わずナンドやヘンドリッキェと顔を見合わせた。

「ホーヘフェーンという人は、普段は頑固でもなければ暴君でもなくて、我々従業員に無理難題を押しつけたりもしないんですけどね。私は奉公も長くて、商売上の秘密の伝令を任されることも多くて、うちの商会では社主に一番信用されているはずなんですが、その私にさえ何も言おうとしないんですよ。どうしてもファン・レイン先生をお連れしろ、とその一点張りで」

　青年は心底苦りきった表情を見せた。芝居でこの顔ができたら、英国に渡って役者になれる。ナンドは何とはなしに心を動かされるものを感じた。ヘンドリッキエも思わず、心配そうにマイヤーとティトゥスを見比べている。ティトゥスは同情も疎ましさも見せず、ただ穏やかとしか言いようのない様子でその言葉を聞いている。

「しかし、弊社は現在、主任画家を派遣できる状況ではないのです。先約の発注者を飛ばして別件のお客様をお迎えできる状態でもありませんし。申し訳ありませんが、どうかご理解ください」

　ここでいう主任画家というのは父親のことだろう。どうやら彼の家は家庭でもあり、同時に会社でもあるらしい。

「分かっています。分かってるんですよ。なんですけども……主人は、来ていただけるだけでお足代として十フルデンお支払いするとまで言っているんです」

「何ですって?!」

　足代だけで十フルデンという異常な高額に、さすがのティトゥスも動揺を見せた。それは使いっ走りの洟たれ小僧に金貨を投げ与えるのと同じ行為だ。

「そのくらい必死なんです。分かってくださいよ。主人は今にも死んでしまうんじゃないかと思うくらい憔悴してまして……」

「分かりました。しかし、今、父を外に出すと、いろんな人に追い掛け回されて収拾がつかなくなるかもしれないんです」ティトゥスも優秀な商人の仮面を少し外した。

「まず僕がホーヘフェーン氏をお訪ねするということでもいいでしょうか？」

「どうでしょう……分かりません。いや、でも、そうするしかないというのでしたら、今はそうしましょう。主人も、それが分からないほど愚かな人間ではありませんし。それでは、少し離れたところに箱馬車を待たせているので、来ていただけますか？」

「今から？　だめよそんなの！」

ヘンドリッキェが擦れた叫び声をあげた。

「もう日が暮れるのよ？　ティトゥス、あなただって、夜に出歩かせるなんてできないわ！　危ないもの！　そうでしょう？　だって、おかしな人たちが何かしないかって思うと……！」

「大丈夫だよ」ティトゥスはあまり取り合っていない調子で、ヘンドリッキェのほうをほとんど見もしなかった。「聞いたでしょう？　馬車で行くんだよ。誰にも見られやしないって」

「だって……だって、ねえ、何だか変なことになったら嫌だわ」

ヘンドリッキェも必死だった。ナンドは思わず割って入った。

「俺が護衛につく。腕には覚えがある。それならいいだろう？」

また口を開こうとしたヘンドリッキェを制すると、ナンドはティトゥスとマイヤーを促した。女にごちゃごちゃと言い募られるよりは、目的のよく分からない用心棒役を買って出る方がましだ。ヘンドリッキェはまだ紹介もされていない男に胡散臭げな視線を向けたが、何も言い返しては来なかった。

馬車は市壁沿いの運河に面した通りに止められていた。三人は中庭から通りに出られるくぐり戸を抜けると、こっそりとそれに乗り込んだ。ホーヘフェーンの館は市の中心部の、アムステル川がいくつかの支流に分かれるあたりにある。四年前にホーヘフェーンの宝石店がアントワープから移転してきた時に買ったものだという。おそらく市庁舎広場を突っ切って行けば早いのだろうが、馬車は造営されたばかりの市壁に近い地区を遠回りした。そのほうが人目が少ないからだろう。

「何の用なのか、本当に何も分からないのですか？　どういうご様子なのですか？」

あっさりと同行を決めたかに見えたティトゥスだったが、馬車が走り出すと不安そうにそう切り出した。マイヤーがもう勘弁してくださいと言わんばかりの表情で、ただ分からないと答えた。

「そうですねえ……」マイヤーは少しの間考えこんだ。「主人は先々週からドイツに商用に行ってまして、今日の昼前に店に戻ったんです。その時は旅の疲れはあったものの、特に変わった様子もありませんでした。奥様や私と昼食を取られた時も普通に召し上がっていましたし……出張中にたまった親書を食後にお渡しして、番頭頭から会計報告を聞いて……

ああ、そうだ、夕刻になってから、そうですね、もう四時の鐘が鳴る頃でした。夜にお客様がお見えになる予定だったので、その確認のためにお部屋に行ったら……そうです、その時ですよ！　主人は書斎の床に座り込んでいて、顔色がおかしくて、しかも脂汗をだらだら流していて……。私が手を貸して長椅子に座らせると、至急ファン・レイン先生とお話ししたい、何としてでも面会の約束を取りつけてくれと言い出したんです」

もちろん、ホーヘフェーンも例のキウィリス王の噂のせいでそれが難しいことは承知しているはずだった。が、この壮年の宝石商は、若い番頭相手に懇願せんばかりにそう繰り返したのだという。

マイヤーは伝令を引き受ける他なかった。しかしさらに奇妙だったのは、その日はもう職人も番頭たちもみな今すぐ全員帰せ、召使いたちにも今夜は暇を出せと言い出したことだった。まるで追い払わんばかりの勢いだったという。それればかりか、奥方に今夜はどこか訪問する予定はないかと言う始末だった。マイヤーは使いに出るところだったので続きは聞いていないというが、主人と年の離れた気の弱い若奥様が、行く先もないまま家を出されることになりはしないかと気をもんでいた。

ナンドとティトゥスは思わず顔を見合わせた。

「ドイツで何かあったのだろうか？　ファン・レイン氏の作品に関わるような何かが」

ナンドは思わず口をはさんだ。

「まあ確かに、父の作品はドイツにも販売したことがありますが……」

「どうでしょう。ドイツは関係ないんじゃないかと思いますね。何しろ、主人は帰宅した時には特に変わった様子はありませんでしたし」

「では、夜に来ることになっていたという客人は？　画商か蒐集家ということはないか？」

マイヤーはナンドの質問に首を振った。

「主人のご友人で、カルコーエン博士という外科の先生です」

「カルコーエン先生ですか?!」

ティトゥスが驚いたように声をあげた。

「カルコーエン先生なら僕も知っています。何年か前、父が外科医ギルドの集団肖像画を受注して、カルコーエン先生にはその時に会っています。いつだったかなあ……ああ、ちょうど僕が遅れて声変わりした頃ですから、そうですね、六、七年前です。先生が父の工房に来た時に、ついでに喉を見てもらったので、よく覚えています。でもカルコーエン先生は、確か、最近外国で目を痛められて第一線を退かれたのではなかったですか？」

マイヤーがよくご存じですねと答えると、ティトゥスは慌ててつけ加えた。

「ただの噂好きだと思われたくないんで言い訳をさせてください、外科医ギルドと画家ギルドは同じ建物に入っているので、お互いの動向はそれなりに分かるんです」

「そうでしたか。いやカルコーエン博士は確かに、目はお悪いようですが、少数ながら患者は診ているようです。うちの主人もそういう患者の一人です。主人はだいぶ太ってまして、まだ四十代ですが、老人のように膝を悪くしてるんで、それを診ていただいているんです。特に商用で旅行した後などは、帰宅したらすぐに知らせてほしいと博士から言われているので、今日も主人が帰宅した直後に博士に伝令を出したんです。夜に来て下さるというので、その伝言を主人に伝えるために書斎に入ったら、さっき言ったように脂汗を流して床にへたり込んでいたという次第なんです」

「博士の訪問を知る前にもう様子がおかしかったということか」

マイヤーがナンドにその通りだと答えるのとほぼ同時に、馬車が大きく揺れた。アムステル川にかかる急勾配（こうばい）の橋にさしかかったのである。馬車の窓覆いの隙間（すきま）からのぞくと、小舟のひしめき合った船着き場が見えた。宿の客引きや物売りが、陸側から川沿いにやってきた旅人たちをあの手この手で引き留めようとしている。

「もうすぐです。川の向こう側です」マイヤーが言うと、ティトゥスも反対側の窓から少し顔を出した。「まだここからでは見えません。細い運河に面した二町目の角の館です。屋根の切妻（きりつま）に白い有翼の蜥蜴（とかげ）の浮彫がある館です。インドの谷でダイヤモンドを守護するという蜥蜴の伝説にならって特別に設（しつら）えさせた切妻飾りですよ。道幅の都合で、船着き場で馬車を停（と）めますので、一町ほど歩いていただかないといけません。それで、その、何分にも内密の話ですので……」

このマイヤーという男は馬鹿なのだろうか。今までさんざん内輪の話を暴露しておきながら、今さら秘密もないものだ。よほどの馬鹿か、あるいは計算しつくした策略があるか、どちらかだろう。後者のようには思えないが。

「分かっている。屋敷に入って話を聞くのはティトゥスだけだ。俺は船員相手の酒場を見つけてジンでも舐めてるさ」

馬車を降りて少しばかり運河沿いに歩く。運河の幅は六五フート（約一八メートル）ほどだろうか。その運河と小道が交差するところにあるのがホーヘフェーン商会の翼竜館だった。

建物を見るなり、ナンドは言いようのない不快感を覚えた。十日ほど前の真夜中、目眩と吐き気を覚えてへたり込んでいたのがちょうどこの近所だったと気づいたのだ。ナンドはどこかの壁に寄りかかって両足を投げ出していたところを、通りがかった牧師とその従僕に助けられたのだった。

みっともないところを見られたものだった。牧師はナンドを介抱しながら、船着き場の近くには時おり、具合の悪くなった旅人がへたり込んでいることがあるのだと言った。はしけ乗りが外洋船に酔うこともあれば、海の男が平底舟の揺れにやられることもあるのだと慰めたが、それがナンドをなおさらみじめな気持ちにさせたのだった。

もっとも、ここでへたれていた理由をナンド本人は覚えていなかった。本当に船酔いだったのか、混ぜ物をした酒に酔ったのか、あるいは植民地渡りの薬でもやったのか、それとももっとひどいことがあったのか。まるで覚えがない。それどころかあの時は、ここが何処で今がいつなのかも分からなかった。街がアムステルダムだと教えてもらったのはいいが、それで何が解決したわけでもなかった。行き場がなく、どうしたらいいのか分からないことに変わりはなかった。

あの時は懐に多少の金子があったので牧師に宿を世話してもらったが、今もってナンドは、何故自分が正体をなくしてここに倒れていたのかまったく思い出せずにいた。嫌な場所だった。船着き場近辺の濁った水の匂いも虫唾が走る。今どき風に言うのなら、「何となくムカつく」というやつだ。

翼竜館の対岸には、中級の船員を目当てにしたような悪くない酒場があり、ナンドはそこで適当に待つことにした。ティトゥスとマイヤーは運河に面した正面玄関から屋敷に入ってゆく。ナンドはそれを目で追った。いつまで待たされるのやら見当もつかない。店の中は蒸し暑そうなので、表に出された樽の一つに寄りかかってジンと干物を持ってこさせた。

この辺りは見ての通り、貴族が住むようなお屋敷街ではない。が、柄の悪い地域でもない。ホーヘフェーンの館は運河沿いに窓が五つ、奥行きもかなりある四階建ての立派なもので、造りもしっかりしているように見える。住宅事情の悪いアムステルダムでこれほどの家屋敷を確保したのだから、並大抵の財力ではないはずだ。

玄関の間と館の二階の向かって左半分、そして三階の一室には明かりがともっている。刻一刻と薄れてゆく薄明の中では壁の色は分からなかったが、白か淡い黄色か、上品ぶった明るい色だろう。ほどなくしてマイヤーが一人で外に出てくると、アムステル川とは反対の方向に歩いて姿を消した。

二階の明かりが動くのが見える。ナンドの極めて鋭敏な視力は、誰かが手燭を持って窓際に移動してきた様子を捉えた。禿頭の肥った男のようだ。明かりの具合なのか、表情をゆがめているようにも見える。その人影は鎧戸を閉めて消えた。何とはなしに胸のざわつくような眺めだった。太った男。あれがニコラス・ホーヘフェーンで、ティトゥスが通されるのはあの部屋だろうか。

その後まったく変化のなくなった窓から視線を外し、見るともなしにあたりを見ていると、その視界に船着き場のほうからやって来た英国人らしい五人組が入ってきた。彼らはナンドのいる店をちらちら見て小声で短く言葉を交わし合うと、そのまま店に入った。一番年の若そうな男が、すれ違いざまナンドにスペイン語で話しかけた。やあおじいちゃん、国王陛下はお元気ですか、というほどの意味だ。年長の貴族的な男がたしなめ、英国人たちは店の奥に入って行った。

どうやら、自分が着ている古臭い服装をからかわれたらしい。ナンド自身、どこで手に入れたのか記憶もないこの服が、今の時代にはいささか珍奇なものであるらしいとは薄々気づいていた。服飾や装身具というのは奇妙なものだ。人が襟や腰回りの形が少々違うくらいで褒め称えたり可笑しがったりするのは全く理解できない。ましてやホーヘフェーンのように、光る小さな石ころを売って巨万の富を築く人間がいるとは、ますますもっておかしな話だ。

ナンドはもう一度翼竜館の窓を見上げた。何の動きもない。ティトゥスが面倒に巻きこまれていなければよいのだが。

運河は相変わらず臭い。

橋を渡るものはそう多くはなかったが、その大半は渡りしなに橋の下をちらりとのぞきこんでいた。ナンドは彼らが何を気にしているのかを知っていた。水位だ。このところ、運河の水位は高止まりだった。

水位、水位、水位、問題はいつでも水位だ。市民たちは異変がない時でも、我知らずのうちにそれを気にしていた。おそらく今日はいつにもましてそうだろう。何しろここは、毎日水車で排水していなければ海に沈んでしまう国なのだ。北海とゾイデル海の干満によって水位は刻々と移り変わる。天候によっても変わる。季節によっても変わる。秋分を過ぎて西から風が吹きこむようになると、海沿いの住人は神経をとがらせ始める。そして十月の末に嵐と高潮の季節が始まれば、その漠然とした不安は具体的な恐怖へと変わり、そしてその恐怖は全国に広がる。

あと二ヵ月ほどで、そう、いや違う、あと二ヵ月もしないうちに、嵐と洪水の時期がやって来るのだ。ネーデルラント全体で死者数名で済むか、数千人が一瞬で水に飲まれるか、実際にそうなってみるまで誰にも分からない。何かが起こっている。それが何なのかはまだ分からないが、この海面より低い街にとって嬉しくない何事かには違いない。

教会の鐘が七時を告げる。ちょうど太陽が地平線に接する時間だ。英国人たちは軽く一杯ひっかけただけだったのだろう。早々と酒場を後にし、橋を渡って翼竜館の横の小道に飲み込まれていった。

常に薄もやがかかったネーデルラントの空にも、もう北斗七星が見える。職人風の男が足を滑らせ、仲間の男たちがそれを助けた。

ティトゥスは翼竜館に招じ入れられると、客間に通されもしなかったが、控室で待たされることもなかった。マイヤーの先導で、屋敷の二階にある書斎に直接通された。

屋敷に一歩足を踏み入れた瞬間から、何かがおかしいとすぐに分かった。玄関はこの贅沢な家に似つかわしくなく薄暗いのだ。蠟燭は一本しか使われていない。幸いにも階段には長持ちしそうなオイルランプがあったが、書斎までその頼りない薄明かりの中を行かなければならなかった。

玄関にも廊下にも、家の至るところに小さな絵が飾られている。書斎の戸口は階段からさほど離れていないので多少の光は届くものの、扉の一歩先はもう暗闇だった。どこも真っ暗で使用人の姿もなく、とうてい客を迎え入れる状態ではなかった。場所が貧乏画家のしけた工房ならこれが常態だが、こういうお屋敷では変だ。ティトゥスは行儀が悪いと知りつつも、きょろきょろとあたりを見回した。変というより、異常だ。きちんと整えられた豪邸でありながら、何とはなしに荒廃した雰囲気がある。逃げ出したい気持ちに駆られた。

来なければよかった。僕はいつもこういう貧乏くじを引く。尻拭いか、貧乏くじ。さもなければ外れくじだ。いや、外れるだけならまだしも、いつもおかしなものが当たる。生贄を選ぶくじがあったら、きっと自分に当たるに違いない。

どうやら今回もそのくじが当たったらしい。

まずマイヤーが中に入り、ティトゥスは廊下で少しばかり待たされる格好となった。マイヤーはホーヘフェーンに事情を説明しているのだろう。くぐもった声が届いたが、もめているようにも聞こえる。やはり、親方本人でないとだめということだろうか。

ティトゥスは薄暗がりで顔をしかめた。

しばらくすると、マイヤーが扉を開けた。

「お通り下さい。主人はファン・レイン商会の若旦那様を歓迎いたします。私はその……今すぐ帰らなければならなくなりました。抵抗はしたんですが……。お見送りできなくて申し訳ありません。失礼します」

そう言うと、マイヤーは影の中でどうにか識別できる苦りきった表情を見せ、階段を下りていった。もめている口調に感じられたのはティトゥスのことではなく、マイヤーに帰れと言っていたらしい。社員や使用人をみな家から出してしまったら不便ではないのだろうか。もしかしたら、今この屋敷にいるのは自分とホーヘフェーンだけかもしれない。

ああ、やはり来なければよかったのだ。いや、来るべきではなかった。そう思ったが、もう遅い。胃の腑が縮み上がり、口の中に苦い味が広がる。書斎の明かりも、薄暗い蠟燭だけだった。

宝石商ニコラス・ホーヘフェーンは、ひげの剃り跡の濃い禿頭の肥満漢だった。頰骨が高く、鷲鼻も堂々たるものだったが、不思議と精悍さを感じさせない。頭蓋骨がまとった肉のせいだろうか。骨格はとてもしっかりしていて、もっと痩せていれば素描のし甲斐があるだろう。容貌は貪欲な小心者にも、献身的な慈善家にも見える。

「ようこそいらっしゃいました。ご足労ありがとうございます。お呼び立てして、まことに申し訳ない」

太った人にありがちな、喉を締め上げられるような甲高い声だった。何よりも異様なのは、彼がきちんとした服を着ていないことだった。下着の上に室内着のガウンをただ羽織り、帯はいまにもほどけそうなだらしなさだ。そして客人に着席を勧めたが、ティトゥスが座るより前に自分が椅子にへたりこみ、大きな体を大儀そうに背もたれに預けた。

この人は今にも気絶してしまうのではないだろうか。そう思わずにはいられなかった。視線は空を泳ぎ、客人を直視することもままならない。ティトゥスはそれを幸いに、書斎の様子を横目で素早く見渡した。

運河に面したファサード側に幅広の窓が二つ、小道に面した側には小窓が三つある、土地不足のアムステルダムでは相当に広い部屋だった。運河側を背にして大きな書き物机があり、部屋の中央には寄木細工（よせぎざいく）の丸テーブルと揃いの椅子が置かれている（ティトゥスとホーヘフェーンが座っている椅子だ）。丸テーブルをはさんで書き物机の向かいの位置には箱型寝台があった。書斎とは言うものの、主（あるじ）はここで寝泊まりすることもあるようだ。寝台のすぐ横、つい今しがたティトゥスが招じ入れられた出入り口のすぐそばには、飾り気のない小さな扉が見える。奥に身づくろい用か召使い用の小部屋があるのだろう。廊下側の壁には大ぶりの戸棚と低い飾り棚があり、東洋の焼き物やありきたりな風景画などが飾られている。

換気していない部屋の空気に、にんにくと変に甘ったるい匂いが混じる。どうやら太った主人の体臭らしい。愉快な状況ではなかった。胃がねじくれる。ホーヘフェーンが気絶するのとティトゥスが吐くのと、いったいどちらが早いだろうか？

ティトゥスは卓上に画帳を置くと、卓と同じ寄木細工があしらわれた高価そうな椅子にこわごわ腰を下ろした。

「それで、うちの主任画家にはどのようなご用件がございますか？」

緊急事態を察知し合った商人たちは、無駄な社交や自己紹介に時間を使わない。

ティトゥスは腰を浮かせかけた。ホーヘフェーンが死に際の病人かと思うような声を出したからだ。

「どうお話しすればいいのか……あれを、あの絵の……お聞きしたいんだが、貴方様はご存じないでしょう。お若い……あまりにも……」

「待ってください。それじゃ分かるはずのことも分かりません。何のことですか？　僕にも分かるようにお話しいただければ、力になれることもありましょう」

ホーヘフェーンは一瞬喉を詰まらせたが、途切れ途切れに話し始めた。親方が一六四七年に描いたある絵について知りたいのだという。その年に描いた絵ならどれでもいいというわけではなく、ある特定の絵のことらしい。ホーヘフェーンはふらふらとさ迷い歩くような話し方をしたが、どうにかそこは読み取れる。

一六四七年と言えば、ちょうど十五年前だ。四一年生まれのティトゥスは六歳になった年で、まだぎりぎりでファン・レイン親方の羽振りがよく、ここからそう遠くないお屋敷街に住んでいた頃だ。

記憶があるかと言われると、自信はない。広くていい家に住んでいたことは覚えているが、自分が何歳の時にどうしていたのかまではよく覚えていない。

工房の台帳を見れば、絵の題名や売却先については分かるかもしれない。あとは財産競売以前の台帳がどれだけ残っているかという問題だ。

しかしホーヘフェーンにその程度の話を分からせるのがまたひと苦労だった。情報が欲しいのなら、人の話を聞く程度のことはするものだ。

時間ばかりが経つ。早くしないと大変なことが起こる。脂汗を流す宝石商は何度かそうつぶやいた。だが、何がどう大変なのか、何が起こるのか、ティトゥスの問いには答えようとしなかった。

ティトゥスは胃の苦みのかわりに苛立ち（いらだち）を吐き出した。

「まず、ファン・レインのどの絵について何が知りたいのかをはっきりさせていただきたいのです。それさえ分かれば多少なりともお手伝いできますから！　さっきから何度もそう申し上げていますでしょう？　貴方の個人的な事情には踏みこみませんし、ファン・レイン商会は適正な手数料しか要求いたしません。だからどうか……」

その時突然、ホーヘフェーンが立ち上がってかっと目を見開いた。ティトゥスは一瞬怯ん（ひるん）だが、その視線は自分に向けられたものではないとすぐに悟った。

その目はただただ虚空（こくう）に向けられている。ティトゥスがもう一声かけようとした時、誰かが書斎の扉を叩いた。若い女の声が何かを言っているが、聞き取れない。反応のない主に代わってティトゥスが答えると、扉は細めに開けられ、女中のお仕着せを着た少女が顔をのぞかせた。

「あの……旦那様……カルコーエン先生が……お見えになりました……」

　女中がか細い声でそう告げた次の瞬間、ホーヘフェーンはこれまで以上に奇怪な行動をとった。押し殺したような短い叫びをあげると、彼は寄木の小卓に置かれたティトゥスの画帳の紙挟みを両手でつかみ、執務机のほうに駆(か)け出したのだった。

　彼はティトゥスが止める間もなく紙挟みを執務机に叩きつけると、それを開いて中をあさり始めた。素描用の粗紙が舞う。何かを探しているのだろうか。ティトゥスがようやく我に返って駆け寄る。するとホーヘフェーンはまた唐突に、紙を無造作に鷲(わし)づかみにして画帳に挟み込むと、それを押しつけるようにティトゥスに突き返した。

「カルコーエン先生をお通ししてくれ！　それからファン・レインの若旦那様のお見送りを！」

　最後の審判に抗議する者があるとしたら、こういう声を出すだろうか。ホーヘフェーンはすり切れた絶望の叫びをあげるように言うと、ティトゥスの肩を書斎の戸口に向かって押した。成功した宝石商には考えられない不躾(ぶしつけ)な振る舞いだった。女中は恐怖に引きつりながら、両手を口元に当ててただ突っ立っている。

いったい何が起こったというのか。ホーヘフェーンは女中とティトゥスを力ずくで廊下に押し出し、大きな音を立てて扉を閉めてしまった。

あの時のホーヘフェーンの目つき、ぞっとするような空虚な瞳を、ティトゥスは一生忘れることはないだろう。それはもはや何も見ていない目だった。

女中とともに暗い廊下に押しやられながら、ティトゥスはふと場違いな考えに捕らわれた。――ああいうのを描くのは難しいんだ。ああいう、何ていうんだろう、逝っちゃった目というのは。陰影でごまかすにも限界はあるし、目に光を入れなきゃそれでいいというものではない。死体のほうが描きやすいだろう。死体は本当に死んでるからだ。死体とは違う。あれは……あれは……

親父(おやじ)ならどう描くだろう？

ああ、どうか。

神様。

僕には一生そんな仕事は回ってきませんように。

扉を叩く金具の音が響き、何かがナンドの視線を捉えた。目を凝(こ)らすと、翼竜館の前に何かが見える。待ち受けていたかのように素早く玄関が開けられると、手燭を持った若い女が訪問者を迎え入れた。訪問者の姿は逆光になってよく見えないが、男だ。いや、男たちだ。二人いる。あれがホーヘフェーンを診察に来るという医者だろうか。

それからものの五分もしないうちに再び玄関の扉が開いた。

出てきたのはティトゥスだった。

彼はあたりを見回し、飲み屋の前の明るみにナンドを見つけたようだった。橋を渡って助けを求めるようにやって来たティトゥスは、乱雑にまとめられた画帳と外套(がいとう)を抱えて、まさに着の身着のままといった風体だった。足代に十フルデンも出そうというような上客に対する扱いではない。

「大丈夫か？　何があった？」

「いえ、それがもう、どう言ったらいいのか……追い出されました」

「追い出されただと？　親方本人じゃないからお大尽のご機嫌でも損ねたか？」

「そうじゃないみたいです。でも……」

ティトゥスは言葉を継ごうとして、荒くため息をついた。しばらくの間苛立ったようにに考えこんでいたが、おもむろに画帳を広げ、腰に下げた皮袋を手探りし始めた。

「すみません。何枚かデッサンさせて下さい。どうも言葉で説明するっていうのが苦手で……。デッサンも早い方じゃないので少しお待たせすると思いますが」

そう言いながら樽の縁に画帳をもたせかけようとして、ティトゥスは外套を取り落とし、ジンの杯を転がしてしまった。ナンドは空中でそれを受け止めた。

「待て。落ち着け。明日にしよう。俺と話すより、父上と話し合うことがあるんじゃないのか？」

「父になんて話せませんよ！　ますますわけが分からなくなってしまいます。むしろあなたに聞いてもらいたいんです。僕には見えていないことがあなたには見えてますよね？　さっきも市庁舎でそうでした」

「さあ、どうかな。何にしても、お前には黙って絵を描く時間が必要なようだ。だったらそうしろ。明日、昼前に勝手口から行く。あのパン屋を通してもらえるか？」

「ヘンドリッキエに言っておいてもらいます」

ティトゥスは少し放心したような様子で画帳を閉じると、ジンがかかった外套を拾い上げた。

「お前はさっきの馬車で帰れ。俺は歩いて帰る。俺の宿は慈善病院の向こう側で、ここからそう遠くない」

混乱した様子の画家の息子は、おとなしくその言葉に従い、ナンドはいわゆる「悪所」のある通りを選んで宿に向かった。ナンドにとってはそれが一番気の紛れる方法だったからだ。たいした女はいなかったが、何もないよりはましだ。

赤毛女の腹の下で揺すぶられながら、意識の片隅にある考えが浮かんだ。

ティトゥスに指輪を渡すのをすっかり忘れていた。

二日目

翼竜館の一件があった翌朝、ナンドはパン屋経由でファン・レイン家の裏口に向かった。

パン屋の女将（おかみ）はナンドの顔を見るなり、店の奥に行けという動作を見せた。パン屋夫妻はファン・レイン家の数少ない理解者なのだろう。裏庭に一歩足を踏み入れると、また一匹ずつの犬と猫がやってきて、革の荒れたどた靴にまとわりついてきた。名もない野良の家畜崩れたちだが、彼らもまた、ティトゥスらの数少ない味方なのかもしれない。

ティトゥスは裏口の前で、廃材同然のテーブルでデッサンに夢中になっていた。猫がテーブルの上に飛び乗り、ティトゥスは驚いて顔を上げた。集中し過ぎていたのか、ナンドがすぐそばに来ていることにも気づいていなかったようだ。若々しい顔に似合わず、目の下には隈（くま）ができている。唇が荒れ、頬にかかる髪に何かがこびりついていた。おそらく、昨夜食ったものは全て吐き出してしまっただろう。ひどい顔をしていたが、目つきははっきりとしており、挨拶にも生気があった。吐いてさっぱりしたようだ。病気ではなさそうだった。

「昨日のことはどう説明したらいいのか、やっぱりどうしても分かりません。あったことを整理もしないでお話しするだけになりますけど……」

「それでいい。むしろ解釈を加えないで見たままを聞かせろ」

「それならできると思います。こちらへどうぞ」

ティトゥスは中庭に面した半地下の台所にナンドを案内した。小さな家でも来客用の部屋はあるにはあるが、今は通すわけにはいかないという。表通りのローゼンフラフト街に面した客間では、外にたむろしている連中にいつ見つかるか分かったものではないからだ。

台所は質素で、道具類も少なく、かまどの上に吊るされた干し肉やソーセージも貧弱だった。それでもあの可愛らしい義母がいつも小奇麗に片づけているのだろう、いかにも温かみのある家庭でございますという雰囲気だ。

ティトゥスはナンドに背もたれのある椅子をすすめ、自分は三本足のスツールに座った。昨日持ち歩いていた画帳の上に、今しがた描いていたデッサンを置き、そしてその上にさらに、食卓に散らばっていたデッサンをまとめて載せる。彼が錫の水差しからついだ二杯のエールは、飲まなくても安物と分かる代物だった。だが、高価な酒に馴染みのないナンドにとっては、むしろそのほうがありがたかった。

ティトゥスは絵を見せながら、昨夜の異様な訪問の様子をナンドに話した。

「訳が分からん」

「僕にも分かりません。でも、本当に今お話ししたままだったんです。すごい力で書斎から追い出されました」

「何なんだ。呼び出したのはあいつだろうに。親方の代理が来たのが不満だったんだろうか?」

「それだったら最初からがっかりされていたでしょう」

それもそうだ。

「それで、約束の十フルデンはちゃんともらってきたのか?」

ティトゥスははっとして息を呑んだ。

「その様子だと忘れられたようだな」

「最初に確認すべきでした……。たとえ口約束でも契約は契約ですから……」

「お前よりあちらさんの落ち度だな。意図的だったら最低だ」

「用意はしてあったんだと思います。書き物机の上に、見えるように小さな皮袋が置いてありました」

「ほう、よく見てるな」

「見るのは得意です。見て覚えるだけなら。でも、見ていてもこの体たらくですよ。本当に見るだけだったってわけです」

　見ていただけましというものだ。ナンドはティトゥスが食卓の上に広げたデッサンに手を伸ばした。

　室内の様子、ニコラス・ホーヘフェーンの人相風体、飾り棚の皿、小卓の寄木模様、執務机の文鎮、まだ新米らしいところの見てとれる怯えた女中の顔……ティトゥスはありとあらゆるものを描いていた。あのホーヘフェーンのあまりにも空疎な目を除いてだが。

「それにしても、上手いこと描くもんだな」ナンドは素直に感心したように言った。

「絵のおかげで何があったのかよく分かる。ホーヘフェーンは、親方の一六四七年の絵と、はっきりそう言ったんだな？」

「そうです。僕はさっきも言った通り記憶はありません。しかし最近になってからその頃の父の作品を何点か見る機会があって、あの頃は絵柄が大きく変わってきた時期だったというのは知っていたんです。それまではもっと穏健で写実的な作品を描いていたはずですが、ちょうど四〇年代末の頃から、今みたいな、何ていうんでしょう……ああいう……筆目の見えるような、粗いとも言われるような作風で描きはじめたみたいです。父自身は昔のことなど忘れたと言うんですけどね。

僕自身は、親方の今の作風は好きです。でも正直、画商としての僕は、依頼者が昔の絵柄にこだわるのも分からないではないんです。依頼者も言いにくいんですよね、そういうことは」

「その頃、何か心境の変化があったのか？」

「さあ……でも、やっぱり目でしょうかね。年を取って目がやられてくれば、筆目も見えないような精密な絵は描けなくなるでしょう。絵柄が変わるのも仕方がないと思うんですが」

「そういう問題なのか？　ゲイジュツというのは、もっと複雑なものだと思っていたが」

「芸術がどうこう言う前に、僕らは職人なんですよ。まず依頼主の意向に添って注文通りの絵を仕上げないと」

「何だか混乱してくるな。今はそういう難しい話はやめだ」ナンドは急にいがらっぽくなった喉をエールで潤した。「で？　ホーヘフェーンからは他には何を言われた？」

彼がティトゥスの手からひったくったメモ書きには、「肖像画」という言葉もあった。

「一六四七年に描かれた誰かの肖像画を手に入れたい、ということじゃないのか？」

ナンドは手にしたデッサンを無造作に山の上に戻した。

「だとしても、うちに言ってくるのは変です。すでに販売した作品は、描いた画家本人やそれを扱った画商にも、もうどうにもできませんから。まあ今現在の所有者が誰だか分かれば、報酬次第ではホーヘフェーン氏の代理人として買取りの交渉もしなくはないです。気分のいいことではありませんけど……でも、うちは決して黒字の企業ではないですからね。父の旧作は、キウィリス王の噂のおかげでかえって値打ちが上がっているようなところはありますから、けっこうな手数料になるでしょうね」

だがそれなら、ホーヘフェーンは親方がどうだとか言わずに最初からティトゥスを招いたのではないだろうか。きちんとした身なりで豪勢にもてなし、羽振りのいいところを見せ、ティトゥスを持ち上げ、レンブラント画伯をほめちぎり、宝石商らしい手腕で交渉したのではないだろうか。少なくとも、使用人どもを追っ払った屋敷にしぶしぶティトゥスを入れて、下着姿でわめき散らした挙句(あげく)に追い返したりはしないはずだ。

ティトゥスもそのことに気づいたのだろう。それ以上は何も言ってこなかった。

ナンドはさらに二枚のデッサンを抜き出した。何度も鉛筆の芯を折りながら塗りつぶしたような暗闇にたたずむ痩せた憂い顔の中年男の絵だ。これは誰だと聞くと、ティトゥスは、それが「カルコーエン先生」だと答えた。

「何年も会っていませんでしたけど、間違いなくカルコーエン先生です。僕が最後に会ったのは六、七年前で、こういう言い方は失礼かもしれませんが、あの頃先生はまだ青年という印象でしたけれど、昨日会った時は、すっかり老け込んでいてびっくりしました。悲観的で知的な感じは変わりませんが……」

尖（とが）った鼻筋、眉はすり切れ、髪にも薄い口ひげにも白髪が混じっているようだ。四十がらみの男とは思えないほっそりとした体つきだが、若々しさは感じられなかった。何よりも、眼帯のかけられた左目と、今なお片割れの喪失を嘆き続けるように伏せられた右目が辛気臭（しんきくさ）い。

「何となく気に入らんな、こいつは」

「そんなこと言わないで下さい。カルコーエン先生は名士ですよ。外科医組合の上級会員ですし。確かに、誰とでも打ち解ける性質ではないですけど、誠実で知的な方です」

「まあいい。俺には関係ないことだ。で？　昨夜はその名士の先生はどんな様子だった？　何か知ってそうか？」

「いえ、先生はまだホーヘフェーン氏の異変というか、あの様子は知らないようでした。急いでいるふうではありませんでしたし。ただ、迎え入れたのが執事ではなくもの慣れない女中だったのをいぶかしく思ったようで、執事はどうしたと女中に訊ねたりしていました。

僕とは、大げさに再会を喜んだりはされませんでした。まるでしょっちゅう顔を合わせているみたいに、ほとんど挨拶も抜きで『どうしてここに？』と訊ねてこられました。ホーヘフェーン氏が父に用があるようなので来たんですが、今日はちょっと体調がお悪そうなので帰りますと言ったら、僕に同情するみたいな悲しげなお顔をされました。先生は……」

「この男は誰だ？」

ティトゥスの言葉をさえぎって、ナンドがもう一枚の絵の暗がりに人差し指を突きつけた。

カルコーエンの背後に、襟の高い服と鍔広の帽子を身につけ、こちらに背を向けて立つ男の影があった。

「さあ……。カルコーエン先生は内科医だと言っていました。先生は『彼は同僚の内科医だが、ちょうどいい、彼にも診察してもらうことにしよう』とおっしゃいました。僕がその方に挨拶しようとしたら、カルコーエン先生に止められました。その方は、仕事柄、あまり人に顔を見られたくないと……」

ティトゥスは突然、ナンドの手を右手で振り払った。やはりそうか。ティトゥスは、自分の動作に驚いたように呆然（ぼうぜん）としていた。

「俺に隠していることがあるな？　どうほじくり出せば吐く？　スペイン式の異端審問か？」

「何……を言ってらっしゃるん……ですか？　僕は別に……」

「拷問は必要ないようだな。お前は正直すぎる。秘密はその画帳にあるな？　その左手で押さえている画帳だ」

口元が「どうしてそれを」と動いたが、ティトゥスは声も出ないようだった。

「さっきから、俺がデッサンの山から紙を引っ張り出すたびに、お前は右手を宙に泳がせて、左手で画帳の端を摑んだ。自分でも気づいてなかったろう？　だから今、俺はわざとお前が話に夢中になっている時に画帳に手を伸ばしてみた」

「騙したんですか？」

「騙しと言えるほど高度なもんでもないだろう？　せいぜいひっかけだろうが。もう少し修業をしろ、商人」

諦観したのか、ティトゥスは見せろと言われる前にデッサンの下からその紙挟みを引き出して紐を解いた。紙束の中から、一枚の厚みのある用箋を取り出す。他の紙、鉛筆で何本か線を引いただけでしわが寄るような安紙とは、あきらかに質が違う。はるかに格上の上物だった。

「隠していたというか……僕のものではないので、人に見せるかどうかを僕が決めていいのかどうか分からなくて……。今朝描いたものをまとめておこうと思って画帳を開いた時に見つけたんです」

画帳は昨夜突き返された時のままにしてあったのだという。整理しておくべきだとは思っていたが、何となく気が進まなかったのだと。今朝ようやくそれを開いた時、ティトゥス自身が描いたデッサンや競売についてのメモと一緒にそれが出てきたのだ。ホーヘフェーンが書き物机の上で中身を引っ掻き回した時に紛れ込んだのに違いなかった。

内容は何とも理解しがたいものだった。挨拶も何もなく、右上に引っ張られたような書体でただこう書かれているだけだ。

ニコラス・ホーヘフェーン殿

以下の品目を納品するので、貴社にて検品されたい。

アフリカの王子
闇の左目
ダマスカスの剣

署名は極端に様式化されていて読み取れない。

「何だこれは？」

「僕に聞かれても……」

「符牒（ふちょう）ということはないか？　いわゆるギョウカイヨウゴというやつだ」

「どうでしょう？　符牒よりも、美術品の題名のような気がしますが。もしそうなら、彫刻よりは絵のような気がしますね」

題名か。厭味な気取りのようなものを感じる。まあ「思わせぶり」と言ったほうが品はいいだろう。ティトゥスは、寓意画か作業用の仮題かもしれないと言った。描く内容が決まっていても、作業用の仮題のまま完成させることがよくある。題名は販売する前に、流行なども考えて、目録映えのする、早い話、売れそうな題名をつけるという。ありきたりな十字架降下図でも、最近は『十字架降下』よりも、例えば『悲嘆にくれる聖母』とでもつけたほうが顧客の関心を引く。値段に差がつくこともある、と。

結局は商売なのか。ゲイジュツというのは、もっと深遠で高尚で、ナンドのような朴念仁には理解できないようなものではなかったのか。

「ホーヘフェーン氏はかなり絵画好きの方だと思います。邸内には小品の絵がかなりたくさん飾られていました。ちょっと飾りすぎじゃないかなというくらい」

確かにティトゥスのデッサンのそっちこっちには、額縁やその端っこらしきものが描き込まれている。

「明るい時に見れば、どういう絵がお好みなのか分かっただろうと思います。もし手紙が絵画についてのものだとしたら、この署名は見覚えがないので、アムステルダム以外のギルドの画商だろうと思います。前にホーヘフェーン氏が住んでいたアントウェルペンの画商かもしれません」

ナンドはしばらくその用箋を手に取って眺めていたが、突き返すようにしてティトゥスに渡した。

「何にしても、これはホーヘフェーンに返すしかないな」

「私信を見てしまったのは失礼でしたが、過失はあちらにあるのですから、僕は堂々としていてもいいですよね？」

そう言いつつも、ティトゥスの口調がまったく堂々としていない。

「午後にでも伺ってこようかと……思っていますが……」

「ついでに足代ももらって来い。ああそうだ、俺もあやうくホーヘフェーンと同じになるところだった。油を使わせてくれ。ラードが一番いいんだが」

ナンドが左手をあげて指輪を見せると、ティトゥスははっとした。どうやらナンド以上に忘れきっていたようだ。

ラードの小壺（こつぼ）と錫（すず）の匙（さじ）を受け取ると、ナンドは小指にそれを塗りたくった。気持ちのいいものではないが、うっとうしい指輪から解放されるためなら我慢するしかない。ラードはエール同様、上等とは言えない代物だったが、幸い今は味は関係ない。

指輪が回るかどうか試そうとした時、誰かがばたばたと慌ただしく階段を駆け下りる足音が聞こえた。借金取りがなだれ込んで来たのかとも思ったが、意外にもティトゥスは平然としている。ということは、ティトゥスがよく知っている誰かだろう。親方ではあるまい。若者のようだ。

台所の扉が引き開けられた。

「ティトゥス！　社長！　社長！　大変ですよ！　例のアレ聞いてますか?!」

駆け込んできたのは、いかにもお人好しそうな赤ら顔の青年だった。

「社長！　今朝、郊外で埋葬があったってんですが、それがですね！」

「待ってくれ。すまない。今、来客中なんだ」

ティトゥスは青年の言葉をさえぎると、ナンドの姿を彼から隠すように立ち上がった。どういう理由であれ、大の男が派手な赤い指輪を外そうと悪戦苦闘している姿は格好のいいものではない。

青年はラードまみれの手の男にちらりと会釈をしたが、互いの紹介などもうどうでもいいと言わんばかりに続きをまくしたてた。

「だけどそれどころじゃないんですって！　大変なんですよ！　今朝……」

「シモン、これは社長命令だ。後にしてくれ。組合と絵の具屋に行ってたんだろう？　先に親方に顔料を持って行ってくれないか？」

シモンは手にした小さな包みを握り、一瞬階段に戻りかけたが、すぐに居ても立ってもいられないという様子でまたこちらに向き直った。

「いや、でももう本当に、ほんっとにそれどころじゃないんですって！　大変なんですって！　今朝、郊外の墓地で埋葬があったんだそうですよ！　市内から棺が運び出されてですね！」

「でも、市内に墓地の権利が買える者のほうが少ないんだし、アムステルダムは人口が十三万人を超えてるんだ。市内から遺体が運ばれて郊外で埋葬されるなんて、毎日でも起こってることだろう？」

「いや、だから、最後まで俺の話聞いてくださいってば！　今朝、まだ市門が開く時間よりだいぶ前にですよ、特別に門を開けさせて、何の儀式もなしに埋めちゃったらしいんですよ！　日が昇るかどうかって時間らしいですよ！」

ティトゥスは思わず振り返って、ナンドと顔を見合わせた。

「待ってくれ、シモン。なんで君がそんなことを知ってるんだ？」

「だって社長、組合んところで農家のおっさんが言ってたんですよ！」

ティトゥスはナンドに説明を足した。画家組合はチーズの公立計量所の建物に間借りしているので、郊外からチーズを搬入してきた酪農家と顔見知りになることもあるのだという。

「でね、そのおっさんがまた、嫌なこと言いやがるんですわ。あれはペストだって！」

ナンドは険しい顔つきでシモンを見すえた。

確かに、考えたくもないことだが、ペストというのはあり得る。

城壁のある都市の場合、市門が開閉される時間はどこでも厳密に守られている。例外など認められない。当然だろう。そうでなければ外敵から市を守る城壁の意味が無くなる。それを覆（くつがえ）すほどの例外中の例外といえば、外敵の来襲を告げる伝令くらいのものだ。だが幸いなことに、ネーデルラントは今、アムステルダムが包囲戦になるほどの戦争はしていない。いないはずだ。

だとすると、緊急に市門を開けるもう一つの理由はこれしかない。

ペストや天然痘（てんねんとう）の死者を市門の外に出すためだ。いや、まだ生きているうちに市門の外に出すこともあるのかもしれない。そのへんのことはナンドもよくは知らなかった。

「おっさん、『俺は子供の頃にアムステルダムのペスト流行を見てるから分かる』とか言うんですよ！　ペストだなんて、冗談じゃないですよ！　そんなことになったら、俺、ハーリンヘンに帰りますよ！　嫌ですよ！　嫌すぎですよ！　怖すぎます！」

　戦争とペストのどちらがましかと言われれば、ネーデルラントの海軍力を考えれば、戦争のほうがまだ幾らかはましかもしれない。

　もっと情報を収集してきますと言い残すと、シモンはまたばたばたと姿を消した。ナンドは職人の無作法を詫びるティトゥスの言葉を聞き流し、ラードまみれになった指輪を差し出した。

「抜けた」

　関節の周りが赤くなっているが、すりむけたりはしていない。ナンドは手近にあった布巾で軽く油を拭き取ると、指輪を光にかざした。銀の地金が分厚く贅沢な造りになっている。珊瑚とトルコ石を留めた細工も細かく、上等だった。

「母上の名はなんと言った？」

「サスキア・ファン・アイレンブルフです」

「お前の言った通り、SとUの飾り文字だ」

ナンドはためらうティトゥスの手に指輪を押しつけた。

「お前が持っているべきだ」

ティトゥスは指輪の内側を覗きこみ、すぐに刻印を見つけたようだった。繊細な線で小さく刻まれていたが、それは自分の存在を主張するように、輝く金属の地の上に黒々とはっきり浮かび上がっている。

「でも、母のものならば、裁判所命令で正当な競売にかけられて売却されているはずです。僕にも父にもこれをただで手に入れる権利など……」

「俺の持ち物だとしたら、誰にくれてやろうと俺の自由なはずだ。それ以上面倒なことを言うと、多少乱暴なやり方で黙らせなきゃならなくなる」

ティトゥスはしばらく指輪とナンドを交互に見つめていたが、やがて、指輪を一度強く握りしめ、腰に吊るした皮袋にしまった。

「今はそれよりもっと大事な話がある」

ナンドはデッサンの山から再び一枚を摑みだし、ティトゥスの鼻先に突きつけた。

カルコーエン博士と、内科医だという同行者のデッサンだ。内科医は闇の中に立つ影でしかなく、顔も服も描かれていない。

「さっきお前は、カルコーエンと一緒にいた男は内科医だと言ったな？　顔を見せようとしなかった、とも」

「はい。鍔広の帽子と顔にかかるくらい襟の高い服をお召しで、カルコーエン先生は、その方は仕事柄あまり人に顔を見せたがらないというようなことをおっしゃってました」

ナンドは険しい顔つきのまま立ち上がり、重い口調で言った。

「人に顔を見せられない内科医とはどんなものか、お前は分からないか？」

「さあ……全然分かりません」

「ペスト医師だ」

ティトゥスはあまり驚いた顔をしなかった。事の重大さが分かっていないようだった。

「そんなの、聞いたことがありません」

「聞いたことがないのなら、お前が生まれてからアムステルダムでのペスト大流行はなかったということだけの話だろう。ペスト医師というのは、本人がなろうと思ってなるものでもない。大流行のあった土地では、否応（いやおう）なくペスト治療を引き受けざるを得ない医者が出てくる。そのうち、治療をしてありがたいと思われるばかりじゃなくなってくる。しまいには彼ら自身がペストと同一視されて忌み嫌われる。死神のようにな。だから顔を隠す」

「そんな……」

「その男がどういういきさつでペスト医師になったのかは分からん。だが、一つだけ確かなことがある。昨日、ホーヘフェーンの様子がおかしく、人払いがされた屋敷にはこっそりとペスト医師が招じ入れられたということだ。どういうことか分かるな？」

ティトゥスはようやく分かってきたようだ。ゆっくりと、その顔に不安が広がった。

「もっと情報が必要だ」

「どこに行けばいいでしょう？　画家組合でしょうか？　それとも、マイヤーさんを探してお話を……？」

「マイヤーなら無自覚になんでも喋るだろう。だが捕まるかどうかは別問題だ」

が、結局、ナンドとティトゥスはすぐに続報を手にすることとなった。表通りに出たシモンが半時程度で、その異例の埋葬をなされた人物が宝石商ニコラス・ホーヘフェーンだと聞きつけてきたのだ。

墓掘人と葬儀屋、市門を開閉する人夫、御者、伝令、下っ端役人等々、全員が完全に口をつぐんでいるのは無理だ。

　ナンドは昼過ぎに街に出た。もう少し詳しい情報が欲しいからだ。


「情報は金と同じだね。いや、時にはそれ以上の価値があるもんだ。分かるかい？」

　スパイス仲買人だというがらがら声の男は、ナンドがおごったジンを喉に流しこむと、芝居がかった口調で得意げに言った。

「金はあまりにも少額なら増やしようもないが、情報は一見取るに足らないばかげた噂話でも、それを手にした者の才覚によっちゃな、いいか？　国をも動かす価値を生じる。金貨は愚か者が手にしようが賢者が手にしようが、価値は同じだ。だが情報は、愚か者が手にすればゴミのようなネタ話だったとしても、賢い者が手にすればひと財産になる」

　仲買人は人差し指で自分の白髪頭をつついて見せると、一呼吸置いてナンドがおごった牛の頬肉を大きな口に放りこんだ。

　まったくもってその通りだ。お説ごもっとも。

　ナンドは同意する調子で深々とうなずいた。

本当は反論したいところもある。情報の中にはクソの役にも立たないガセネタもある。そして、はした金も捨てたもんじゃない。何しろ、酒と肉程度の投資で、数日分の情報収集が小一時間で済んでしまうことがある。

ファン・レイン家を辞した後、証券取引所の鐘楼（しょうろう）が午後二時を告げる頃、ナンドは市の中心部に向かった。取引所近辺のカフェを渡り歩いて相場師たちに酒をおごるためだ。

株取引は取引所の敷地（しきち）内で刻限通りに行われなければならないが、相場師たちは翌日に備えてカフェで互いの腹を探り合う。ナンドは相場師志望者のふりをしながら、目星をつけた男に近づき、酒やつまみをおごった。

そのうちの一人、だみ声のスパイス野郎はまったくの大当たりだった。彼は株の情報に関しては恐ろしく口が堅かったが、街の噂話に関してはまるきり笊（ざる）だったのだ。

そして偶然か神の配剤か、彼はアントワープの情報に詳しく、ホーヘフェーンを知っていた。以前ダイヤモンド相場に手を出そうとして彼に痛い目に遭わされたのだという。

当然、この宝石商について語る口調は、よい人間を語るものではなかった。話を聞けば聞くほど、ホーヘフェーンを知っている相場師を捕まえたのは偶然でも神の配剤でもないと分かってきた。要するに、相場師は人生で一度か二度はダイヤモンド相場に手を出そうとするものだし、ホーヘフェーンはそういう人間をことごとく痛い目に遭わせているというだけの話だった。

もっともこのスパイス野郎は、ホーヘフェーンがとうに地面の下に埋められていることをまだ知らなかった。それに気づいたナンドは、どんな先入観も与えないため、その肝心なところを言い落して話を聞いた。

情報は時に、出さないことによって価値を生むもんだよ、兄弟。

我の強い相場師たちに小突き回されるという血反吐の出るような苦行を午後いっぱいやり抜くと、夕刻、ナンドはエイ湾の見える新興地区へと出向いた。

そうだ、海だ。海はいい。エイ湾の水は濁った群青色をしていたが、それでも、汚らしい運河のたまり水とはわけが違う。

蒸し暑さは昨日ほどではない。空気もだいぶましだ。エイ湾対岸の埋め立て地ニウエンダメルデイクも、夕日を受け、日向ぼっこをする牛のようにくつろいで見える。

ナンドは視界いっぱい広がる港と、停泊する商船、その間を行き交うはしけを見た。そして欲をかいた男たちの汚れを肺から追い出すように深々と息をした。

港には、二重にめぐらせた木柵がある。好ましくない船を本土に近づけないためだ。木柵の内側には、百を超える船が係留されている。大半がバルト海を行き来する穀物運搬船だが、二割ほどは新大陸やアジアの港を経験した外洋船だ。

アムステルダムは直接外海に面しているわけではない。アムステルダムが海として認識しているエイ湾は、実際には湾というより、河川のような代物だった。河川と断言するのもしっくりとはこない。外海である北海と干潟(ひがた)寸前の浅い入り江であるゾイデル海をつなぐ、どちらが上流ともつかない、幅広過ぎる運河と言ったほうがいい。

アムステルダムはそのエイ湾の南側に位置する都市だった。

北海に直(じか)に接していない分、もろに高波にさらされることはないが、北海とゾイデル海の両方の水位変化に翻弄され、エイ湾に入り込んできた高波が時間と共にじわじわと増幅されてしまうという欠点もあった。もっとも、国土全体がいつ海に呑まれてしまうかも分からないこの低地の国で、理想そのものといった港など存在しない。そういう意味では、アムステルダムは最高の苦渋の選択だった。

何事もない時、エイ湾は漫然と真水と海水が入り混じった港に過ぎない。が、ひとたび異変が起こると、それは女の気まぐれと死神の破壊力をあわせ持った怪物へと変容する。

今日のエイ湾は静かだった。確かに静かだった。

帆を下ろした水面の淑女たちも、ほとんど揺れもしない。が、昨日から水位は高いままだった。今日は干潮時に水門は開けられたものの、運河からエイ湾に向かって流れるはずの水流はよどんでいる。まだ空気まで汚してはいないが、水は腐り始めているように見える。

ペストは一人くらい患者が出たからといって、実際にはたいしたことにはならない。その瘴気が発散されずに街に留まることが恐ろしいのだ。感染者が増えれば増えるほど、瘴気に当てられて屈服する者が増えてゆく。この瘴気を人体から、そして町から追い出す方法を、人間はまだ手にしていない。

水は清らかなら人間の味方だが、腐れば疫病の友だ。

アムステルダムを網の目のように覆う水路は、運河といえば聞こえはいいが、事実上は下水だ。こうして潮の干満に合わせて水門を開け閉めして、風車で水をかき出しながら、日々汚水をどうにかエイ湾に流しているのだ。それが滞れば、疫病の瘴気は街にとどまるだろう。

現に今現在、嫌な予感はある。空気はそう悪くはなかった。悪くはない。が、とってもいいというほどでもない。深呼吸できる瞬間もあれば、日にちの経った汚物の匂いを感じることもある。今や病魔と海が手を携えて、じわりじわりとアムステルダムを死の淵に引きずり込もうとしているのかもしれない。その秘密条約の有無は人間には知らされていないのだ。

　知ったところでどうにもならないが。

　ナンドは造船所の起重機や、石造りのスレイエルス塔を見やった。

　だみ声のカモメたちが夕刻のひと騒ぎをやらかす時間だ。堤防の上で、外国風の帽子をかぶった男が画帳に鉛筆を走らせていた。

　おそらくあの男も、ティトゥスの仲間にして商売敵の一人だろう。カモメや漁夫たちを写生しているのだろうか。ああいうものを描いて何が面白いのかナンドにはさっぱり分からなかった。男はまるでそれを察したかのように、顔を上げてナンドのほうにちらりと振り返ると、画帳を閉じて姿を消した。

　派手な身なりの男がいなくなると、港湾はあっという間に殺風景になった。

　ティトゥスはナンドの帰り際に突然、もう用はありませんから帰ってください、面倒なので二度とここには来ないで下さいと言い、ナンドを追い出そうとした。自分がペストに感染している可能性を考え、気を使ったつもりだったのだろう。ナンドが鼻先で笑って適当にあしらい、お前と弟子はホーヘフェーン家の状況を調べておけと言うと、彼は拾われた子犬のような目で見つめ返してきたのだった。

商人のくせに嘘のつけない男だ。まだ若いからだろうか。いやしかし、彼が大ネタを抱えた相場師のように無表情でいられる日など、本当にやって来るのだろうか。先が思いやられる。

この件にこれ以上首を突っ込む義理はない。ナンド自身、それはよく分かっていた。同情する気持ちもまったく無い。俺のような薄情者は、そもそも同情というもの自体、小指の先程度にしか持っていない。が、今左手の小指に残った指輪の痕が、何かしら運命めいたものを刻みつけているように思えてならないのだった。

これは使命と言ってもいいかもしれない。ナンドは一人ごちて堤防を後にした。

使命とはまた、随分と大仰でもったいぶった言い草だ。

しかし、何かが彼をそこに係留しているのだった。渦巻く海流の中でも決して抜けない碇のように。使命か。それも面白いかもしれない。あとはまあ、せいぜい多少の好奇心か。

それはそれでいいんじゃないだろうか。

ナンドは日が落ちる前に新興地区を後にした。

翌朝、運河の水はいくらか引いていた。

三日目

午前中、ナンドは宿の女将（おかみ）に教えられた古着屋に行き、場違いでない服を調達した。

女将からは、日雇い人夫でもないのなら着るものはちゃんと誂（あつら）えろと顔を合わせるたびに言われたが、面倒だったので放置してきた。そう言われたことさえろくに覚えていなかった。が、ティトゥスに会ってからは多少は気になるようになり、ようやく重い腰を上げたという次第だ。

古着屋は高いものばかりを売りつけたがった。黒と灰色っぽいやつ、この二、三着に下着の替えやつけ襟が何枚かあればいいだろう。服の相場は分からないが、とりあえず型通りに値切る。親父の返事は渋かった。古着は利ざやが少ないのだから勘弁してくれと言われると、言い返す気もなくなる。まあいい。当世風の格好など何も分からないナンドに代わって一式見繕（みつくろ）ってもらったのだから、その指南料と思えば腹も立たなかった。

古着屋はペストの噂を聞きつけていた。曰く、ホーヘフェーン御大は郊外のカトリック墓地にこっそり埋葬されたらしいですよ、とのことだ。ペストなんざ、罰当たりな旧教徒どもがかかる病ですよ、と。この噂には重大な事実が含まれていた。死者がカトリック教徒だったという点だ。この流通の速さを見る限り、明らかに、埋葬に直接携わった者たちが情報流布に加担している。

昼ごろに宿に帰ると、待ち合いにティトゥスがいた。

薄雲越しの柔らかい日差しの中で鉛筆を走らせるティトゥスは、恐ろしいほど集中しきっており、その様子が彼をますます少年のように見せている。ナンドは数回呼びかけたが、彼は気づきもしなかった。両手の指先には何の仕事でついたのか、黒インクの染みが残っている。

ティトゥスの手つきは本職の絵描きにしては器用には見えない。たどたどしく短い線を重ねてゆくような描き方をしていた。しかしそこから生まれる絵は生々しく、魔法のようだ。斧、仰向けに横たわった半裸の男、鉄格子……。ちょっと待て。いったいこれからどんな話を聞かされるのだろう。ナンドは品物を担いできた古着屋の丁稚を宿の入り口で止めて帰らせると、自分でそれを部屋に運び込んだ。

自室から待ち合いに戻ると、ナンドは好奇の視線からティトゥスを守るようにその横に立ちはだかった。二人は半時ほどそうしていたが、証券取引終了を告げる鐘が鳴り始めると、ティトゥスは不意打ちを食らったように息を呑んで顔を上げた。

寝起きのように呆然とした画家をなだめすかして部屋に連れてゆく。ティトゥスは薄いエールを呑ませると我に返り、ようやく口を開いた。

「これはあなたのですか？　どうしてこんなものを……？」

ティトゥスが真っ先に反応したのは、寝台の上の古着の山だった。

「悪いか？　どれも比較的新しいもので、値も張った。そうひどい代物でもないと思うが」

「あなたには金茶や赤褐(せきかっしょく)色のほうが似合うのに」

色？　似合う色だと？　世の中にそういう考えが存在すること自体、ナンドには驚きだった。

「余計なお世話だ。第一、もしかしたら今はそんなことを話している場合でもないんじゃないか？」

ナンドが顎をしゃくって小卓の上の画帳を指すと、ティトゥスははっとしてその通りだと答えた。

「ああ……そうです。そう、今朝……さっき……いえ、でももう、何が何だか……」

何が何だかと言いたいのはこっちだ。ティトゥスの言葉が意味を成すのにも少々時間を要したが、お守りのように鉛筆を握りしめた画家は、やがて驚くべきことを言い出した。

ニコラス・ホーヘフェーンが帰ってきたのだという。

何を言っているんだろうか、こいつは。俺の頭が悪すぎて理解できないのか、ティトゥスの頭がおかしくなったのか、どちらだろう？　ナンドは自身に問うた。あるいは、こいつと俺のどちらにも理解しきれない何事かが実際に起こったかだ。

判断は一通り話を聞いてからだ。ナンドが混乱したティトゥスから少しずつほじくり返す要領で聞き出したのは、おおむね以下のような内容だった。

ティトゥスは今朝、九時の鐘が鳴り終わってすぐ、再び翼竜館を訪ねたのだという。無謀なことをしたものだ！　ナンドが現状を調べろと言ったのは事実だが、大将自ら本丸に突っ込めとは言っていない。せいぜいホーヘフェーンの近所に住む画家仲間に話を聞くとか、外科の組合と同じ建物に入っているという画家組合で話題にしてみるとか、その程度のことを期待したのだが。しかし、やってしまったことにごちゃごちゃ文句を言っても仕方がない。

ティトゥスの作戦は、しかし、想像以上によく出来ていた。

まずは、一昨日は顔を合わせることもできなかったホーヘフェーン夫人を訪ねて、先日聞きそびれたご主人のご用向きを伺いたいと言ったのだという。あの日、お医者様のご訪問でお話を最後まで伺うことができませんでしたが、そのご用がもしご主人のご遺志に関わることでしたら、それを叶えて差し上げるのが神の御心にかなうことだと信じます、と、そう説いたというのだ。

だがホーヘフェーン夫人は何も知らないという。そもそも、一昨日ファン・レインの若旦那をお呼び立てしたこと自体、知らなかったというのだ。夕刻に訪問者があったことは知っていたが、自分は三階の私室から出るなと強く命じられていたため、階下の物音しか聞いておらず、それが誰だったのかを知らないのだという。

そうこうするうち、カルコーエン医師が女中を連れて夫人の部屋にやってきて、ご主人が感染性の病気かもしれないので、呼びに行くまで二人とも絶対にその部屋を動かないでくれと言いに来たという。

再婚して何年も経っていない若い奥方と、物馴れない新米の女中は、いったいどれほどの不安な夜を過ごしたことだろう。時刻の定かでない真夜中、扉の外からしわがれた男の声で、患者はペストだ、危険なので外科医――カルコーエンのことだ――は帰した、女中だけ寄越して湯を沸かさせろと命じられたという。

真っ青になって震える女中を送り出すのは忍びなかったが、奥方はそれに従わざるを得なかった。階下から聞こえる女中の悲鳴と、しわがれ声の怒号。夜が明ける前には、黒い鍔広帽を目深にかぶり、酢を含ませた布で顔を覆った男が奥方の私室の扉を開け、こう言ったという。

隣人をたたき起こして下男を借り、夜が明ける前に葬儀屋に一番大きな棺を用意させろ、と。

棺、そう、棺だ。名も名乗らないペスト医師は、このたった今未亡人になったばかりの女性に対し、弔意の一言も述べぬまま、死刑執行人のようにそう伝えただけだったのだ。

奥方はそれから後の細部を覚えていないのか、話したくないのか、その後は内科医と司祭が取り仕切ってくれたとだけ言った。それでも聞き出そうとしたティトゥスを老女中がとがめ、さすがにそれ以上のことは何も聞けなかったようだ。それは致し方ないところだろう。

「今日、奥方への取り次ぎや何かを仕切っていたのは、執事ではなくてマイヤーさんでした。あの人はやっぱり、主には忠実なつもりなんでしょうけれど、無自覚に口が軽いんですね、僕が奥方の元を辞した後いろいろ訊ねると、知っている限り無制限に教えてくれましたよ。一夜明けていったんは戻ってきた執事も使用人たちも、ペストの一言で大半が家から出て行ったとか、出ていく時に家のものをちょろまかしそうになった下男をひっぱたいたとか、それ以外にはダイヤモンドの屑さえも家から無くなることはなかったとも自慢してました。しかしひどいもんですね。昨日まで忠実に仕えていた人たちなのに」

「よくあることだ。事がペストとあっては、非難するのも難しい。それを考えるとマイヤーは勇敢だな」

「どうなんでしょう？　奥方のところへ戻ってきた老女中は危険を顧みずって感じでしたけど、マイヤーさんはどちらかというと危機感がない人のようです。死者からは瘴気は感染しないものと思っているみたいでしたし」

　それもよくあることだ。だが、実際にペストの流行を経験したことのない者は、みな似たり寄ったりなのではないだろうか。ナンドも実際にペストにさらされたことはなかった。ただ、船の上の常識程度に知っているだけだ。

「で？　マイヤーからは何を聞き出した？」

「彼は翼竜館の一町北に住んでいるそうで、あの日は夜が明ける前に、下男にたたき起こされたのだそうです。ホーヘフェーン家からの使いでした」

「下男？　隣家から借りたというやつか？」

「いえ、一昨日のあの夜には、例の新米女中の他にもう一人、屋根裏の召使い部屋に下男が残っていたそうです。マイヤーさんに言わせると、忠実だけどあまり賢いとは言えない、口の軽い青年だそうです」

「忠実だが口が軽い、か。人のことを言えた義理か、マイヤーは」

「でもその下男は、ちょっと毛色が違うようですよ。皆には『お人好しさん』と呼ばれているそうですが、口の悪い連中からは『薄ら馬鹿』と言われるそうで……要するに、教会から頼まれて預かっているらしいんですね。あの日も彼は事情が呑み込めたのかどうかは分かりませんが、ペストやペスト医師もさほど恐れている様子ではなかったみたいです。難しい伝言には向かないので、とにかく家に行ってマイヤーさんを呼んで来い、ということになったようです」

　結局はこういうことだったらしい。明け方前にペスト医師に主人の死亡を宣告され、奥方はとりあえず『お人好しさん』をやってマイヤーを呼び出した。マイヤーが翼竜館に着くと、家は糞便（ふんべん）や酢や香料の匂いが混ざった湿気に満ち、玄関の間には失禁した新米女中が半ば気を失ってへたりこんでいた。ペスト医師だという男は、中流の市民が着るような黒服に顔や髪を隠す鍔広の帽子をかぶり、長い手袋をしていた。顔は酢を浸みこませたらしい白布で覆い、隙間からちらりと目が見えるだけという、ぞっとするような異様ないでたちだったという。ペスト医師を描いたティトゥスのデッサンはマイヤーの話をもとにした想像図だったが、服も帽子もごく普通のものであるにもかかわらず、その姿は何とも言いがたい違和感を放っていた。

マイヤーは言葉もない奥方の代わりにペスト医師の話を聞き、言われる通りに葬儀屋とカトリックの司祭を呼んだ。葬儀屋には緊急に棺の手配を頼んだ手紙を書いて『お人好しさん』に持たせ、マイヤー自身は近所に住む司祭を呼びに行ったらしい。

「あの辺りにカトリックの司祭が住んでいるのか？」

「ええ、教会があるのだそうです」

「カトリックの教会がか？」

「はい、アムステルダムではどの宗派も別に禁止されてるわけじゃないんで、カトリックも、ひっそりと人目につかないところで礼拝を行う分にはお咎めはなしです。というか、ここではユダヤ教徒もちゃんと組合を持って礼拝や商業をやってますよ。そういう街なんです。カトリックの教会も、あの運河沿いの通りにあるそうです。外観は一見普通の民家で中が教会になってるやつでしょう」

そんなものがあるとは知らなかった。敵国イスパニアの宗派をのさばらせておくとは、何とも太っ腹だ。もっとも、宗派や教義の違いに疎いナンドには、そんなことを言う資格もない。

「司祭も葬儀屋も、もちろんマイヤーさんや『お人好しさん』も、台所からかき集めてきたありったけの酢に浸した布を顔に巻きつけて、すでにペスト医師がシーツでぐるぐる巻きにしたホーヘフェーン氏の遺体を棺桶に収めたそうです。その時、マイヤーさんたちは、ペスト医師が足元のシーツをめくって見せてくれた、黒くなった手足だけを見たとか。あとはもう、あたりに散乱した血だの汚物だののついたシーツもみな棺桶に詰めて、しっかりと釘を打って運び出したそうです。葬儀屋の丁稚が市当局のそういう部門の責任者をたたき起こして、早朝に市門を開けさせたらしいです。少なくともマイヤーさんはそう言っていました」

ナンドはティトゥスのデッサンの一枚を取り上げた。昨日のデッサンと比べると粗いものだったが、この一時間かそこらに何枚も描いたのだから仕方がない。ナンドが手に取ったのは、シーツからはみ出し、力なく垂れ下がった左手の絵だった。それはまるきりティトゥスの想像にすぎないものだが、彼は描かずにはいられなかったのだろう。

手は鉛筆で、陰影も出ないほど真っ黒に、そして乱雑に塗りつぶされていた。マイヤーは、人間の手があんなに黒くなるものかと思ってぞっとしたと言ったらしい。しかし人間の目は往々にして、気持ちが悪いと思うものに釘付けになってしまう。マイヤーもつい、蠟燭の明かりに浮かび上がる、いや蠟燭の明かりに沈んでゆくようなその黒い手を見つめてしまったという。するとペスト医師は手袋をした手でそれをシーツに押し込み、あまり見るな、瘴気の感染は呼気によるものとは限らないと言ったという。

あとは噂通りだった。夜明け前の薄明に先導されるように、通常以上に不吉な葬儀馬車は市門を通過して行った。

「奥方は近所には、主人は旅先で亡くなって亡骸として帰宅し、葬儀はカトリックの教会で内々に行ったから近隣に知られなかっただけだと主張しているようです」

「皆それを信じているのか？」

「一応そうらしいです。その一方でペストの噂も止めようもなく広まってますが……」

「店を開けていないのも、単に喪中だからと言えば表向きは通用するだろう。だが、使用人も職人もペストの噂で寄りつかなくなっている。マイヤーも聞かれれば悪気なくべらべらと喋るだろうし、ペスト説が勝つのは目に見えているな」

「しかしそれ以上感染者が出なければ、いずれはみんな帰って来るでしょうし、問題もなくなるはずです。僕はむしろ、普通にペストの件で終わったほうがましだと思わずにはいられないのですが……」

「何故だ？ ペストがマシだとか、頭がおかしいのか?!」

「ええ、ペストのほうがましです！ 少しくらいなら流行したって構わないとさえ思います。あれに比べたら……これからもっとひどい噂が流れます！ とうてい信じられないような！」

「そう言えばお前はさっき、ホーヘフェーンが帰ってきたと言っていたな？」

「そう……というか……どう言ったらいいのか……ああ、僕はもう何が何だか分かりません……！」

「なら考えなくていい。見たままを話せ」

ティトゥスは観念した罪人が大罪を告白するように、とつとつと話し始めた。

奥方の元を辞した後は、だいたいこんなところだったらしい。

帰り際、愚かな好奇心なのは分かっていたが、ティトゥスはどうしても例の書斎を見てみたくなった。いや、これは単なる好奇心ではなく、事態を把握するために必要なことなのだと自分に言い聞かせる。幸い、家令の役割を果たしているのは例のマイヤーだ。彼なら自分からべらべらと喋ってくれるはずだ。

　ティトゥスは一計を案じた。

　ご主人の執務室にファン・レイン親方のサンプル画を一枚落としてきてしまったようだと言ったのだ。あれは親方に黙って持ち出したもので、無くなっていることが知れたら大変なことになる、探させてほしい、というわけだ。

　前の晩にホーヘフェーンが画帳をかき回しているところは女中も見ているから、そう不自然な話ではない。ティトゥスは折りを見て腰の皮袋から自分のデッサンの切れ端を取り出し、見つかったと言えばいいと考えたのだった。どうせ素人がデッサンで描き手を見分けるのは無理だ。

　場当たり的な思いつきは、綿密に練られた策よりも本物らしいところがあるものだ。マイヤーは疑いもせずにティトゥスを主人の書斎に通した。

　最初にティトゥスの目に入ったのは、東洋の高価な絨毯(じゅうたん)やマットトレスに広がったどす黒い汚れだった。血なのだろうか。鼻を突く酢と汚物の匂い。そこに何やら得体の知れない甘ったるい匂いが混じる。ティトゥスは吐き気を覚えて後悔したが、ここまできたら予定通り部屋を見物、いや、検分させてもらうより他はない。

窓は南側と西側のそれぞれ一つずつが開けられ、風を通していたが、空気は決して良くはなかった。ティトゥスはできるだけ絨毯の染みを踏まないようにして部屋に入った。

「匂いがひどくて……」部屋に入るのとほとんど同時に、マイヤーが弁解するように言った。「暖まったからかな。晴れていたらもっとひどかったかもしれませんけどね。ゲロ臭いというより、うんこ臭いかな」

そういうことは言わなければいいのだ。よけい気になる。ティトゥスはマイヤーのその言葉を無視して、やけに荒らされた飾り棚をまず見に行った。もちろん、デッサンを探すふりは忘れなかった。

「散らかってますね。一昨日はこんなじゃなかった」

「そりゃそうですよ。そこにものすごく高価なシナの皿やなんかがあったんですけど、何も分かってないペスト医師に、ゲロ受けや瀉血用に使われてしまって……。使ったものはみな、棺に一緒に封印して捨てなければなりませんでした。ペスト医師がどうしてもそうしろと言うので」

「そのペスト医師って、どんな人だったんですか？　昨日カルコーエン先生と一緒に来た人ですよね？　僕はちょっと見かけただけですけど、マイヤーさんは会ってるんですよね？」

「ええ、まあ……。でもばたばたしてる中でしたし、夜だったし、顔を隠していましたからねえ。最初、カルコーエン先生だとばかり思っていて、そのつもりで話しかけていたんですが、全然違う人だったんでびっくりしたんですよ。だって私は、カルコーエン先生が来るというのは知っていましたけど、もう一人医者が来てるなんて知りませんでしたからね。名前も名乗らないし、何語だか分からないけど外国語の訛りみたいのがあって、横柄に命令されました。正直、嫌な思いをしましたよ。だけど、何しろ主人の……」

マイヤーはちらりと空っぽの寝台を見た。

「その……」

「分かります、分かりますよ。大変でしたよね」

ティトゥスは適当に相槌を打ちながら、書き物机の下に潜りこんだ。少なくとも探し物をしているようには見せかけた。ナンドならそういう小芝居はさっさと終わらせてしまっただろうが、ティトゥスはどうやらその役をしばらく忠実に演じた。

ティトゥスもさすがに寝台に近づくのは気が進まなかったが、意を決してどす黒くなった敷物に足を踏み入れ、できるだけ染みの薄いところを選んで歩を進めた。

マットレスにも何だかよく分からない、汚らしい染みは残っていた。寝台のすぐそば、南側の壁際に置かれた長持ちは蓋が開けられたままだ。シーツや手拭きの類が持ち出されたのだろう。さすがにもう見るべきものは何もない。ティトゥスは何とかマイヤーの気を逸らして、適当なところでデッサンを取り出して切り上げようと考えた。

その時だ。どこかからガタンという音がして、ティトゥスは心臓が止まりそうなほど驚いたという。思わずマイヤーと顔を見合わせる。椅子か何かが倒れた音だろうか。上の階で奥方が卒倒していたりしないだろうか。

ティトゥスが口を開きかけた瞬間、今度ははっきりと、人のうめき声のようなものが聞こえた。場所は分からない。動物が床を引っかくような音。沈黙。喉を詰まらせたようないびき、あるいはうめき。先に我に返ったティトゥスが廊下に出たが、誰もいない。物音は廊下や天井裏からではなく、寝台の横にある小さな扉の下の隙間から聞こえてくるような気がする。

廊下側に出入り口はない。そこは独立した一部屋ではなく、大邸宅によくあるような、寝室に付属した召使い用の小部屋だ。ティトゥスは問いただすような視線をマイヤーに向けた。さすがのマイヤーも、異変がその小部屋にあると分かってきたようだった。

　よその家の扉を勝手に開けたてするのは気が引けたが、マイヤーが動こうとしないので、ティトゥスは思わず取手に手を伸ばした。が、そこに恐ろしいほど頑丈な鉄枠や南京錠があるのに気づき、はっとして手を止めた。

「この部屋……何なんですか？」

「そこは主人の私的な金庫です。ここに引っ越す時に屋敷を商売向けにいろいろ改装していて、どんな賊にも侵入されない金庫部屋を作ったんです」

　個人的なコレクションとしての非売品の宝石や、特別に高額な商品、ヨーロッパには二つとないような東洋の壺などを置いており、ホーヘフェーン本人しか鍵を持っていないという。当然だが、中に人がいるはずはない。が、今や否定しようもなくはっきりと、うめき声や床を叩く音が聞こえていた。ティトゥスが外から扉を叩いて呼びかけたが、それに対する返事はなかった。マイヤーは恐怖の表情を見せて言った。

「でもここに人がいるなんて、絶対にあり得ません！」

「とにかく開けてみないと！　鍵はどこですか？」

「主人の……ああ、まさかとは思いますが……いや、まずいな、棺の中かもしれません。いや間違いなくそうです！　主人は鍵はいつもシャツにくくりつけていて……そのままだったとすれば、一緒に埋葬されてしまったか……！」

「そんな……。でも、予備の鍵はないんですか？」

「ありません。少なくとも私はそう聞いています。奥様にも、イタリアで修業中のご子息にさえ、鍵は持たせないと言っていました。まさかこんなことになるとは誰も思いませんし……」

「とにかく、まずは男手を集めてこの扉の板をたたき割りましょう。あのほら、誰でしたっけ？『お人好しさん』はいませんか？」

マイヤーは自嘲的な苦笑いを見せ、扉を割るなんて無理だと言った。扉にも壁にも窓にも、いやそれどころか床や天井に至るまで、鉄格子が仕込んであるというのだ。マイヤーは一度だけ改装中の屋敷を検分したことがあるが、板を貼る前の壁に鉄格子を見ているという。まったく、牢獄としか言いようのないつくりだというのだ。

しかし、何もしないでいるわけにはいかなかった。マイヤーは『お人好し』を近所の人々を集めに行かせ、表通りで拾った馬車方に駄賃を握らせてカルコーエン博士を迎えにやった。ペストの噂のある家に入ってくる者はいないかと思われたが、『お人好し』は近所では好かれているらしく、彼が表通りで泣きそうになりながら助けてと叫ぶと、七、八人の男たちが駆けつけてくれたのだった。

人徳というより他にない。おそらく、マイヤーが同じことをしても誰も寄りつかないのではないだろうか。

「で、結局、壁をたたき割ったんだな？」

「ええ。車夫が車輪を直す道具を貸してくれて、力のある職人たちが廊下側の壁を壊したんですが……」

ティトゥスはデッサンを数枚引き出した。

乱暴に破壊された壁から鉄格子がのぞき、その向こうに半裸の男が横たわっている。鉄格子は牢獄のそれよりは細かったが、人を侵入させないという意味では充分に堅牢（けんろう）だった。その向こうで、男は禿頭をこちらに向け、右腕を胸の上に乗せて仰向けになっていた。

汚物で汚れた下穿きをつけているだけで、衣服を着た状態ではない。転がっている男――まさに転がっているとしか言いようがない――は、健康な状態で穏やかに眠っているのではない様子だった。身体をこわばらせ、苦悶（くもん）の表情を浮かべているように見える。

ティトゥスが次に示したのは、痩せた男が太った女とともに、鉄枠のはまった頑丈そうな扉の前に跪（ひざまず）いている絵だった。女は錠前を掴んで、何か細い鉄棒のようなものを差し込んでいる。錠前屋だ。結局鉄格子入りの壁には車夫の鉄槌でも歯が立たず、錠前屋の夫婦が呼ばれたのだという。

この横たわった男がホーヘフェーンなのだという。ティトゥスは一昨日の晩直接会って話しているのだから、間違いはないと断言した。他人の空似や双子の兄弟などでは絶対ない、断じてない、と。口の端の皺、左のこめかみのしみ二つ、首の周りの肉襞、下唇を噛んだ痕、どの細部をとっても、間違いなく一昨日の晩に会った宝石商その人以外にあり得ないとティトゥスは強調した。

その半裸の男は、錠前屋が開錠にかかっている間にも苦しそうに喉を詰まらせ、今にもその呼吸は止まってしまいそうだった。失禁の跡と下着の乱れ方からして、少なくとも数時間はここにおり、何度か寝返りをうったか、もがいたように思われる。錠前屋が目的を達成する少し前に、馬車方が迎えに行ったカルコーエン博士が到着した。その頃には様子を見に来た奥方が衝撃のあまり気を失っていた。

カルコーエンによると、ホーヘフェーンはここ一年ほどの間に、仰向けに寝ると息が詰まることがあるのだという。早く上半身を持ち上げてやらないと、自分で自分の首を絞めるようなことになりかねない。錠前屋の女房が重い錠前を床に投げ捨てると同時に、カルコーエンとマイヤーが金庫部屋に飛び込んだ。短辺が五フート（約一・

五メートル）ほどしかない小部屋には、そう何人もが入り込むことはできない。ホーヘフェーンは太っているとはいえ、まだ大巨漢というほどではない。彼を引きずり出すのは男手二人で何とかなった。上半身を上げて首を少し後ろに反らせてやるようにすると、ホーヘフェーンは大きく喘いで空気を吸い込んだ。何か言おうとしているのだろうか。誰かが気を利かせて持ってきた敷物を担架にすると、ホーヘフェーン――あるいはそう見える何者か――は、男手数人によって上階の寝室に運ばれていった。

が、その時ティトゥスはそれさえほとんど目に入っていなかった。開け放たれた扉の向こうにあったある物に心を奪われていたからだった。

「何だ？　これは？」

ナンドは、ティトゥスが差し出さなかったデッサンを一枚つまみ上げた。半ば隠すようにして画帳の下に置かれていたものだった。隅がはみ出しているのを目ざとく見つけたナンドがそれを引き抜くと、ティトゥスは静かに息を呑んで目を逸らした。

ナンドはしばらくの間それを眺めていた。理解するのに時間がかかったのだ。それは言わば、絵の絵だった。飾りのある額縁に入った絵らしきものを、紙と鉛筆で描き移したものだ。床に直接置かれ、壁に斜めに立てかけられている。額は太く、彫刻を施した、それ自体が美術品と言える立派なもののようだ。しかしその華麗な額縁に縁取られた画布は、ほとんどが真っ黒に塗りつぶされていた。

ナンドがそれをゆっくりとティトゥスの前に置いた。

「これは何だ？」

「絵です」

「一発殴られたほうがすっきりするか？」

「ふざけているわけじゃないです。そうとしか言いようがなくて……。それは、ホーヘフェーン氏が倒れていた場所のすぐそばにあったものなんですが……」

ほとんど真っ黒な絵は、よくよく見れば、中央のあたりはいくらか闇が薄いようにも見える。いや、ただの塗りむらだろうか。画面の下四分の一ほどのところに水平の線があり、何かいくつかの物が描きこまれている。左手に箱のようなもの、右手には外洋帰りの船乗りが連れているような大型鳥――白黒のデッサンでは分からないが、間違いなく極彩色の――が描かれている。右寄りの中央に布か紙のようなものが広げられていたが、これはティトゥスによればアフリカの地図だという。正確なものかどうかは分からないが、少なくとも、市庁舎の世界地図を見知っている者ならばアフリカと判断できるものらしい。絵の中にあるのは、ただそれだけだった。

「僕はそれをひと目見て、イスパニア様式のヴァニタスの一種だと思いました。つまりその、ヴァニタスというのは、静物画の中に虫の死骸や頭蓋骨なんかを描きこんで、物質的な繁栄とその虚しさを描いた静物画のことです。イスパニアではちょっと行き過ぎたヴァニタスが好まれてて、真っ黒な背景の隅っこに干からびた野菜なんかを小さく描きこんだだけのものとか、極端な絵がけっこうあるんですよ。ホーヘフェーン氏のそばにあったその絵も、そういうやつかなと思ったんです」

「死んだはずの男が外から鍵のかかった金庫室に転がっていたことに比べれば、変わった絵くらいどうということもないだろう？　そんな怯えたような顔をしながら話すようなことでもないと思うが」

「いえ、イスパニアのヴァニタスくらいなら僕もそう驚くことはないんですが、気になることがあって……この鳥です。僕が小さい頃、父が船乗りに譲ってもらったと言って家で飼っていた鸚鵡です。この配色でこの飾り毛があるものは希少だと、父が僕にいつも自慢げに言っていたので、とってもよく覚えています。僕は小さい頃から、見たものを覚えているのだけは自信がありましたし。そして何より、この絵の筆遣い……どう見ても父の絵でした。

　僕が金庫の中でそれに見入っていると、マイヤーさんにちょっと見とがめられました。それはそうでしょう。僕は金庫から出ながら、ちょっと言い訳がましく、あれはうちの工房の作品だと言ったんです。そうしたら、マイヤーさんがびっくりしちゃって……。そこにあったのは男性の肖像画のはずだと言い出したんです。それを他の人たちも聞いていて、大騒ぎになってしまったんです。ホーヘフェーン氏がレンブラントの絵から復活してきた、って」

ナンドはすぐには事情が飲み込めなかった。が、少しして理解した。要するに、ホーヘフェーンがレンブラント作の肖像画から抜け出してきて蘇（よみがえ）った、ということだ。キウィリス王のように。いや、キウィリス王より完全に、だ。

目が回りそうな話だ。

「しかしその肖像画というのは、ホーヘフェーンの肖像画だったのか？」

「よく分かりません。僕もそこは確認したかったのでマイヤーさんに何度も聞いたんですが、マイヤーさんは最初のうらこそ『二、三度ちらっと見たことがあるだけだから分からない』と言っていたのに、周りの人たちがあれこれ騒ぎ立てているうちに、ホーヘフェーン氏の肖像画だったかもしれない、いや間違いなくそうだと話が変わってしまって」

「一昨日会った時も困った奴（やつ）だと思ったが、それと比べても別人かと思うくらい馬鹿だな。そこまで無能だとは思わなかったが」

「でも、葬儀や店の休業の采配はマイヤーさんが一人でこなしているのですから、無能ってわけでもないようですよ」

有能なのにその体(てい)たらくだとすると、なおさら頭が痛い。マイヤーのことを考えるのはやめだ。理解しようとするのは労力の無駄だ。

ナンドは手にしたデッサンをそっと小卓の上に戻した。

「まずは、父上にその、何だ、イスパニア風の何とかの絵を描いたかどうか聞くべきだろうな。また一人で翼竜館に乗りこむのだけはやめてくれ」

「それもそうですね。聞いてみます。でも、そうなると……でも、一昨日の晩のことも話さないといけないでしょう……いえ、大丈夫です。話します」

ティトゥスはしおらしくうなずいた。気が重いことこの上ないという顔をしている。

レンブラント画伯の息子はゆっくりと立ち上がり、心ここにあらずのままデッサンをかき集めて画帳に挟んだ。いつでも抜けられる傍観者にすぎないナンドとは違い、ティトゥス・ファン・レインには逃れる術(すべ)がないのだ。ことの重さが違う。

「俺もまた街中で情報収集でもしてみよう。どの程度役に立つか分からないが」

ナンドはティトゥスの背中にそう声をかけた。いつでも抜けられると思ったのは取り消しだ。逃げられる立場の人間だからこそ、逃げ出せないこともある。

夕方までには、ナンドの手元には、収集するまでもなく、まったく予想通りの情報が手に入った。

レンブラントの絵で死者が蘇える奇跡が起こった。ペストで死んだ宝石商が、レンブラントの肖像画から抜け出して生きて帰ってきた、と。


日が暮れる頃になって、ナンドはふと気づいた。

ティトゥスが自分の父親に言及する時、父や親方、先生等と呼び方が変わるのだ。使い分けをしているようでもない。

このことについては本人に指摘しないほうがいいだろう。乗馬名人が自分の動作を意識したとたん落馬するのはよくあることだからだ。


例の英国人の一団は、その晩も翼竜館前の飲み屋にいた。

フルーンブルフワル運河に面したその店は、《フルーンブルフワル》という何の工夫もない名がつけられていた。そのものぐさな名が表す通り、商売っ気のある店ではない。しかし船着き場から少し離れているという場所がいいからだろう、客足は絶えないようだった。たまたま来た客が惰性で足を運ぶうちに常連になり、彼らのおかげで流行（はや）っているように見える。いい店に見えれば、一見（いちげん）の客もやって来る。どうやらその手の店らしい。

土間に適当に椅子や食卓、小卓代わりの樽が並べられており、油っぽい蒸気と安ソーセージの匂いと、陽気な笑い声に満たされた、それこそどこにでもある飲み屋だった。場末というほどでもなく、客の中には子連れの女もいる。酒飲みたちの足元に落ちたムール貝の殻を舐める猫もいる。

ナンドは日が落ちて二時間ばかり後、《フルーンブルフワル》に足を運んだ。特に目的があるわけではない。が、目の前は翼竜館だ。今あの屋敷に近づくのなら、ここで飲むのが最も無難な言い訳だ。

客は一昨日に比べて減ったようには見えない。いや、むしろいくらか多いくらいだ。港の呑み助どもはペストが恐ろしくないのだろうか。ナンドは片隅に席を取り、ビールや干し魚、黒パンを頰張った。耳が慣れると噂話が聞こえてくる。ほどなくして繁盛の理由が分かった。やじ馬だ。こいつらはみなやじ馬なのだ。肖像画から復活した宝石商を見物したいのだ。それが叶わないのなら、せめてその舞台だけでも見ておきたい。そして明日、近所なり職場なりで自慢する腹積もりなのだ。

物見高いとはこのことだ。見たからといって何が分かるわけでもあるまい。しかしここがこんな具合なら、ファン・レイン家の前など、いったいどうなっているだろうか。ティトゥスもヘンドリッキェも、道を歩くだけで指をさされてあれこれ言われているだろう。ナンドは一瞬、フルーンブルフワル通りではなくローゼンフラフト通りに行ってやるべきだっただろうかと考えた。が、自分が行ったところで何の役に立つわけでもない。やじ馬がひとり増えるのと同じことだ。いや、役立たずがうろうろするのは、単なる迷惑よりなお悪い。行かなくて正解だ。

塩漬けオリーヴが皿から一粒落ち、隣の小卓の下に落ちた。ナンドは見るともなしに目で追った。オリーヴが転がった先に、いつの間にか例の英国人たちが陣取っていた。

今夜は頭(かしら)らしい太眉と、軍人ぽい大男、おとといナンドをスペイン語でからかった若いのの三人だけだった。若いのはナンドがこちらに視線を向けたことに気づき、嬉しそうににやりと笑った。

「ねえ、あんたさ、年、幾つ?」

若いのはこなれたネーデルラント語で馴れ馴れしく話しかけてきた。不躾というより、頭がおかしいのではないか。ナンドは、こいつは一体何なんだと訊ねる視線を太眉に向けた。太眉はそれを無視し、若いのは再びナンドに話しかけた。

「今日はおじいちゃんみたいな恰好してないね。あんたさあ、何歳くらいなの？」

「そこのおっさんほどじゃないな」

ナンドはあからさまに太眉のほうに顎をしゃくった。軍人ぽいのが身構えたが、太眉がごくわずかに右手を挙げて制した。

「え、このおっさんもさほどじゃないよ。こう見えても、ええと幾つだっけ？　ああ三十二にはなったんでしたっけ？」

太眉は適当にあしらうように頷いた。ナンドは顔色にこそ出さなかったが、驚かずにはいられなかった。このおっさんがか？　もう四十は過ぎているように見える。ぼさぼさの太い眉、口元や頬に深く刻まれたしわ、長い間淫蕩にふけってきた者だけが持つ、ねっとりと絡みつくような視線と大きな垂れ目。年古りた世渡り上手の顔だ。

「やめとけ、ポール」

太眉は低音のきいた声で若いのをたしなめた。ポールと呼ばれた若者は、鼻がおそろしく高く頭蓋骨にも奥行きがあったが、不思議とのっぺりとした印象を与える顔つきをしていた。彼は太眉のおっさんの言葉を無視した。

「このおっさんより本当に若い？　どう？」

「何故そんなことを聞きたがる？」

「いいじゃない。ねえ、教えてよう」

「黙れ」

ナンドはそう素っ気なく答えてやめるつもりだったが、ポールとやらがまた口を開きかけたのでつけ加えた。

「自分の生年月日を覚えている連中は、洗礼記録がどこにあるかちゃんと知っていて、親や取り巻きが面倒を見てくれるようないいとこのお嬢様かお坊ちゃまだけだ。たいていの船乗りや馬車方は、てめえの正確な歳なんざ知りもしない。お前はどうなんだ？　洗礼記録はどこにある？」

「ソールズベリ大聖堂」

ポールはしれっとした態度で答えた。

「やめとけって。彼はこう見えても爵位のある貴族だ」

太眉が残念なことを伝える口調で言った。

「失礼した。ポールはちょっと変わり者でね。仲間内でも、いつも悪ふざけをけしかける役回りだ」

「変人でも変態でも構わないが、そういうことは仲間内でやってくれ」

席を立ちかけたナンドを優雅な手つきで制すると、太眉は今しがた小杯に注いだばかりの液体を差し出した。この店でもっとも高級と思われるジンの瓶から出た液体だ。いくらか大仰で、優雅な身振りで、念を押すようにナンドに薦めてきた。彼らも同じ酒を飲んでいる。ナンドが杯を受けると、太眉はありがたいと言わんばかりに目を細めた。

いい酒だ。一挙手一投足を人目にさらされることに慣れたしぐさだ。

ナンドはジンを受け取ったが、愛想良くする気はさらさらなかった。

「役者か？　だが少なくともドサ回りではなさそうだな。でないと、そういういい生地の着物は着られんだろう？　地味に装ったつもりだろうが、普段の贅沢癖は捨てられないと見える」

軍人っぽいのは表情こそ変えなかったが、また少しばかり身構えた。太眉はまた目を細めた。

「ほう。いい目を持っている。貴方は古着をお召しのようだが」

「着るものの美醜なんぞ関心はないが、そんな人間にも、金がかかっているかどうかは分かる。お忍びならお前らも本物の古着を着ろ。ここは舞台じゃない」

「そういうわけにもいくまい。私の仕事は役者というより『偶像』だ」

何がおかしいのか、ポールがふ抜けたような笑い声をあげた。

「私が衣装を身に着け、壇上に上がってお決まりの台詞を述べるだけで、大衆のみならず、王侯貴族が熱狂する。私に冷ややかな目を向けるのは、風紀にうるさいお役人と、一部の議員だけだ。この二人を私のお供に任命したのは誰だとお思いだ？　イングランド国王陛下その人なのだよ」

これほど馬鹿らしい会話など、世の中にそうそうあるまい。ナンドはまた席を立とうとしたが、その動作を見極めたのか、軍人ぽいのが退路を断つ位置に移動した。太眉とポールはだらだらとお喋りをしながら、その目はしっかりとナンドを観察している。

彼らはただ、目についた客をいじって遊んでいるわけではなかった。明らかに目的があってナンドに接触してきている。

「で？　その英国きっての花形役者様が、いったい何だってこの湿気った大陸に？」

「宮廷の行事が多くてね。いやはや、まさかあんなだとは。少し息抜きがしたくなったのですよ。宮廷というものに慣れていないので」

ポールがまた笑った。

「ここはいろいろな意味で懐かしい土地だ。ネーデルラントには恩もあるが怨みもある。行き場のなくなった私を拾ってくれたのも、下積み時代のドサ回りで辛酸を舐めさせられたのも、このネーデルラントなのでね。

ところで貴方、当てものなら私も自信があるので、ひとつ当ててごらんに入れよう。貴方、もしかしてお父様はアフリカ航路の船乗りではなかっただろうか？」

太眉役者のねっとりとした垂れ目からは、意外にも真剣な視線が放たれていた。いよいよ何某かの茶番が始まるわけか。

小金がありそうな人間を見つけては、こうやって探りを入れながら遠い親戚や債権者を装ってたかってくる連中は多い。一昨日の夜、あの目立つ指輪をしていたところを見られているからだろうか。

「知るか。俺には記憶というもの自体が無い」

ナンドは今度こそ席を立ちながら、自分の最大の秘密をこの名さえ知らない芸人たちに投げ与えた。

「俺は何も覚えていないんだ。本当の家が何処なのか、いつ洗礼を受けたのか、あるいは洗礼を受けてさえいないのか、何も思い出せん。お前らのような三馬鹿に垂れてやれるような恩恵もない。失礼する」

「記憶がないだと?! どうしてだ? 何があった? もしや戦争経験者か?!」

軍人ぽいのが初めて口を開いた。その声には、へらへらした若い貴族や老け顔の花形役者にはない、重々しい真実味があった。

「だったら何だ? それさえ知らん。どいてくれ」

ナンドは軍人ぽいのを押しのけると、店の外に出た。

外は一昨日とはうって変わって冷気が漂い、秋の夜半の冷え込みを予感させた。

戦争経験者か。何が聞きたい? だとしても、思い出せないのなら答えようがない。

翼竜館は、三階の窓にかすかな明かりが見えるだけだ。あの部屋のどこかにニコラス・ホーヘフェーン、もしくはそれに見える何者かが寝かされているのだろう。

空は薄明も尽き果て、薄雲のせいで星も見えない。

家々の窓から漏れる明かりだけが、ごくわずかに石畳を明るませている。

ナンドは木板の橋を渡ると、翼竜館前の敷石を踏んだ。

明かりが地面にまで届いているのは、比較的裕福な者が住んでいる大通りだけだ。

路地や裏通りは暗く、夜目が利くかよほどこの街に慣れていない限り、運河に落ちずに歩くのは不可能だろう。翼竜館の南側の横道も、この大邸宅からの明かりが少ないせいか、ほとんど真っ暗だった。できるだけ足音を立てないようにその横道に向かった。

何かがそこで動くのが見えたからだ。ナンドは街に慣れてはいないが、夜目は利く。自分でも恐ろしいほど夜目が利くのだ。

確かにいる。誰かがいる。野良犬ではない。人間だ。

その何者かは屋敷の下でうろうろしていたが、やがて横道の奥に向かって歩き始めた。鎧戸(よろいど)から明かりが漏れる家の前で、一瞬だけその動きが浮かび上がる。ナンドが近づこうとしたのに気づいたのかもしれない。

しかし何故、逃げるように去ってゆく？　ナンドは反射的にその人影を追った。その誰かは確かに、ホーヘフェーンの家を見上げながら様子をうかがっていた。今、アムステルダム中でファン・レイン親方の家と並んでもっとも野次馬の耳目を引きつける場所には違いないが、こんな夜遅く――もうとっくに十時を過ぎている――にたった一人で死病や怪奇譚の焦点を訪ねること自体、尋常ではない。

何より、ナンドの接近にいち早く気づいてその場から逃げ出したことが気になった。追ってどうなるものでもない。それでも追わずにはいられなかった。

人影はいったんクロフェニールスブルフワル運河沿いの大通りに出たが、すぐに慈善病院の建物群の中に消えた。ナンドはここには足を踏み入れたことがなかった。躊躇もないではなかったが、足を止めるほどの遠慮もない。人影は物馴れた様子で、入り組んだ中庭や渡り廊下の下、小屋の裏をすり抜けてゆく。見失うかもしれない。病院は夜でもあちこちから人の気配がするところがやっかいだ。そしてここでも下水の匂いがする。

人影もナンドも、いつの間にか走り出していた。

少し低くなった地面が揺れているように見えた。違う。あれは水面だ。病院の敷地内にも細い運河が入りこんでいるのだ。対岸にある建物の明かり――あれだけ惜しげもなく蠟燭を消費するのだから、相当なお屋敷に違いない――が、臭い水に映ってきらめいている。逃走者はナンドがこの水路に落ちることを期待したのだろう、急激に走る向きを変えた。

お屋敷とは反対方向、方角で言えば南に進路を変える。たとえ夜でも、ナンドはこの程度で方角を見失うようなことはなかった。逃走者は再び複雑な中庭とアーチの迷宮に突っ込んでゆく。動きはだいぶ鈍っている。ナンドはまだまだいくらでも走れたが、相手は息切れしてきたようだ。身のこなしからして老人ではなさそうだったが、ひ弱すぎる。追っているこっちが苛立つほどだ。

いい加減馬鹿らしくなり、ナンドは歩を緩めた。ちんたら歩いて追っても見失いそうもないほど、逃走者の速度は落ちてしまった。中庭はえらく散らかっているらしく、ナンドは何か嫌な感触のものを踏みつけた。そのぐんにゃりしたものが叫び声も鳴き声もあげないものだったのは幸いだろう。死にかけた患者でも転がっていたのではたまったものではない。

逃走者の動きはさらに鈍った。ナンドは腕を伸ばした。しかし捕まえてどうする？どうせ物見高い馬鹿一匹に決まっている。そう思った瞬間、さほど遠くはない何処かで、若い男の声が叫んだ。

「誰かいるんですか?!」

慈善病院なんかで夜に走り回っている者がいれば気づかれないはずはない。アーチと列柱の向こうで光が揺れ、石畳を踏む足音が聞こえた。光の主は騒動の現場がどこだか分からない様子で、呼びかけながら右往左往している。

「誰かいるんですよね?!」

ナンドは二度目の声でそれが誰だか分かった。

「ティトゥス！　ティトゥスだろう?!　俺だ。ナンドだ」

ナンドが応えた次の瞬間、逃げ続けた人影は、ひときわ暗い一隅に飛びこむようにして姿を隠した。面倒な野郎だ、転がっちまえと思ったのとほぼ同時に、くぐもった叫び声と何本もの木材が転がる音があがった。

「何をする！　やめてくれ！　助けて！」

逃走者は石畳の上に転がっているようだった。

「大丈夫ですか?!　どこにいるんです?!」

「こっちだ。分かるか？」

ティトゥスはがらくたに足を取られながらも、ナンドと逃走者のそばに何とかたどりついた。小さな角灯をかかげている。着ているものは昼間と同じだったが、左の襟口が破れているように見える。光の加減ではなかった。彼のほうにも何かあったのだろう。

「すまん。何かもめ事があったとかいうわけじゃない」

ナンドはティトゥスにそう言いながら、荒い息をつく逃走者に手を差し出した。

「こんな時間に翼竜館を見物か偵察に来た者がいて、俺に気づいて逃げたのでつい追いかけてしまった。お前はどうしてこんなところにいる？」

「僕はカルコーエン先生を探しに来たんです。何度かシモンに使いに行ってもらったら、どうやら夜遅くにならないと帰らないだろうと言われて……。それで、ご自宅の前で待っていたんです」

　ティトゥスがそばに来ると、ナンドは逃亡者の腕をつかんで立ちあがらせた。逃走者は一瞬だけ、額に血を流し左目に眼帯をした顔を明かりにさらしたが、顔をしかめて手でその光をさえぎった。

「カルコーエン先生……」

　ティトゥスが愕然(がくぜん)としたように言った。


　ヘイスブレヒト・マテイスゾーン・カルコーエン博士は、ティトゥスとナンドを自宅に招き入れた。男の一人暮らしでもてなしは出来ないことと、光が目の負担になるので明かりは覆いをかけたろうそく一本になることを詫びたが、本当に詫びる気のある口調ではなかった。ナンドには最低限の視線も向けようとしなかった。

　働き盛りの中年のうちに引退せざるを得なくなったこの外科医は、顔立ちこそまだ三十代と言っても通りそうな若々しさだが、表情はくたびれ果てた老人のようだった。額が広く、髪は白髪交じり、左目に黒い眼帯を当て、それを隠すように右側で髪を分けている。残された右目には、ただただ憂いが宿っている。不用意に運動したせいだろう、不快そうに脇腹を押さえてしかめ面(つら)をしているので、ますます厭世的(えんせいてき)に見えた。進んで話をしたくなる相手ではなかった。

カルコーエンは今現在、慈善病院の敷地内に住んでいるという。小さな家の一つを安く借り受ける形で居住しているのだと。客間はそこそこ整理され、調度は安物だったが、決してひどい暮らしではない様子だった。少なくとも、隠棲(いんせい)した名士の上っ面を保つにはどうにか間に合うといったところか。もう治療行為はほとんどしておらず、後進の若い医師を指導したり、医学についての研究をしたりして過ごしているのだという。

訪問者たちを座らせると、カルコーエンは鏡も見ずに手の感覚だけで怪我(けが)の治療を始めた。さっきの騒動で生(は)え際に怪我をしたらしい。そこから出血していた。治療といっても、水差しの水と手拭いで傷を清め、薄気味の悪い黒い軟膏(なんこう)を傷口に塗るだけだった。

かなり出血があるように見えたが、さすがに外科医というべきか、カルコーエンはまったく動揺していない。

「お父様はお元気ですか？」

小さな石壺から軟膏をへらですくい取りながら、哀(かな)しいことを語る口調でティトゥスにそう訊ねた。

「ありがとうございます。父は特に病気もしていませんし、工房のほうもどうにかやっています」

元気だ、とは言わなかった。

「息災なのは何よりです。外科医組合に永久的に飾る集団肖像画を描いてもらって以来、お父様には一度もお目にかかっていなかった。あれは一六五六年だから、六年前のことになりますね。私は組合の上級会員になったばかりだったが、大枚をはたいて弟子の中では一番いい場所に描いてもらったものです。並の画家に単独の肖像画を描かせるより高くついたが、あの時ほどいいお金の使い方をしたことはないと今でも思っていますよ」

ナンドはあっけにとられた。何なんだ、この取ってつけたような説明くさい台詞は。しかもカルコーエンはそれをよどみなく口にした。ナンドにわざわざ聞かせるつもりで言ったのだろう。憂い顔のままだが、今度は、口調ばかりはいくらか誇らしげだ。

そういう男なのだ。服装こそ隠棲の身にふさわしく質素だが、襟元に大きなダイヤモンドの飾りピンを差している。

「ありがとうございます。先生も、その……」

「いや、気を使っていただかなくても結構。私がこういう身では、差しさわりのない社交辞令も難しいでしょう。私は田舎の土地の上りや何かで何とかやっているのでご心配なく。その土地に引っ込むことも考えたのだが、田舎は、まあ正直に言うと、どうにも退屈でね。それに、アムステルダムにはあの絵がある。愚かかもしれないが、どうにもあの集団肖像画のそばから離れられないのだ」

ティトゥスはどう反応したらいいのか分からない様子で、曖昧にうなずいた。

「あれを描いてもらってすぐ、研究のためにアフリカに行ったのですよ。私は若い頃から外国の病気や知らない医術に興味があった。ムスリムの優れた技術、新大陸や東洋の薬草、アフリカの風土病、いろいろだ。ここにいては研究にも限界があったので、かつて二度、トルコや中東にまで足を延ばしたことがある。それ以上遠くには行けなかったのですがね。肖像画の直後、ホーヘフェーン氏のつてでアフリカに行くことができたのだが、その間に、不慮の事故でこうなってしまった」

カルコーエンは左手を失ったほうの目の前で小さくひらりとひるがえした。

「外国にいらっしゃったことや目のことは聞いていました。でも、今お元気でいらっしゃると聞けば、父もきっと喜びます」

カルコーエンは礼を言うと、一呼吸おいておもむろに立ち上がり、飾り気のない戸棚からジンの瓶と人数分のグラスを取り出した。

「何の話をしに来られたのか、だいたい見当はついているよ。今日のあの、翼竜館での件でしょう？　まあ、気にしないことだね。並はずれた才能は常に妬みの対象になる。凡人は才人を妬んで貶めるものだが、いかにそうして才人を侮辱したところで、その才が凡人に宿るわけではない。愚かなものだ。妬みからくる戯言には耳を貸さないのが一番ですよ」

「父は耳を貸していません。でも、工房の者たちは困っています。確実に作品の売買には支障をきたしますし、何ていうか、おかしな発注希望者の対応が面倒で……」

「才人と凡人に挟まれて悩まされるのは君や弟子たちというわけか。ティトゥス君、君はちゃんと眠れているかな？　それとも胃の腑が痛いか？」

「いいえ、その、そういうことでもないんです。僕のことじゃなくて……その、何て言うか、実は……実は僕は、おととい先生と一緒にいたペスト医師のことが聞きたくて」

カルコーエンは少しばかりびくりとしたように見えた。しかし、すぐに何かを答える様子はなく、ただジンを飲んでいる。

「何故そんなことに興味を持つのです？」

「先生はもちろんお分かりかと思いますが、僕としては、今日のあの……ホーヘフェーン氏の件……あの変な噂だけは払拭したいんです。もちろん他人の家の事情に首を突っ込んだりはしないつもりですが、でも、何も手がかりがなくてはどうしようもないので、結局、あれこれ詮索するような形にはなりますけど……。この件に関わっていることをいろいろ知りたいんです。ホーヘフェーン氏が本当にペストで亡くなったのか、本当に埋葬されたのか、実際は何が起こったのか、そばにいた方々が何を見たのか、知りたいんです。いえ、知らなければならないんです」

カルコーエンは何を考えているのか分からない目つきでティトゥスを見つめながら、またさらにちびりちびりとジンを舐めた。表情が読みにくいのは隻眼のせいではないだろう。何か気取りや行き過ぎた矜持のようなものが、この男を他人より高いところにいるように見せるのだ。

「まあ確かに、レンブラント工房の立場としてはそうなるだろうね。しかし、一つ忌憚なく言わせていただこう。私の側から事態を見るとこうなるのですよ。私は一昨日、自分の患者を診察しに行ったら、その患者の家の玄関先で君に会い、その後患者は急死した。そして今日、またその患者の家で君に会い、その直後、死んだはずの患者が蘇った。君にあの家で会うたびにおかしなことが起こる。そして君はレンブラント画伯の息子だ。これを不気味と感じるのは私だけではあるまい」

　ティトゥスはすがりつくような目でナンドを見た。外科医の言うことは理屈の上では正しいだろう。しかし、この男が言うと何とも嫌味で気に入らない。ナンドにとっては、このいけ好かない野郎に手の内を明かすのはどうにも不愉快だが、顔なじみであるティトゥスにはそうではないようだった。

「そんな……いえ、でも分かります。そうですよね。まずは僕の方からお話しすべきですね」

「そうしていただけるとありがたい。納得できれば私も話そう。もっとも、私も自分が知っている僅かな範囲のことしかお話しできないがね」

　カルコーエンは承諾したが、ティトゥスに説明を任せておくわけにはいかなかった。何もかも全てを明かしてしまうのは（相手が誰であるかにかかわらず）まずい。こちとらマイヤーとは訳が違うのだ。ナンドは説明を買って出た。一昨日はホーヘフエーンがファン・レインの親方に用があるというのでティトゥスが訪問した。しかしホーヘフエーンは体調を崩して話ができなかった。ティトゥスは早々と退出し、玄関先でカルコーエンに会った。ただそれだけの話だ。そして今日は奥方にお悔やみを言いに行っただけだ。ティトゥスが手紙を（故意ではないにしろ）持って帰ったことは言い落した。本筋には関係がない。何より、ティトゥスにとって名誉なことではない。

ナンドの意図は伝わったと見え、ティトゥスも無邪気にその件を言い足したりはしなかった。

カルコーエンは時おり布を傷口に当てて出血がないかどうか確認していたが、気を逸らすこともなく、かといって興味津々という様子でもなく、どこかしら超然とした態度でそれを最後まで聞いた。彼はナンドをティトゥスの商売上のパートナーか何かだと思っているようだ。それはそれで構わない。知り合った経緯を詮索されないのは結構なことだ。

「なるほど。そうでしたか。よくあることですが、真相は案外他愛のないことですね。私のほうも似たり寄ったりですよ。取り立てて役に立つような話は何もない。聞いたらおそらくがっかりなさるでしょう」

外科医はジンを飲んで口元をぬぐい、悲しむようにうなずいた。

カルコーエンの話は、背景はだいぶ長く複雑だったが、説明は極めて明確で簡素だった。ホーヘフェーンとは、かつてカルコーエンがアジア航路帰りの船員たちの治療を引き受けていた頃に知り合ったのだという。そしてホーヘフェーンの部下たちと共にモロッコに向かい、そこで事故によって左目を失って帰ってきたのだった。カルコーエンは外科医としての未来を失い、ホーヘフェーンはそれを気の毒に思って、今でも相場以上の報酬で自分の診察を任せているのだという。マイヤーがお喋りした通り、ホーヘフェーンはしょっちゅう彼を自宅に呼びつけていたようだ。

カルコーエンはあからさまな不満は口にしなかったが、この状況を心の底から歓迎しているようでもなかった。当然だろう。ただでさえ自尊心の強そうなカルコーエンのことだ。うまく行けば今頃、教授か何かのごたいそうな肩書きを得て、外科の世界で頂点に立っていたかもしれないのだ。それがこうして商人風情のお情けで暮らしているのだ。面白かろうはずがない。

「ホーヘフェーン氏は大変に頑強な身体の持ち主で、あの身体なら農夫や船乗りどころか、新大陸の海賊でも最前線の戦士でも勤まったでしょう。ただ問題は膝だった。関節が潰れるほど肥満していたわけではないのだが、何かで痛めたのを放置したらしく、不調が身についてしまった。『癖になる』というやつですよ。……ああ、これは患者個人の秘密ではない。ホーヘフェーン氏自らが多くの人にわざわざ知らせている事実だ。気にしなくていいですよ。

一昨日私が行ったのも、その膝の件です。かなりの強行軍でハノーファーに行き来するというので、気にしてはいたのですが。揺れる馬車に長時間乗っていれば、歩いていなくても膝には負担がかかる。帰宅したらすぐに連絡を寄越すという約束になっていました。私はできるだけ早朝と夕方にしか外に出ないようにしているので、あの日も夕刻に出かけるつもりでした。そう、右目がね、あまりに眩しいと辛いのですよ。真昼は窓掛けを下ろして室内にいるようにしているくらいだ。今ではすっかり夜のほうがものがよく見えるようになってしまった。あの日はイタリアから来客があったので診察は遅くなってしまったのです。その来客というのが、ティトゥス君も会ったあの内科医です」

彼は特に重要でも何でもないことを肯定する態度で、ごく軽く二回頷いた。

「奥方の話によれば、彼はペスト医師だったようだが？　何故、まだホーヘフェーンがペストと分かっていなかった時点でペスト医師を連れて行った？」

ナンドが聞くと、カルコーエンは深々とため息をついた。

「連れて行ったのではなく、彼が強引について来たのです。私がハノーファー帰りの旅人を往診すると言ったら、彼は自分も一緒に行くと言い張ったのです。ハノーファーから移動した人間をとても警戒していました。もしかしたら、あちらに流行の徴候があるのかもしれません」

「で、そのペスト医師はどこの誰なんだ？」

「アンブロジオ・アニェージ。パドヴァの内科医です。ふた月ほど前、ある大御所の外科医から、近いうちに彼がアムステルダムを訪ねるから、その時は面倒を見てやって欲しいと頼まれていたのです」

「また話に人が増えるのか。やれやれだな。で？　その大御所先生というのは？」

「ニコラス・トゥルプ博士ですよ」

そんなことを聞いてどうすると言わんばかりの態度だ。

「トゥルプ博士って、何代か前の市長のことですか？」

ティトゥスが訊ねると、カルコーエンはナンドに対するのよりはいくらか熱意のある態度で答えた。

「その通り。あの方は外科医ながら、ペスト治療と防疫にも実績のあるお方だ。トゥルプ博士は若い頃、ペストの研究と治療でアムステルダムを救われた。一六三五年のことだから、私は……そう、十四、五歳で、これから医学を志そうという年頃だった。いや、あの災難が私を医学の道に導いたと言っても過言ではないでしょう。父親が外科医でなかったら、私は内科医になっていたかもしれない。トゥルプ博士もだいぶ高齢になられたが、今でもペストに関しては研究をしておられる。私にとっては英雄ともいえる方だ。その方からこの客人をよろしくと頼まれれば、面識のない方でも喜んでお引き受けするだけです」

名誉に関わることとなると、カルコーエンの話はとたんに説明臭くなる。他人に聞かせたくてたまらないのだろう。

「なるほど。偉い先生が紹介するくらいだから、そのイタリア人も藪医者(やぶいしゃ)でもなさそうだな」

「そうなのかもしれませんが、あまり愉快な相手ではありませんでしたね」

カルコーエンはその日は後進の指導もなかったので、できるだけ直射日光を遮った室内で書物を読んでいたという。アニェージ医師は慈善病院の事務も通さず、トゥルプ博士からこの住所を聞いたと言って直接やってきた。彼はこの残暑にもかかわらず、恐ろしく風通しの悪い襟の高い服を着こみ、顔を覆い隠すほどのつばの広い帽子をかぶっていた。カルコーエンもペスト医師というものに会ったのは初めてだったが、これほどまでに身を隠さなければいけないことに驚かざるを得なかったという。

アニェージ医師が現れたのは、ホーヘフェーン家から二度目の使いが来て、主(あるじ)の体調が急変したと告げた直後だった。アニェージ医師はその患者がハノーファー帰りだと聞くと、咎めるような口調でそれを確認してきたという。

「非常に強い口調で、自分も行くと断言されたのですよ。顔つきはほとんど分からなかったが、口調は恐ろしいほど強くて、あれは依頼でも提案でもなくて、まったくの命令でした。断りようもなくて、まあ医者が増える分にはいいだろうと思って、たいして考えもなく連れてゆきました」

翼竜館に着いた時の様子は、ティトゥスの話と一致していた。アニェージ医師はティトゥスとは挨拶さえしようとせず、戸惑ったカルコーエンはつい、取ってつけたような言い訳をしてしまったのだという。

問題はその後だ。カルコーエンは少しの間逡巡し、間を取るように額の傷に軽く手拭いを当てた。血は止まったようだ。それを確認すると、彼はまるで観念したかのように話し始めた。

二人が執務室に上がった時、ホーヘフェーンの身体にはすでに黒ずんだ斑点が浮かんでいたという。アニェージ医師はカルコーエンに、何も言うなという仕草を見せ、何か良くないものでも食べましたかと言いながら、ＶＯＣ（オランダ東インド会社）の略称が描かれた東洋渡りの絵皿を飾り棚からとりあげ、無造作にホーヘフェーンの前に置いた。それとほとんど同時に、ホーヘフェーンは嘔吐し始めたのだった。

ペスト医師はすでに、マスクや手袋などを持ってきていた。やはり彼には最初から心当たりがあったのかもしれない。医療専用の強い酢も少量だが持参しており、カルコーエンにもそれを浸みこませたマスクをつけるよう要求してきた。慣れていないカルコーエンには、病人の吐瀉物より強い酢の匂いのほうがよほど辛かったというが、アニェージ医師の命令は絶対だった。

ホーヘフェーンを寝台に寝かせ、下着もあらかた脱がせると、二人は思わず目を疑った。患者の体幹にできた黒いしみはひどく、もはや疑いようがなかった。

「鼠径や腋下のリンパ節が拳大に腫れていて、圧力のかかる腹部では内出血もあったのです。ペストは身体に瘴気が入ってから発症するまで、三日かそこらです。もしホーヘフェーン氏がハノーファーで感染していたのなら、ちょうど帰宅した前後くらいに発症したでしょう」

ナンドとティトゥスは思わず顔を見合わせた。もしティトゥスが感染しているのなら、発症するのは明日だろうか。明後日だろうか。

瘴気の毒が血液に入りこむと、進行は恐ろしく早いという。アニェージとカルコーエンは、シナの希少な彩色皿を使って患者の腕から少し血を抜いた。が、それはあまりにも絶望的な試みだった。血はすでに悪臭を放つ粘液のようなものに成り果てており、少しくらい抜いたからといって身体はとても浄化しきれない。かといって、そんな血液でも全身から抜いてしまえば患者は死ぬ。もはや二者択一でさえない。打つ手なしというやつだ。

最初の瀉血を試みた後、アニェージはカルコーエンを使いだてして階下に女中を呼びに行かせた。が、意見が合わず、女中はいったんホーヘフェーン夫人の部屋に留め置いた。そしてさらに数刻後、アニェージは内科学にも通じたカルコーエンが意見を述べるのが気に入らなかったのか、帰れと言い始めた。カルコーエンとの対立が明確になると、アニェージは今度は自ら女中を呼びに行き、湯や酢、布などを用意させた。

カルコーエンが最後に患者や女中の姿を見たのは、館から辞去する——と言うより追い出される——直前だという。寝台の上で血を流し、黒ずんだ主人の身体を見ると、女中は一度叫ぶとその後は悲鳴も出ない様子だった。アニェージがホーヘフェーンの左手から指輪を抜いて女中に差し出した。いつも嵌めていた紋章入りの金の指輪だ。それを奥方のもとへ持っていけというのだ。恐怖のあまり意志も思考も奪われた女中は、こわばった手でそれを受け取って書斎を出たという。その後にもいろいろ使いだてされた女中は気の毒だが、あの時はそれ以外の方法はなかっただろう。

いずれにしてももうこの患者には何もしてやれないことを悟ったカルコーエンは、指輪の受け渡しを見届けると、後のこと——後始末と葬儀——を心配しながらも、それには慣れているだろうペスト医師を残してその言葉に従い、一人で翼竜館を出たという。

重苦しい沈黙が続いた。ナンドは、カルコーエンが奥方と女中に部屋から出るなと言いに行った時のことや、アニェージ医師にどう言われて翼竜館を辞去したのかも聞きたかったが、その面倒な質問を飲みこんだ。この誇り高い男がどんなふうに使いだてされたのかを知れば面白いだろうが、そんなものは単なる好奇心に過ぎず、それが分かったからといってティトゥスの悩み事が解決するわけではない。

カルコーエンは空になったナンドのグラスに、ジンをもう一杯いかがかという動作を見せた。何にも関心がないように見えるが、意外にも細やかな気遣いを見せる。ナンドは今夜はすでにだいぶ飲んでいたが、もう一杯もらうことにした。

「それで、アニェージ医師はそのあとたった一人でホーヘフェーンを看取(みと)って、棺桶を手配させて帰ったのか？」

それもナンドの好奇心を満たすためだけの質問だったが、聞かずにはいられなかった。

「私はその場に居なかったので断言はできないが、どうやらそのようです。アニェージ医師が何故私を帰したのかは分からない……。内科医から見れば外科医などというものは床屋と同じで、ただの切ったり縫ったりの技術屋に過ぎないでしょう。けれど、それでも、呆然とした新米の女中よりは助手としては役に立ったはずです。

　彼は慈善病院にもこのことは黙っていろと強要しましたが、私はそれも納得できない。もちろん、こういう人口密度の高い街では無駄な疫病騒ぎは起こさないにしたことはありません。何十万という人間が市壁の内側で恐慌状態に陥る可能性もありますからね。しかし、こういう瀬戸際の時だからこそ、慈善病院の人手を割いて、医療関係者や市当局は事態を把握してしかるべきではないだろうか。

　一つ考えられるのは、ペスト医師にはペスト医師なりの秘術というか、他の治療者には知られたくない職業上のコツや技術があるのかもしれないということです。いずれにせよ、瀕死の患者の前で争うことはできず、私はアニェージ医師の言葉に従って翼竜館を後にしました。私は眠れないまま、この部屋でひと晩を過ごしました。考えこんでいたというよりは、本当にただ呆然としていただけでしたね。

　朝になると、アニェージ医師はきつい酢の匂いをさせながら、憔悴しきって帰ってきました。死者は郊外のカトリック墓地に葬られた、私はハノーファーに行かなければならないと、言葉少なにそれだけ言って、旅行用の荷物をまとめて、捕まえてあった辻馬車にさっさと積みこんで行ってしまった。アムステルダムには一体何のために来たのか、何をしに来たのか、ついに語ろうとはしませんでした。私には分からないことだらけだったのです。

そして今日になって翼竜館に呼び出されると、このありさまですよ。君らは、私がさっき館の回りでうろうろとしていたと言うが、当然ですよ、私は治療を終えて辞去したところなのですよ。それは秘密でも何でもない。普通に聞かれれば普通に答えていた。なのにあなたは、まるで私が夜盗か何かのように追い立てた」

面目ない。ナンドはジンの残りをあおった。

「ティトゥス君のことを思ってしたことかもしれない、それは理解できなくもないのですが、しかし、病院の中庭に追い詰めた私を薪か何かで殴りつけるような真似は、あんまりではありますまいか」

「薪で殴りつけるだと？　そんなことはしていない。あんたが勝手に転んだだけじゃないか」

「まさか。私は夜の病院には慣れているし……ああ、いや、何でもない。私の勘違いでしょう。このことは忘れてください」

何のつもりだろうか。変な言いがかりでナンドを貶めるつもりだったのかもしれない。だとしても、いずれにせよここで聴いているのはティトゥス一人だ。カルコーエンは自分が非難されたかのように不愉快そうな顔を見せると、話をホーヘフェーンの件に戻した。

「私は何年もの間、ホーヘフェーン氏を診察してきました。今日発見された患者は、顔が彼と瓜二つというだけではない。膝の所見や身体的な特徴、何もかもが、私が継続的に診察してきたニコラス・ホーヘフェーン氏そのものなのだ」

「そうです」ティトゥスが強く同意した。「僕もそう確信しています。顔のシミも皺も、爪のくぼみも、全て一致しています」

「いや、腹の肉割れの形状も、膝の所見も、背中の疱瘡の痕も、ですよ。これらは奥方も確認された。より厳密に言えば、身体的にはあの患者はホーヘフェーン氏本人と言うことができる。しかしながら、一昨日にあの瀕死のペスト患者を見ている以上、この二人が同一人物だというのは、私としてはどうしても信じがたい……」

「えらく歯切れの悪い言い方だな」ナンドは手酌でジンを注ぎ足しながら、つい苛立った声を出してしまった。「同一人物じゃなけりゃ何だ」

カルコーエンは身体を揺するようにして足を組み替えた。落ち着かない様子だ。無関心そうなわりには、動揺すると態度に現れる。

「さあ、何でしょうね。もっとも、それは医師としての私にはどうでもいいことだ」

「どういう意味だ？」

「私は外科医だが、内科の知識も、優れたムスリム医療の知識もある。医師として可能な限り彼を治療し、意識も身体も回復させるつもりだ。彼が誰であるか、彼の立場が今後どうなるかとは関係なく、一人の人間としての彼を救いたい」

「それは質問の答えになっていないな。あれは一体誰なんだ？」

カルコーエンは少し苛立った口調で答えた。

「正直に言うと、誰でもいいと思っています。少なくとも今は。私は目の前の患者を全力で治療する。それだけです。だが、面倒はごめんだ。ティトゥス君、君には申し訳ないが、私は患者の治癒以外のことには関わりたくない、巻きこまれたくはないのだよ」

呆(あき)れた話だった。学者が研究にのめりこむあまり、世事に関心を持たなくなるという話はナンドでも聞いたことがあった。実際にそれを目の当たりにすると、呆れるのと同時にある種の感服を感じる。

「分かりました」ティトゥスとしては、そう答えないわけにはいかないだろう。「いろいろ教えて下さってありがとうございます。父の絵のほうの問題は、自分たちで何とかします……多分。何とかできるかどうか……よく分かりませんけど、でも……」

これでもう話は終わりだ。カルコーエンはこの招かれざる来訪者たちを追い立てるような真似はしなかったが、その憂い顔にははっきりと、早く帰ってくれと書かれている。無遠慮にジンをもう一瓶要求してここでだらだら過ごしたらどんな面白いことが起こるだろうかと思わずにはいられなかったが、意外にもティトゥスは敏感に空気を察し、口をつけないまま持っていたグラスを置いて立ち上がった。が、突然あることに気づいたようにはっとして動作を止めた。

「すみません。もうこれで最後にします。カルコーエン先生、一つだけ教えて下さい。いえ、その、素人考えなんですが……他で言うわけにいかないので、先生にお聞きしたいんです。変なことを言う奴だとお思いかもしれませんが……多分、不謹慎でしょうし……」

「いいよ。言ってごらん」

カルコーエンの返事とティトゥスの答えの間に、数瞬の間があいた。

「その、もし、もしもですよ、もしも、昨日埋葬された棺を調べたら……つまりその、もし、棺を開けたら……そこにはホーヘフェーン氏の遺体はあるのでしょうか？」

　さすがのカルコーエンも息を飲んだ。ナンドも自分の不明を恥じた。もっと早く気づくべきだった。その通りだ。

「もし今、邸宅の寝台に寝かされている患者がホーヘフェーン氏本人だとしたら、棺の中は空であるはずです。早すぎた埋葬の話は時々聞きますよね。つまりその、あんなに早く埋葬が行われてしまったとしたら、亡くなっていないのに早とちりで埋めてしまったとか、そういうこともあるかもしれないと思って……まさか自力で帰って来たとは思いませんが、助けてくれる人がいたとか、何か……どうやったかは分かりませんが、二人のホーヘフェーン氏がいるとかいうことより、生き返って何らかの方法で戻されてきたと考えるほうがまだましではないでしょうか？」

　ましだろうか？　いや、確かにそのほうがだいぶましだろう。

「墓をあばくことはできないだろうか、ということかね？　それは駄目だ」

「教会が許さないということですか？」

「違う。ペスト患者の墓を開くなど、絶対にしてはならない。百年以上も経った墓でさえ危険はあるのだ。ましてやまだ新しいペスト死亡者に接触すれば、墓をあばいた者も瘴気でやられる。せっかく封じこめたペストを解き放つことになりかねないのだよ」

「でもそれでは……」

ティトゥスもそれ以上反論することはできなかった。それがどれほど危険なことか、死病の流行経験のない者にも容易に想像がつく。

しかしもし、開けてみて棺の中にホーヘフェーンの死体があったら？　そのほうがはるかに困る。今生きている患者は誰だというのか。どちらが本物のホーヘフェーンなのか。もし棺に死体があるにもかかわらず、生きているほうが回復して、自分自身がホーヘフェーンであることを主張し、これまで通りに生活し始めたら？

怪奇譚はごめんだ。それなら何らかの陰謀やからくりのほうがまだいい。

「墓を開くのは私が止めなくても市長が許可をしないはずです。トゥルプ博士がかつて市長を務めたのは伊達（だて）ではない。アムステルダム市は疫病防止に関しては様々な対策を規定しています。水路の整備も、病原となる瘴気が滞らないことも考えてなされています。たとえ百万に一つの例外として教会が許可したとしても、市当局は絶対に許可しない」

話が堂々巡りになった。ナンドは空にしたグラスを置き、おもむろに立ち上がった。ここですべきことはもう無い。今日はもう帰って寝て、明日にそなえたほうがいい。

　ナンドが親指で戸口のほうを指すと、ただ立ち尽くしていたティトゥスもまた動き始めた。

「長居してすみません。もう少し頭を整理してから考え直します。もっとも、僕なんかが考えたところで、どうにかなるものじゃなさそうですが。あ、そうだ、これで本当に最後にします。アニェージ医師の名前の綴りを教えてください。今後もしお名前を間違えてしまうと失礼ですし」

　ティトゥスが慌てて腰の皮袋を探って紙切れやちびた鉛筆を引っ張り出すと、何かが床に落ちた。ティトゥスは気づいていないようだ。カルコーエンに教えられながら子供の書き取りのように文字を一文字ずつ綴り、しばらく外国語の発音と綴りの話に夢中になった。

　口をはさむのもためらわれ、ナンドは皮袋から床に落ちたものを拾おうと手を伸ばした。テーブル下の暗がりに小さな固い音を立てて落ちたものは、ナンドの指先に触れると転がり、明かりの下に出た。きらりと光ってその存在を示す。拾ってみると、それは硝子の球体のようだった。握った手の中に隠れてしまうくらいの、さして大きくはない代物だ。

少し歪んだ球体だが、表面はきれいに磨いてあり、手触りは滑らかだ。ナンドはふと気づいて、目を近づけてそれを回してみた。向こう側のものが二重に見える角度がある。硝子ではない。水晶だ。中には少しばかり気泡や割れがあり、宝石という等級づけにはならないのかもしれないが、決して無価値なものではなさそうだ。

画家の道具というのは分からないものだ。レンズのようにして使うのかもしれないが、それにしては歪んでいる。

「落し物だ」

イタリア語の即席授業が一段落したところで、ナンドはそれをティトゥスの前に置いた。

そのとたん部屋の空気は一変し、切りつけるような緊張が走った。

ティトゥスは息を呑んで、メモをした紙切れや鉛筆と一緒に、それを慌てて皮袋に押し込んだ。カルコーエンも今まで隠すように伏せていた右目を見開いた。その無遠慮な動作に驚いたのだろうか。

ティトゥスは口の中でもごもごと礼を言い、椅子につまずきながらナンドの後ろに下がった。

外科医には外科医の、ペスト医師にはペスト医師の、そして画家にも画家なりの、商売上の秘策や秘密道具があるのかもしれない。ナンドはその謎の道具やティトゥスの態度にはいっさい触れず、何事もなかったように二人はカルコーエンの元を辞去した。

たいして明るくもない角灯の光の下で、帰り道のティトゥスは来た時よりも悄然(しょうぜん)として見えた。それもそうだろう。今のところ何一つ、解決に結びついてはいない。むしろ、余計に難解な尾ひれがつくばかりだった。

すでに真夜中になったアムステルダムは、冷え込みと湿気があいまって、不快な身震いを起こさせた。薄雲は晴れず、相変わらず星の一つも見えない。

「カルコーエン先生はご立派ですね。尊敬します」

ティトゥスがぽつりと言った。

「どうしてだ？　俺は気取った事なかれ主義だと思ったが」

「それはあんまりですよ」ティトゥスは少し咎める調子で苦笑した。「どんな患者であっても全力で治療するとおっしゃいました。技量が衰えたわけでもないのに引退せざるを得なかった方ですから。目のほうがかなり大変なのだと思いますけれど、なのに、それを押して口先だけじゃなくて本当に治療に行ってらっしゃったのですから、やっぱりすごいと思うんです。

　僕は先生の言葉を聞いて、自分を恥じました。僕は今日、金庫室であの正体の知れないホーヘフェーン氏かどうか分からない人を見た時、何ていうか、本当にもう気味が悪くて……僕は正直に言うと、父の絵に関するへんな噂や何かを解消したいとは思っていますが、ホーヘフェーン家のことにも、あの誰だか分からない人にもあんまり関わりたくないです。きっと他の医師も、あの患者は気味悪がって診たがらないでしょう。でもカルコーエン先生は違った……」

　そういう見方もあるのか。だが、ナンドはどうしてか、あの外科医に対してあまりいい印象を持つことができない。殴りかかってきたなどと濡(ぬ)れ衣(ぎぬ)を着せられそうになるずっと前からだ。

「ああそうだ、これを言わなくちゃ。さっき父と少し話をすることができて、ホーヘフェーン氏の肖像画か、もしくはああいうイスパニア風のヴァニタスを描いたことがあるかどうか尋ねてみました。父は、ニコラス・ホーヘフェーンの肖像画は描いたことも注文を受けたこともないし、衒学的(げんがくてき)なヴァニタスも描いたことはないと言っていました。ヴァニタス自体は描いたことがあるそうです。武具や、捌(さば)かれる最中の牛なんかを描いたそうですが、画壇からはあまり評価されなかったし、どうも父自身もあまり興味がないとかで、それにいい商売にはならなかったとか何とかで、それっきりみたいです」

市庁舎のあれを見る限り、芸術の分からないナンドにも想像はついた。あの調子で描かれた牛の死骸など、迫力があり過ぎて無常感もへったくれもないだろうし、生々しい食肉の絵など、客間に飾っておけるものではない。

「僕は明日、工房の用事が一段落したら、トゥルプ博士に会いに行きます。この件に関しては他にもいろいろやらなきゃいけないことはあると分かっていますけど、でもやっぱり、行きたいんです」

別れ際、ティトゥスは自分に言い聞かせるように言った。

「やはりあのペスト医師のことがどうしても気になるんです。工房はかなり面倒なことになると思いますので、やっぱり……どうでしょうね、いつ出かけられるか分かりませんが。まず外科医組合に行って、トゥルプ博士の今のお住まいを訊ねないといけないですし……。というか、僕なんかがいきなり会いに行って、会ってくださるかどうか」

「何としてでも会うしかないだろう？　それで少しでも手がかりに近づく可能性があ

るのなら、そうするより他はあるまい。博士が多少の偏屈者だったとしても、事情を知れば無碍(むげ)にはできまい」

「そう期待します……」

「俺はもう一度翼竜館に行く。もちろん、野次馬と何の違いもない俺が中に入れてもらえるとは思っていない。ただ、どうしても気になることがある」

カルコーエンを追って走り出す前に、どこかから女のすすり泣きと助けてという声を聞いたような気がするのだ。ホーヘフェーン家と関係があるかどうかは定かではない。隣の家でお嬢様が女中をいたぶっているとか、旦那様が奥方をいたぶっているとか、その手のことかもしれない。が、泣き声はどうしても翼竜館の足元、つまり半地下から聞こえたような気がしてならないのだ。

「確かめたら、まあまた何とかしてお前のところに行って話す」

「ありがとうございます。僕はさっき……何ていうか、すみません。落とし物を拾っていただいた時の態度が悪くて……」

ティトゥスの声は消え入りそうだった。宿屋のそばの四つ辻で、ナンドは余計なことは何も言わなくていいと告げて、画家の息子を見送った。彼はローゼンフラフトに向かって数歩歩いたが、突然思い出したように振り返り、またナンドのそばに戻ってきた。

「そうでした。父が昨日、こう言っていました。お前のところに来た友達は船乗りだろう、って」

何かもやもやしたものがナンドの胸をふさいだ。

「何故だ？」

「昨日、帰り際に台所の干し肉をかまどの上に下げるのをやって下さったでしょう？　それですよ。父は紐の結び目を見て、この特殊な結び方は大型外洋船のやり方だと言ったんです。もしそうなら、僕、凧と帆の関係について知りたいことがあるんです。どう描いたらいいか分からな……」

「さあな」

ナンドはティトゥスの言葉をさえぎった。

「ネーデルラントでは船か風車か堤防建設に関わったことのない男はめったにいない。そんな奴は有名画家の息子くらいだ。外洋船の経験があったとしても、エイ湾より広い海を知らない画家にそれを説明できるほど賢い奴などそうはおるまい」

知られたくない過去のある船乗りは多い。海軍も外洋船乗りも、海賊とほとんど同義語だ。ティトゥスもそう思ったのだろう。それ以上食い下がっては来ず、やや気まずそうにまたローゼンフラフトに向かって歩き始めた。

　過去があるわけではなく、過去が無さすぎるのだ。ナンドはそれを言わなかった。あの詐欺師臭い英国の役者たちには平気でそれを言ったが、ティトゥスには言えなかった。それはもしかしたら、ナンドにも何某かの愛着や友情のようなものが、ティトゥスに対してあるのかもしれなかった。

　情の薄い人間には、それさえ自覚できなかったが。

四日目

目が覚めると、雨が降っていた。

けっこうな音だ。そうとう降っているのだろう。この街に雨は珍しくないが、激しい雨が降るのは珍しい。ナンドは自分がそれをどこで知ったのか覚えていなかった。が、起きぬけのぼんやりした頭の中で、それは何の疑問も抵抗もなく思い出された。

少し頭が痛い。《フルーンブルフワル》亭とカルコーエンのところでジンを飲み過ぎたかもしれない。

昨日やっと取り換えてもらった新しいシーツの上で寝返りをうつと、でこぼこのマットレスの麦わらがさごそと貧乏くさい音をたてた。どこでも寝られる自信はあったが、こういう半端に文明的な寝台はかえって背中が痛くなる。起き上がって薄明かりの中で窓を開け、鎧戸を押した。雨だ。そうだ、雨だ。それは分かっている。この分では、今日も運河の水位は決して低くはないだろう。窓を閉めると、安い歪みだらけのガラスに水滴がついた。何とも言えず気が重かった。気温も低い。

この天候。あの水位。やはり北海に季節外れの嵐があったのだ。今からこんなことでは、十一月にはいったいどうなるか分かったものではない。堤防の決壊。洪水。冠水。干拓地の放棄、それにつけ込んだどこかの外国の侵略、そして疫病。碌でもないことならいくらでも想像できた。

鐘が九時を告げる。空は均一の鉛色で、表の人通りは恐ろしく少ない。

街の空気は張りつめていた。殺気立っている。それもそうだろう。この泥のお椀の底にできた街にとって、本格的な雨は破滅を意味する。

ナンドはがたつく木の椅子に腰を下ろし、水差しから直接水を飲んだ。生ぬるく、少しばかりえぐい。胃の底から吐き気がこみ上げたが、一時我慢すると、それは耐えられないほどひどくはなくなった。

あの古着屋は雨しのぎの被りものか何かを扱っていないだろうか。まあ無いなら無いで、麻袋でもかぶればいい。表通りには、そこまでして外出しようという市民はいないようだった。

少しばかり頭が働くようになってきたが、記憶の断片らしきものはナンドの頭をすり抜けていった。

　そう言えば、フェルナンド・ルッソという名前は、懐に入っていた何とか財産の証書に記されていたものを何の疑問もなくそのまま名乗っているだけだ。その書類を指定された銀行に持って行くと、あちらでは割り印や封蠟の他に何か秘密の照会方法があるのか、小一時間ほど待たされはしたものの、財産の権利は疑問も呈されずに確保できた。もしかしたら俺は盗賊で、フェルナンド・ルッソ氏を殺して書類を奪ってアムステルダムに逃げ込んできたところなのかもしれない。

　あの英国の軍人ぽいのが言った「戦争経験者か?!」という言葉……あれにいったいどういう意味があるのだろう？　記憶がないことと、戦争を経験したことと、何か関係があるかのような言い方だった。あの一行はどこに投宿しているのかも分からないし、胡散臭いことこの上ないが、あの男とだけはもう一度話してみたい。《フルーンブルフワル》亭で粘れば、あいつらにもまたお目にかかることはあるだろう。そう考えれば、ますますフルーンブルフワル通りに気持ちははやった。

　ナンドが宿を出たのは、雨が合羽なしでもしのげる程度の小雨になってからだった。濡れた敷石や水たまりは嫌悪感を催させたが、どうしても抵抗できないというほどではない。しかしこの湿気はどうしたものか。大気と運河が共謀して人間どもを始末しようとでもいうのか。

腹が減った。

ナンドは市庁舎広場の北の地区に心惹かれる飯屋を見つけ、そこで豆と肉切れのスープをかっこむことにした。それぞれの都合と腹具合に合わせて、誰もが勝手な時間にやって来て各自飯を喰らってゆく種の店で、客の大半は外洋船乗りらしい。ナンドにはすぐそれが分かった。誰が話し始めるともなく情報交換が始まる。隠語も専門用語もごく当然のことのように理解できた。

やはり北海は数日にわたって荒れているようだった。そして、フリースラントでは検疫のために八隻の船が留め置かれているという。どれもバルト海貿易の船だ。

雨は昼過ぎに一度強くなり、証券取引所の鐘が鳴る頃に霧雨になった。ナンドはフルーンブルフワル通りに向かった。

翼竜館の前にあからさまに見物人が集っているということはなかったが、対岸の《フルーンブルフワル》亭には客があふれていた。収束しきったわけではないペストの噂も恐ろしいし、物見高いと後ろ指を指されたくはない。が、見物はしたい。そういうさもしい小市民どもの群れだ。

さてどうしたものか。ナンドは運河通りには出ず、翼竜館の南側の小道から屋敷の裏に回った。雨模様で助かるのは、《フルーンブルフワル》亭が表通りに樽を出していないことだ。店内の連中の視線にはあまりさらされずに済む。昨日女の泣き声が聞こえたのは屋敷の裏の半地下だろう。

翼竜館は角地に建っており、中庭には面していない構造になっていた。盗難を極度に恐れる宝石商にとってはその構造が都合よかったのかもしれない。家の裏は人ひとりがやっと通れるくらいの細い路地になっていた。つまり、南の小道に立って眺めると、右から運河通り、翼竜館、路地、隣家という形になる。路地には木戸が備えつけてあったが、そういうところの閂（かんぬき）は、戸と柱の隙間に薄いナイフの刃などを突っ込んで上に上げれば簡単に外れてしまうことが多い。ナンドは腰に下げた鞘（さや）からナイフを抜き、峰を閂にあてて上に引き上げた。案の定、跳ね上げ式の閂はそれであっさりと外れてしまった。

この路地に地下室の窓がなければ全てはゼロからやり直しだ。が、幸いなことに、そこには二つの窓と外階段があった。もし女を閉じ込めているとしたら、人目につきやすい道に面した部屋ではないはずだ。

物音は聞こえなかった。ナンドは耳を澄ませて少し待ったが、やはり何も聞こえない。

「誰かいるか？」

あたりを見回し、上から誰かが見ていたりしないことを確かめると、ナンドは身をかがめて半地下の窓に呼びかけた。

「もしかしたら役に立てるかもしれない」

その言葉を待っていたかのように、ナンドのすぐそばの窓に若い女の顔が現れた。一目でそれとわかるほど瞼(まぶた)がはれ上がり、頬がむくんでいる。

女は空気取り用の小窓を開けた。子供の腕くらいしか通らないような、ごく小さな窓だ。中から便所のような匂いが漂い出た。ナンドは彼女以外の誰にも聞こえないくらいの小声で訊ねた。

「昨日からずっとここにいるのか？　名前は？」

「アンナっていうんです。昨日からじゃないです。一昨日からです」

「俺はナンドだ。一昨日というと、埋葬があった日か？」

「そうです。できるだけ早く出してやるとか言われたんだけど、誰も見に来てくれません」

「閉じ込められたんだな？」

「そうです！　奥様が命じました。あたしに移ってるかもしんないからって……」

もう一つの窓の際に台があり、水を満たした洗面器と食べかけのパンが置いてある。大きな丸い黒パンだ。パンは半分布巾に覆われ、露出しているところはそのままかぶりついたと思われる歯型がいくつもついていた。目が慣れると、アンナのいる側の窓からは、奥の床に陶器の便壺らしきものが二つ三つ見えた。板切れで間に合わせに作ったらしい衝立でも隠しきれていない。室内の匂いの原因はあれだ。

「もしかしたら、お前はあの晩、ご主人の看病をした女中か？」

「そうです。でもあたし、ご主人様には近づきませんでしたし、あたし、本当になんともないっていうか、全然いいんです！　なのに……誰も様子も見に来てくれないんです！　来てくれたらあたし何ともないって分かるのに！」

なるほど、ホーヘフェーン夫人は例の女中を隔離したというわけか。疫病が疑われる船を一定期間沖に留め置くのと同じで、原理は分かる。それに倣ったのだろう。しかし、閉じ込めたままほったらかしだというのだろうか。

「食べ物の差し入れもなしなのか？」

「そうです！　これだけ置いてったんです。三日くらいとか食べれるしって。それに……」

アンナは言いにくそうに口ごもった。食べ物だけではない。便壺も空けに来ないと言いたいのだろう。

ナンドはその瞬間、窓際のパンが行儀悪くかぶりつかれた理由を悟った。手を洗うこともできず、丸二日も溜めっぱなしの便壺とともに閉じこめられているのだ。その手で食べ物に触れてはいけないことを彼女は知っているのだ。水は水差しから洗面器にあけて犬のように飲み、パンは布巾で摑んで、触れないようにしてかぶりついている。

この女は賢い。

まだ年の頃は十五、六だろうし、教育らしい教育を受けた様子もない。読み書きもできないだろう。しかし間違いなく、アンナは賢かった。

「旦那様、ここから出して！　あたし何ともないんです！　ほんとに全然！」

もし感染しているのなら。ペストの潜伏期間を考えたら、そろそろ何らかの兆候が現れるだろう。いや、三日というのはあくまでも「観察したところ、多分そうだ」という目安に過ぎない。実際にはもっと遅く発症することも考えられる。こういう時、専門家はどう判断するのだろう。

しかし、このまま閉じ込めておけば、間違いなく別な病気になる。アンナが腹を下せば、奥方はアンナが餓死するまでここに閉じ込めておくだろう。それがペストなら、誰が死体を搬出するのか。放置しておけば、いずれ瘴気は家の者に広がる。ペストであろうがなかろうが、アンナをもっと管理の行き届いた状況に置いておくのが誰にとっても得策なはずだ。

「分かった。もう少しマシなところに逃げられるようにしてやる。その代わりと言っちゃなんだが、いくつか質問に答えてほしい」

「します！　やります！　出してくれるんなら、何でも言います！」

ナンドは外階段の門を引き抜いた。アンナは飛び出して来たりせず、あたりの様子をうかがいながら、音を立てないようにゆっくりと階段を上がってきた。やはり賢い。

アンナはおどおどした様子で路地に上がり、ちらりとナンドの顔を見上げた。泣き腫らし、怯えきった目の奥に、一条の光が見える気がする。ほんの数日の間に今までに経験したことのないような恐ろしい目に遭ったのだから混乱して弱っているだろうが、しかし、芯は強そうだ。

ナンドは少しずつアンナから当日の様子を聞き出した。カルコーエンから聞いた話と矛盾するところはなかった。アンナは客人たちが帰るまで寝に行くわけにはいかなかったので、玄関の間で待機していたという。上の書斎で何やら得体の知れない物音やうめき声が続き、やがてカルコーエンが彼女を呼びに来る。書斎に入る前に戸口で留め置かれ、中から怒鳴り合う声が聞こえたという。大声を出しているのはほとんどカルコーエンで、外科医を馬鹿にするなとか、彼は私が診てきた患者だとか、どうやらかなり感情的に怒鳴ったらしい。あのすかした知識人がわめき散らすところは想像できないが、よほど腹に据えかねたのだろう。ペスト医師のほうは、扉越しにはまったく言葉が聞き取れないほど静かに応えていたようだ。

やがてカルコーエンが再び書斎から姿を現し、アンナを奥方の部屋へ連れて行った。

それからどのくらい時間が経ったのか、半時(はんとき)か一時間か——このあたりのアンナの証言はあてにならなそうだ——すると、ペスト医師が奥方の部屋に現れ、アンナに台所から酢を持ってこさせたり、湯を用意させたりしたようだ。アンナはさすがに熱湯の入った鍋を持つことはできず、たらいを書斎に運び込んでから、湯を手桶(ておけ)で何度かに分けて少しずつ持って行ったようだ。

アンナは書斎に入った時も、ほとんどホーヘフェーンのほうを見ることができなかったらしい。それもそうだろう。ただ、湯を運び終わった後、ペスト医師がシーツからはみ出た左手から指輪を抜きとって差し出し、これを奥方に渡したらお前は台所に待機しろと言われた時、アンナはホーヘフェーンの黒くなったその手を見てしまった。

血だらけのシーツ、寝台のカーテンに隠された顔、黒くなった手と、やはり真っ黒になった足先……爪のところだけがちょっとだけ色が薄いっていうか、気持ち悪くて、あとはもう全然真っ黒っていうか、なんか変な色で、なんか臭くて、なんか教会のお香みたいの焚(た)いてて、もう全然わけ分かんなくて、奥様は指輪に触りたがらなくてあたしが床に落としちゃって、ほんともう何だか分かんなくて、なんかもう全然覚えてなくて、血とかなんかいっぱいこぼれてて、私も吐いちゃって、お葬式屋さんとか……なんか男の人がいっぱい来て、怖くて気持ち悪くてほんともう全然わけ分かんないんですあたし……アンナは涙と鼻水を垂らしながらそう言った。

アンナはカルコーエンが屋敷を出て行ったのがいつかは知らないという。

情報は揃っていたし、理路整然と話されるよりも、生々しくていい。何より、彼女は逃げ出したり気絶したりせず、ペスト医師の指示に従い、必要な行動をまっとうしたのだ。あっぱれと言うほかはない。

アンナは二日前から閉じ込められている。ということは、例の「蘇(よみがえ)り」の噂は知らないはずだ。ナンドは質問を変えた。あの時ホーヘフェーンの様子がどうだったかということより、もっと重要な質問だ。

「あの日、この家には何人の人間がいた？　誰がいたんだ？」

「あたしと、ご主人様と、奥様と、『お人よし』と、マイヤーさんです。あとはみんな帰されちゃいました。ええと、そう、マイヤーさんも……マイヤーさんもでした。帰れって言われて出て行ったんです。画商とかいう人が来て、帰って、その後、お医者さんが二人。カルコーエン先生と、あの不気味な人」

「本当にそれだけだったか？」

「はい。みんなが家から出される時、あたし、見てました」

「家の中に誰かが潜んでいたようなことはないか？」

「まさかそんな……ないです。工房の鍵はご主人様だけが持ってるし、奥様とあたしはみんなが帰った後、戸締りの見回りをしてます」

「では、お前が奥方の部屋に詰めていた時、カルコーエンとペスト医師以外に外から誰かが入って来たことはないか？　台所に勝手口があるだろう？」

「ないです。全然ないです。玄関の戸ってわざと音が出るように作ってあって、奥様のお部屋にいたら分かります。勝手口は外からは開けられないようになってて、取手もついてなくて、中から鍵もかかるようになってて、そこの鍵はご主人様と奥様だけしか持ってないです。窓も、窓枠にとげとげが埋めてあります」

はない。

「だってここのうちは宝石屋さんだから……」

なるほど、鉄格子入りの金庫部屋を作るくらいだ、そのくらいしていてもおかしく

「厳重だな」

「あたしも怖かったし、もしなんか足音とかしたらすぐ分かったはずです！」

関係者——ティトゥス、マイヤー、カルコーエン、ホーヘフェーン夫人、アンナ、そしてまだ証言は得られていないがアニェージ医師——の誰かしらがホーヘフェーンを一人にした瞬間はないようだ。屋敷に誰かが潜んでいてホーヘフェーンを閉じ込めて他人の死体を持ち込んだとも考えられない。アニェージはどうなのだろう？　しかし、たとえアニェージが単独犯だったとしても、誰か共犯者がいたとしても、奥方やアンナに何も気取らせずにそんな芸当ができたとは考えにくい。何より、すでにペストを発症していたホーヘフェーンをわざわざ監禁して他人の死体を埋葬させるなど、何の意味がある？　誰かの死体を隠匿するために絶対に開けられないと分かっているペスト患者の棺を利用した？　だとしても、ホーヘフェーン邸ほど厳重な戸締りをする家を利用することが可能だろうか？　第一、帰宅後数時間でペストを発症したホーヘフェーンをその日のうちに利用することなどできるわけがない。

ならば、カルコーエンもマイヤーも、アンナやホーヘフェーン本人さえ、全員が共犯でペスト自体が狂言だとしたら？　お手上げだ。笑うしかない。だったらむしろ、何故そこまでして落ちぶれた画家の息子や市当局をはめたのか、理由が知りたい。面白そうだ。

いや、最悪の場合、ティトゥスまでもが共犯で、俺を……

アンナが不安そうな目で見つめてくることに気づいて、ナンドは思考を遮断した。

「分かった。ありがとう。約束通り、お前を助ける。いいか、アンナ、よく聞くんだ。お前は自分が思っているより賢く、勇気がある。この家にいる誰よりも賢い。だから、俺が言うことをちゃんと聞いてくれ」

アンナは半信半疑の様子ながら、こっくりと頷いた。ナンドは彼女を木戸のそばまで連れてゆくと、木戸を少し開けて運河通りの様子をうかがった。雨がすっかり上がったせいか、《フルーンブルフワル》亭からはみ出した見物人が表通りをうろうろしている。今アンナを出せば目立ってしまう。「俺が合図をしたら外に出ろ。アウデゼイツ・アハテルブルフワル通りは分かるか？　この道を右手に行った、海軍本部のある運河の通りだ」

アンナは短く、しかししっかりと二度頷いた。

「その海軍本部の向かいに、小さな広場の奥に引っ込んだ教会があるだろう？　あそこのカティナ牧師に助けを求めろ。あの男はものが分かっていて親切だ。何もかも今みたいに話してしまっていい。疫病に感染している可能性もちゃんと告げろ。それと、奥方をかばい立てしなくていい。糞壺と一緒に監禁されたと言ってやれ」

アンナはうわ言のように牧師と通りの名を復唱した。

馬車の音が聞こえる。この小道をフルーンブルフワル通りに向かっている音だ。好機はものの数瞬しかない。ナンドは木戸の隙間から様子をうかがい、馬車が通り過ぎた一瞬後にそれを開け放ち、アンナの腕を摑んで通りに出した。

「行け！　走れ！　振り返るな！」

アンナは視線でナンドに応えると、次の瞬間、迷うことなく小道を西に向かって走り始めた。

彼女なら間違いなく教会にたどり着けるだろう。ナンドはその後ろ姿が見えなくなるまで見送りながら、彼女が防疫の知恵をどこで身に着けたのか聞けなかったことを残念に思った。おそらくは、数年に一度は高潮や堤防の決壊で冠水する農村の生まれだろう。水がたまっている間に大小便も飲み水も一緒になって、間もなく腹を下す人間が必ず出てくる。そんな場所で生まれ育ったのだろう。水は襲ってきた時だけではなく、ただおとなしく溜まっているだけでも人を殺すことができる。

運命が許せば、アンナとはまたいずれ話すこともあるだろう。


雨がすっかり上がってしまうと、雲間から地上に光の梯子(はしご)がいくつもかかった。フランス語を喋る派手な身なりの一団がそれを指差しながらしきりと感心していたが、こういう光景はネーデルラントあたりでは珍しくない。少し気をつけて空を見ていればすぐに判(わか)る。朝昼晩といつでもこんなふうだ。

ナンドはローゼンフラフト通りに向かった。

ほぼ一日雨だったせいか、例のパン屋は早仕舞いしていた。市壁沿いの運河に面した中庭への入り口にも回ってみたが、こちらも今日は内側から門がかかっているようでびくともしない。仕方なしにローゼンフラフトの表通りに回ってみると、十人ほどの人だかりがすぐに目に入った。場所は言うまでもない、ファン・レイン家の前だ。

光沢のある暗赤色の上着と、大きな折り返しのついた短靴を身につけた青年が中心に立ち、きちんと身なりを整えた市民たちに何かを話している。青年のそばにシモンの姿を見つけ、ナンドがやっとのことで彼の注意を引くと、シモンは一団を離れてナンドのそばにやって来た。

「お客さんか。商売繁盛だな」

言ってからしまったと思ったが、シモンが気にした様子はなかった。

「いや、でももう、本当にほんっとうに勘弁してくれって感じですよ！　言ってることむちゃくちゃですから。みんな」

「肖像画を描けというんだろう？　死後にそこから抜け出してまた生きられるような肖像画を」

「むちゃくちゃですよ。そんなのあり得ないって。ほんっとに分かってないから、困るなんてもんじゃないですよ」

「しかし説得するのは案外難しいだろうな。年寄りの迷信を解くのが難しいのと同じだ」

「難しいっていうか、不可能に近いですよ。どうすんですかって感じで。もうほとんどフィリップが一人で食い止めてる感じです」

「あの真ん中にいる男は誰だ？　あれがフィリップか？」

「そうですそうです。フィリップ・ドルーシュ。フランスの、何でも世襲の貴族らしいです」

「貴族？　なんでまたフランス貴族があんなことをしてる？」

シモンは面倒なことを聞くなと言わんばかりに、眉尻を下げて鼻を鳴らした。

「なんでって……何ていうか、まあ、道楽ですよねえ。お貴族様の。半年くらい前ですよ、なんか、いきなりうちに来て、弟子になりたいって言い出したんですわ。ゲイジュツがどうのこうのって。親方はそういう理屈こねる人間が大嫌いなんで、即決で断ったんですが、すごいしつこくて。で、手当はいらないし、逆に謝礼をお支払いしますってことで、なんかそれがけっこうな額だったらしいんですよ、社長は教えてくれないですけど、でもまあ……うちも左団扇ってわけじゃないから……背に腹は代えられないっていうか……でも結局、何だかんだ言って役に立ってるわけですよ。今まさにそうですけど。絵はヘタですけどね」

なるほど、芸術家気取りのフランス貴族がファン・レイン工房の防波堤になっているというわけか。強い巻きがかかった黒髪、大きな緑の瞳、よく動く口元、確かに、いかにも人あしらいに長けた社交家といった様子だ。

よくよく見ると、それは先日、堤防で絵を描いていた男だった。

「今日はティトゥスはどうした？」

「出かけてます。まだ帰ってきませんけど、少なくとも市門が閉まる前には帰ってくるはずです。市外の宿屋に泊まるのもカネがかかりますからねえ。中で待ちますか？」

「そうしたいが……俺だけ入れてもらったら、連中が黙ってないだろう」

「フィリップなら何とかしてくれますよ」

シモンは無責任に言うと、フランス貴族のそばに戻っていった。耳元で何かを一言二言ささやいたところで、貴族はうるさそうにシモンを追い払った。シモンは二、三歩引いたが、食い下がる頃合いを見計らってでもいるのか近くをうろうろしていた。

突然フランス貴族はシモンとナンドを見比べるように視線を走らせると、市民たちに対するのとは全く違った横柄な態度で言い放った。

「君たち！　ぐずぐずしないで早くそれを運びこんでくれたまえ！」

フランス貴族が指差したのは、玄関先に立てかけてあった細長い麻袋だった。シモンとナンドは二人でそれをかついで堂々と玄関から中に入った。市民たちは誰一人として ナンドに順番抜かしだと非難の声は挙げなかった。

「ほら、フィリップに任せときゃこの通りですわ」

シモンは家の中に入ると、してやったりという笑みを浮かべた。麻袋の中身は油絵用の画布だという。

「社長が帰って来て見つかっちゃったらまたひと悶着あるかもしれませんが、まあフィリップがどうにかしてくれますよ。それまでまた台所で悪いですけど、適当に待っててもらえますか？」

「構わん。むしろ、忙しい時に済まない。ヘンドリッキェや他の弟子たちにも、俺のことは気にしないで放っておいていいと言っといてくれ」

「ヘンドリッキェさんは郊外の親戚んとこです。……まあいろいろあって」

シモンはナンドを台所に案内すると、一度出て行きかけて足を止めた。

「ヤンとアールトはバックレましたよ！」シモンは大げさに両手を振り回して見せた。「ええと、その、僕の他の弟子たちですよ！　バックレたって、つまり、逃げちゃったってことです！」

「逃げた？　工房からか？　お前はフリースラントの故郷にバックレるんじゃなかったのか？」

「僕がですかあ?!　しませんよ！　そんなこと！　馬鹿言っちゃいけませんよ！　あいつらは、あの絵がここに返ってくるかもしれないって聞いたら、びびって姿をくらましちゃったんですよ！」

あの絵……。どちらのことだろう？　キウィリスか？　ホーヘフェーンの抜け殻のほうか？

「なんか役所がギャラの代わりにブツを返還するって言い出したみたいで。困るんですよ、そういうの！」

キウィリスのほうだ。

「驚いたな……」

「でしょう？」

「壁画というのは壁からはがせるものなのか？」

「そこですか！　いやあれはフレスコ画じゃなくて、板に描いたやつを掲示してあるだけだから」

「そうか……まあ要するに、役所での展示を取り下げるということか？」

「まあ早い話、そういうことですね！　なんか参事会でそういう話になってるらしいですよ。まだ決まったわけじゃないですけど。でもそういう話が出たって聞いただけで、ヤンもアールトも……！　まったく、何びびってんのかと思いますよ！　だって、あの絵は、僕らがみんなで寄ってたかって描いた絵ですよ?!　呪いとか、魔力とか、僕らにそんな力があるわけないじゃないですか。僕らが描きながら考えてたのは納期と経費のことばっかりで、親方に下塗りが乾いてないとかいろいろ言われながら、役所に飾るのにこんなんでいいのかなあとか、腹減ったとか、早くションベンしたいとか、徹夜して寝ぼけたりしながら描いてた絵ですよ?! あんなおとぎ話みたいな神通力があるわけないじゃないですか?! あんなばかでかい絵、どうすんですか?! 売れないですよ?! 裏の掘っ立て小屋に置きっぱなしになっちゃうと、コスト回収できませんから！」

発言にぶれはあるが、彼は悪い人間ではない。ナンドは内心でにやりと笑った。悪い人間どころか、かなりいい奴だ。シモンはおそらくバックレたりはしない。ここに留まってファン・レイン工房を守るだろう。彼にはフリースラントの港町――間違いなく、実家があるというハーリンヘンも含まれる――にペスト検疫で船が留め置かれていることは話さなくてもいいようだ。

「でも、こっちが脱走する前に仕事なくなって出て行かなきゃならなくなるかもしれないですけどね。ああいう頭おかしい人たちの仕事……受けるわけにいかないじゃないですか！」

シモンはさも困ったという顔で表通りのほうに顎をしゃくって見せると、またフランス貴族に合流しに行った。役に立つのかどうかは分からない。

シモンが出ていくのと入れ違いに、勝手口からティトゥスが姿を現した。あのパン屋以外にも味方をしてくれる家はあるのだろう。両腕に画帳と布包み、雨よけにしたと思しい蠟引きの麻布を抱え、今までに見たことのないような生き生きとした表情を見せている。軽い興奮状態にあるようだった。

「すみません。いらしてたんですね。待ちましたか？　僕ももっと早く帰れると思ってたんですが、もうほとんど丸一日、トゥルプ博士の家にいたんです」

それだけ長く居たということは、少なくともトゥルプ博士に迷惑がられはしなかったのだろう。いい兆候だ。

「たった今、シモンに入れてもらったばかりだ」

「よかった。ああ、そうだ、博士のところで焼き菓子をいただいたんです。食べますか？」

そう言いながらティトゥスが差し出した包みの中から出てきたのは、上等な粉を使った大ぶりの菓子だった。二十個はあるだろう。香料やアジアのスパイスを入れた香りがする。こういうものを評する目も舌もないナンドにも、それがどれだけ高価で上質のものかが分かる。

「いや、俺はいい。それは親方とヘンドリッキェと弟子たちのものだろう」

おためごかしだ。どんなに上等であろうと、俺は甘いものは虫唾が走るほど嫌いだとは言いにくい。

「それはどうでもいい。とにかく話を聞かせろ」

「そうですね。僕も話したくてたまらないんです。……あ、でも、もし欲しくなったら言って下さい」

ティトゥスは菓子を包み直して戸棚にしまった。

「ほんとに一日中、トゥルプ博士の家にいました。お昼も博士の家でごちそうになってしまったし、クリームの載ったお菓子ばかりか、チョコレートの飲み物も何杯もいただきました！　チョコレートは今までにも何度か飲んだことがありますが、あんなに美味しくて高級なのは初めてです！」

どうやら興奮状態の原因はチョコレートらしい。あれは飲み慣れないと、酒よりも作用が強い。

「本当にお世話になりっぱなしだったんです。早めの時間に行ったんですけど、それでも一日ずっといました。お住まいは市壁の外の村にあったんですけど、すぐに判ったんです。すごく広い庭園があって。こういうお屋敷をいくつかお持ちらしいんです。どうして知ったのかというと、朝、外科医組合に行ったら、管理人以外誰もいなくて。雨がひどかったでしょう？　事務員がなかなか来なくて。でも……」

ナンドは苛立って話を止めた。

「肝心なことだけ話せ。それとも絵を描く間待っていた方がいいか？」

「すみません……大丈夫です。博士は僕がいる間にも、他の来客があったり、途中で小一時間ほどお昼寝されたりしたんですが……何しろご高齢ですし、最後には台帳調べでだいぶ待っ……」

「肝心なことだけ話せ」

「はい……。いろいろ待たされたんですが、その、でも、僕にはかえって助かりました。何しろその間に絵を描いていられたので」

ティトゥスが広げたデッサンには、頭を室内用の頭巾で覆った老人の顔が描かれていた。若い頃には丸顔だっただろう幅広の骨格に、すっかり削げ落ちてしまった頬、口の両端に少し垂れた皮、とがった三角形に整えられた顎鬚が付属している。もう六十半ばは過ぎているに違いない。目は大きく生き生きとして、弟子たちを信頼し、導き、問いかける教師の役割が容易に想像できる人物だった。

「約束もしてない見ず知らずの僕が会っていただけたのは、父のおかげです。僕が生まれるずっと前に、父はトゥルプ博士の肖像画も描いているんです。僕は博士が市長だった頃に遠くから見たことがあるだけだったんですが、博士は僕に……」

「ティトゥス」ナンドはできるだけ感情を出さないように言ったつもりだった。「もう一度言う。肝心なことだけ話せ」

「すみません……」

ティトゥスは気まずそうに、トゥルプ博士のデッサンの端にできた折れ目を意味もなく丁寧に伸ばした。余白に幾つも文字の覚書が書きこまれている。

「その、何ていうか、アニェージ医師の件は半分本当、半分はあまり本当じゃないみたいです。カルコーエン先生は直接の師であるデイマン博士とはどういうわけかあまり反りが合わないとかで、何だかんだ言ってトゥルプ博士が事実上の師みたいな形になってるらしいです。トゥルプ博士もカルコーエン先生も、ええと、何だっけ？　全科……全科的なんとか……僕もこれはよく分からなかったんですが、なんかそういう言葉でした……つまりその、内科とか外科とか薬科とかの区別のない医療に興味がおありだということで、アニェージ医師の紹介もその一環だということです。

アニェージ医師はペスト医師というより、ペスト診療に関しても豊富な経験はおありだそうですが、どちらかというと、港の貿易とか、外国からやってくる病気の研究とかをされているらしくて、ヴェネチア共和国で……ええと、水域……水域専門官の顧問もしているそうです。たまたま私用でアムステルダムに来ることになって、それを知ったカルコーエン先生から、是非アニェージ医師にお目にかかりたいというお願いがあったそうです。カルコーエン先生は昨日はそうは言ってなかったですけど、実際には、トゥルプ博士から頼まれたんじゃなくて、カルコーエン先生のほうからお願いしたってことですよね」

どうやらカルコーエンは故意に言い落したことがいくつもあるようだ。ホーヘフェーンの治療中アニェージに声を荒らげたこともその一つだ。何事にも淡々として無関心に見えたが、医学の研究のために自らアフリカにまで行くような人間だ、そうとうに我の強い男であるはずだ。

「いずれにしても、アニェージ医師は本物の医師で、カルコーエンと一緒にホーヘフェーン邸を訪れたのは間違いないわけだな」

「そうです。トゥルプ博士は、アニェージ医師は今月の半ばくらいに来ると思っていたのにもうアムステルダムに来ていたこととか、トゥルプ博士には挨拶もなしに見ず知らずのカルコーエン先生のところに行ってしまったこととか、何ていい加減なイタリア人だと言って嘆いていらっしゃいましたけどね。正直、僕もイタリアの人ってよく分からないです。何ていうか、付き合いづらくて」

ナンドは少しばかり肩をそびやかした。同じく、イタリア人はネーデルラント人は付き合いづらいと思っているだろう。

　アンナとカルコーエン、マイヤー、ホーヘフェーン夫人、そしてトゥルプ博士の話を突き合わせると、ペスト治療の経験のある本物の医師がホーヘフェーンを診、ペストと診断したこと、ホーヘフェーンはあの夜の明け方に亡くなって埋葬されたことは間違いないようだ。

　これでトゥルプ博士訪問の話は終わりだとナンドが思った次の瞬間、ティトゥスが思わぬ続きを話しはじめた。

「カルコーエン先生とホーヘフェーン氏に関しては、驚くようなお話も伺いました。博士も、最近この二人の名が結びついた噂が流れていることをとても心配しておられます。カルコーエン先生はうちの工房で肖像画を描いた頃……」

　ティトゥスはトゥルプ博士のデッサンを裏返すと、裏に書かれた日付けの一つを指した。

「一六五六年ですね、この年の九月に外科医組合の上級会員になって、そのすぐ後にお父様を亡くされると、相続した家屋敷や田舎の土地を全て売り払って、それを元手にして外国に行ったのだそうです。よほどの覚悟で渡航したはずで、まさか片目を失って二、三年で帰って来なければならないとは想像もしなかっただろうとトゥルプ博士はおっしゃってました。外科医は名士とはいえ、仕事としては中規模程度の商人よりも儲からないし、その外科医の仕事もできなくなるとすると、文字通り路頭に迷ってしまうみたいです。まあ画家だって同じですけれどもね」

トゥルプは、外科医として働くこともできず土地もないカルコーエンに慈善病院の住居を世話してやったが、後進の指導だけではどうにか食ってゆける程度にしかならないことを心配していたという。が、カルコーエンは意外にもよい暮らしを維持することができた。それは、ホーヘフェーンが紹介した外洋船乗りの奇病患者の診察から得られる報酬によるものだったのだ。患者はひと月に一人いるかどうかだが、その程度の診療で、ホーヘフェーン商会からは繁盛している外科医と同程度の報酬が与えられるとのことだった。

カルコーエンの故意の言い落としがここにもあったのだ。彼はナンドとティトゥスには田舎の土地の上りで食っていると言わなかっただろうか。しかし実際には、彼はもうすでに土地は持っていなかった。そして、ホーヘフェーンが回してくる謎の患者たちを診ることで食いつないでいたのだ。

トゥルプ博士は、市内のペストの噂も、肖像画の件もすでに知っていたという。今でも市政の顧問をしているだけに、日々、何かしらの報告を上げてくる情報網はあるのだろう。ホーヘフェーンの「蘇り」に関しては、現場にファン・レイン親方の息子が居合わせたことも把握していた。博士はその件には慎重に言及したが、好奇心は隠しきれない様子だったようだ。ティトゥスの訪問も、アニェージについて訊ねるためではなく、ホーヘフェーンの過去について質問するためだと思っていたようだ。

博士はもちろん、肖像画からホーヘフェーンが生き返ったなどという噂は信じていなかった。彼は驚くべき事実を知っていたからだ。

ホーヘフェーンは双子の片割れだというのだ。

「ちょっと待て。双子？　ホーヘフェーンがか？」

「ええ……僕も思わず聞き返してしまいましたが、そうなんだそうです」

「ということは、あの金庫で発見されたのはもう一方の片割れだということか？」

「そう考える方が、肖像画から抜け出してきたとかいうのよりましですよね。でも、トゥルプ博士によると、ホーヘフェーン兄弟……って言っていいのかどうかよく分からないんですが……彼らは、いわゆる生き別れだったということです」

何とも表現しがたい気分がナンドを襲った。この嫌悪感とも憂鬱とも言い難(がた)い気持ちは何なのだろう。

ティトゥスはナンドのしかめ面を別な意味に解釈したらしく、慌ててつけ加えた。

「ちゃんと説明します。つまり、こういうことなんです。双子が生まれると縁起が悪いと言う人って、いますよね？　ホーヘフェーン家というのはそういうのが強い家だったそうです。カトリックですし、迷信深いんだろうとトゥルプ博士は言っていましたが……とにかく、双子が生まれると、ヤンと名づけられたその片方を養子に出してしまったそうです。捨て子にするよりはましなんでしょうけれど」

「その裕福な家を継げなかった片割れが宝石店を乗っ取りに来たとかいうんじゃないだろうな」

「まさか！　ニコラス・ホーヘフェーン氏の両親は、もう一人を養子に出す時、アントワープで慈善産院を運営していた篤志家のマルハレータ・ティーレンス夫人に斡旋を依頼したのだそうです。それが、ええと……一六一八年のことだそうです。当時トゥルプ博士はまだ二十代の半ばで外科医組合にも加入したばかりの若手で、勉強のためにも他の都市にもよく出かけていて、ちょうどその時アントワープにいたとかで、ティーレンス夫人の相談にも乗ったのだそうです。こういうことの年代とか名前を台帳で調べて下さったので、博士の家に長居してたんです。

トゥルプ博士はヘントの製粉業者の家にもう一人の子を託したということです。どういうルートでそんな養子先を探すのかとかは教えて下さいませんでした。

ホーヘフェーン家に残ったニコラス、つまりあの問題のホーヘフェーン氏のことですが、彼は、自分に双子の兄弟がいたことを知らずに育ったはずでした。でもニコラスが十七だったかそのくらいの歳になると、何かの拍子にそのことを知ったらしいんですよ。そのすぐ後に両親が流行り病で相次いで亡くなって、ニコラスが商売を継ぐと、ニコラスは兄弟探しを始めたようです。彼は三〇年代に、ティーレンス夫人を通じてトゥルプ博士のことを知り、お二方に何度も連絡を寄越して、面会にも来たのだそうです。

ティーレンス夫人もトゥルプ博士もその調査は奨励しないと断ったということです。双方にとって不幸な結果に終わることが多いというので。特に、兄弟それぞれの身分や財産に差がある時は、そうでしょうね。それでもニコラスは、たとえ身代の半分を渡すことになっても兄弟を探し出したいと言ったとか」

今のあの豪奢好みで貪欲そうな宝石商ホーヘフェーンとはだいぶ印象が違う。もっとも、若い頃というのはそういうものなのかもしれない。

「トゥルプ博士のところに訪ねてきたのはそれも含めて三回か、多くても五回以上はなかっただろうということです。台帳を全部調べれば、会った回数や日付けは分かるかもしれないとのことでした。トゥルプ博士は結局、ニコラスの熱意に負けてヘントの製粉業者の名前を教えたそうです」

「熱意に負けた、か。ものは言いようだ。脅迫やそれに近いことがあったとしても俺は驚かん。名士には弱点も多いからな」

「僕もちょっとだけそう思いました。熱意に押されただけで医師が医師としての誓いを破るとは思えませんし。いずれにしても、博士が最後にニコラスに会った時、彼はその製粉業者を見つけたと言ったとか。

でも、養父母の話によると、その子は十四歳で家出していたとのことでした。トゥルプ博士がご存じなのはここまでだそうです。それからニコラス・ホーヘフェーン氏に会うこともなく、この件はすっかり忘れていたそうです。でもこの数日でアントワープ出身のニコラス・ホーヘフェーンという宝石商の名前が噂になったので、あの時の、と気づかれたそうです。

それで僕は思ったんですけど、ドイツから帰ってきたというのがヤンで、金庫に転がされていた方がニコラスというのはあり得ないでしょうか？」

「しかし、見た目がそっくりなだけじゃ駄目だろう。宝石商としての知識がありホーヘフェーン家の内情を知っていないと、少なくとも奥方やマイヤーは偽者に気づくだろう」

「それもそうですね……」

「第一、鍵はニコラスしか持っていなかったというじゃないか。そのニコラスが十日ほどドイツに行っていて、帰ってきた日には一日中夫人やマイヤーたち社員の目があるところで過ごし、夕方にはお前が来て、夜にはカルコーエンとアニェージが来て、その晩のうちに死んでしまったとなると、それがヤンだったとしてもニコラスだったとしても、いったいいつ片割れを金庫に閉じ込める機会があったんだということになる」

しかし確かに、何かひっかかるものがある。ひっかかるというよりは、さっきも感じた、あの何とも言い難い気持ち悪さだ。

「そのニコラスの片割れは何歳になる？」

「四十四歳ですよ。二人とも一六一八年生まれですもん」

「そうだった。双子だものな。馬鹿か、俺は」

ナンドは頭を振った。考えが鈍ってきた。

さて、どうしたものか。まさか四十年以上前のホーヘフェーンの出生の秘密にまで話が及ぼうとは思っていなかった。まったく方向性が絞り込まれてこない。

ティトゥスは考えこみながら、いつの間にか、細かな彩色が施されていると思しい陶製のカップを描きはじめていた。チョコレートの器だろうか。その目は何もない遠くを見つめているようにも見える。ナンドもしばらくの間、それを見るともなしに見ていたが、不意に紙の上を走る鉛筆の先が折れた。

「僕……もう一度、父やカルコーエン先生と話してみます。父には、もっと詳しく、いえ、全て話そうかとも思っています。ティーレンス夫人も、今は引退されてエイ湾対岸の青鷺(あおさぎ)館という館に住んでいるとかで……でも僕なんかが急に行って話をお聞きするのも変ですよね……」

そうこうしているうち、半地下への階段を下りる複数の足音がしたかと思うと、台所に誰かが入ってきた。シモンとドルーシュだった。上手いこと依頼者たちを追い払い尽くしたのだろう。

ドルーシュは他国の平民に対して横柄にも失礼にもならない態度で、謙虚な挨拶とも先制の尊大な一瞥ともつかない、何かしらの合図のような視線を送って寄越し、言った。

「例の肖像画の件をいろいろ調べて下さっていると伺いました」

その声音は、無視したり軽く扱ったりすることを許さないものだった。返答によって、彼の反応は暖かい友情にも痛烈な皮肉にも変わるだろう。

「あんたも本当に心配しているなら、カトリック教会と掛け合って、例の棺の中に本当にホーヘフェーンの死体が入ってるのかどうか確かめていただきたいね、お貴族様」

言ってからしまったと思った。この男を怒らせて困るのはナンドではない。ファン・レイン工房だ。ドルーシュは右の眉の端をぴくりと震わせると、滑らかな天鵞絨(びろうど)のような声で言った。

「たかが私ごときにそんな力はありませんよ。私にできるのはせいぜい、例の墓地を監督する司祭様にお話を伺うくらいのことでしょうか？」

完敗すぎてみじめだ。この男に喧嘩(けんか)を売るのは二度とすまい。戦闘に「人あしらい」という要素が入った時、こいつに勝てる人間はそうそういないだろう。

ティトゥスが今日は二人とも帰っていいと言うと、ドルーシュは勝手口から中庭に出て行った。

「あ、そうそう、社長」シモンがやや面倒くさそうな声をあげた。「今日も伝言の類がたくさんたまってます。カルコーエン先生からもなんか来てます」

そう言いながら彼が差し出したのは、手紙やメモ書きの山だった。毎日こんなふうなのだろう。

シモンは親方にも何か報告があるのか上階のアトリエに向かい、ティトゥスはちびた獣脂蠟燭に火をつけた。が、シモンから渡された三十通ほどの山を読もうとはせず、眺めるばかりでなす術もなく、ため息をついた。

確認するまでもなく、手紙のほぼ全てが、レンブラント先生への肖像画の依頼だろう。名士の麗々しい封蠟が押されたものや、粗末な紙にプロの代書屋が書いたと思しき事務的な文字が並ぶものまでさまざまだが、どれも開封する気にはなれないようだ。

「読まないで捨ててもいいくらいじゃないか？　どうせ永遠の命が欲しいというような貪欲な連中のたわごとだろう？」

「それがそうでもないんですよ。むしろ、そういうのばかりだったらどれだけ気が楽か……」

ティトゥスがうめくようにため息をついて、両手で顔を覆った。

「実は、依頼の大半は、亡くなった家族の肖像を描いてほしいというものなんです。故人の容貌については他の画家が描いた絵があることもあるし、家族が細かに指示するから、どうかそれを描いてほしい、少しくらい似ていなくても構わない、絵がその故人だと分かりさえすればそれでいいから、土地を売り払って財産の全てを支払うから、一代貴族の称号を約束するから、東インド会社がらみの優良株を全て譲るから、今すぐ代償にできるものは何もないけれど一生の収入の大半を支払いに充てるので、どうかどうか……って。中には生後二ヵ月で亡くなった愛児の肖像画を描いてくれという依頼さえあります。この親は毎日五時間はうちの前にいます。みんな、故人の事細かな来歴や、その死がいかに理不尽で悲しいものだったか、家族がどれほど打ちのめされているかを語って、仕事の依頼というよりは神への請願、いえ、もう悪魔への恭順とも言うくらいの勢いで……」

これにはさすがの薄情者も胸を突かれた。ナンドは不意に足元の地面が崩れ落ちるような衝撃に見舞われた。

ティトゥスは少し失礼しますといって半地下続きの便所に立った。数分後に戻ってくると、口元をぬぐって咳きこみ、少しばかり水を飲んだ。これほどの悲嘆の数々を、二十歳そこそこの画商一人が受け止め切れようはずがない。食卓の前に戻ると、ナンドの存在を忘れたかのように、単純作業の手つきで紙の山を分類し始める。手紙と弟子たちが書いたメモ書き、市民たちが押しつけていった伝言だ。ふとティトゥスの手が止まる。誰かが、おそらくシモンが、「重要案件？」と書き足したメモが六枚もあったからだ。

助けを求めるような目で見られたナンドは手を伸ばし、それを受け取った。六枚のうち五枚は、カルコーエンからの使者が残したものだった。どれもが、できるだけ早くご来訪願いたい、第三者の立会いなしに、という内容だ。要するに、ナンド抜きで話したいことがあるということだ。しかもそれは、急を要する、と。

昨夜はあれほど関わりたくないと言っていた外科医を何がどう変えさせたか？

「面白そうだ」ナンドはティトゥスに五枚の紙きれを手渡した。「今日は遠出してくたびれただろうが、カルコーエンのところには行く価値がある。何しろ」

ナンドは手元に残した最後の一枚を差し出した。

「すごいことが起こっている」

慌てたように適当に折って封蠟で止めただけの、手紙とメモの中間のような体裁だった。書いてすぐに使者に託されたのか、封蠟はひしゃげて誰かの指の跡がついているが、破られてはいなかった。シモンも中身は読んでいないはずだ。ナンドは遠慮なく封蠟をはがして読んだのだが、それは今までの調査をひっくり返すような内容だった。

一読すると、ティトゥスは顔色を変え、外套を引っ摑んで大通りへと駆け出した。

それはついさっき彼が訪ねたばかりのトゥルプ博士からの伝言だった。

　君が帰った直後に、アニェージ医師が私の元を来訪した。彼は今しがたこの地についたばかりで、カルコーエン君の家どころか、まだアムステルダム市内にも一度も足を踏み入れていないと言う。パドヴァ大学学長の紹介状を持っていたので、彼は間違いなくアニェージ医師本人だ。年の頃は五十ばかり、小柄で太り肉、甲高い声でよく喋り、黙って座っていられないような陽気な男だ。カルコーエン君の元を訪れたアニェージと名乗る人物の人相風体を確認されたい。


　ナンドは特に考えもなくローゼンフラフト通りから横道に入り、漠然とエイ湾の方向に向かって歩いた。

　肩が重い。おしゃべりな少女になったようなティトゥスの話は疲れた。何でもかんでも説明したくてたまらない、隅々まで口にしたくてたまらなかったのだろう。それは明るさや可愛らしさではなく、あの男の闇の一面に思われた。

　街は一日が終わる瞬間の、活気と脱力感に満ちた、祭りの余韻に似た時間になっていた。家路につく職人、最後の売り上げを狙う物売り、親を手伝って水桶(みずおけ)を運ぶ子供たちとすれ違う。小さな飲み屋にたむろするはしけ乗りの一団は、すでに多くが赤ら顔だ。

ここに俺の居場所は無い。

ナンドは背後に気配を感じて、水たまりをよけるふりをし、ぶつかりそうになった物売りをよけるふりをし、ごく自然な動作で後ろをちらりと見た。

あの英国の軍人ぽいのだ。

ご苦労なことだ。この天気の中、一日中ナンドの後をついて回ったのだろうか。もっとも、英国人は雨など何とも思わないのだろう。

ナンドはさらに細い横町に入った。治安の良くない地域に踏みこみつつある。こういうところのほうがナンドにはやりやすい。

安飯屋を物色する様子で振り返り、視界の端に英国人を捉えた。ひと気のない路地を通りがかりに、奥にさもいい店があったと言わんばかりの横顔をわざと見せてから、気楽な様子で角を曲がる。追跡者から見えなくなったのと同時に足を速め、素早く廃材の戸板と木箱の陰に隠れる。もちろん、それらの間から追跡者の姿がうかがえる場所と判断した上でだ。

追跡者はナンドの姿を見失ったことに焦って足を速めるに違いない。こうした路地には薄明も届かない時間帯だ。追跡者がナンドのすぐそばを小走りに通り過ぎようとしたのと同時に、ナンドはその足元に自分の脚を突き出した。

狙いは当たりだ。追跡者の左の足首を捉えた。が、次の瞬間、転がされたのはナンドのほうだった。何が起こったのかも分からない。ただ、突然上下が分からなくなり、次の瞬間には敷石に叩きつけられていた。左肩に痛みが走る。頭をかち割らずに済んだが、その頭は油臭い泥水をたっぷり浴びた。

軍人ぽいのは、何事もなかったように泰然とナンドを見下ろしていた。

「酷(ひど)いな。負けは認めるが、もう少しきれいなところでやってくれ」

男はにやりと笑うと、長年の友人のようにナンドに手を差し伸べた。

裏路地よりは少しばかりましな店を見つけると、どちらが言い出すともなく隅のほうに席を取った。どうせ塩漬けニシンと安物のエールなどどこで喰らっても同じだが、場所は重要だ。二人とも、これがただの飲み食いと世間話では済まないことは分かっていた。

ルパートと名乗ったその男は、黒くて太い巻き毛に血色のいい唇、分厚い瞼、骨太の体躯を持った、戦場で作り上げられた人間だった。声は野太く、目には威圧感がある。相当な癇癪持ちと見えたが、それを冷静なやり方で発散する術を持っていそうだ。年の功というやつだ。いざとなれば拷問も脅迫も辞さない。海軍（もしくは海賊）の要所要所に必ずいる種の人間に違いなかった。

「何故俺の後をつける？」

ナンドは固い木の座面に尻をつけるのとほぼ同時に、前置きも何もなく質問を突きつけた。

「朝から晩まで毎日やってるのか？　退屈で死なないか？　気の毒すぎて涙も出ん」

「まさか。そう四六時中やっているわけではない」

「俺の宿を把握してるだろう？　昨夜もいたな？　尾行が下手すぎる」

ルパートが癇癪を抑えこんだのが分かった。

「もはや陸上は私の縄張りではないのでね」

やはり海軍か。ルパートはナンドがそう見当をつけたこと自体に気づいているだろう。

「だろうな」ナンドは運ばれてきたエールを半分ほど一気にあおった。「俺もそうだ。多分な。俺も陸が得意なら、あんな尾行などすぐにまいただろう」

ルパートはしばらく黙ってエールを飲んでいた。

「で？　なんで俺をつける？　王室御用達役者の命令で海軍がそこまで動くのか？」

「彼らとは別行動だ。どうしても気になったのでね。貴君が……」

そこからまた数瞬の沈黙があった。

「記憶がないと言ったのがどうしても気になった。今までに何人かそういう人間を見てきた。野次馬根性もまったく無いとは言わないが、力になりたい」

やはりこの男とは、どこかで通じ合うものがある。

「俺もあんたの言ったことが気になっていた。戦争経験者かと聞いたな？　どういう意味だ？」

「今までに、私の同輩や部下のうち、実に四名が同じことを言ったのだ。何も覚えていない、とな。あとは海賊から救出された女たちに何人かいる。程度の差はあるが、皆、言語やマナーや世の中のだいたいのことは分かっていたが、自分のことだけが分からなくなっていた。名前も家族の顔も思い出せない。寄港したら結婚する予定だった婚約者の顔を見ても誰だか分からない。もっとも、私に限らず、軍人なら多かれ少なかれ、その手の話は新米の頃から聞いている。しかし実際に友がそういう状態に陥るのは奇妙な経験だ。そして心が痛む。みな戦場で死ぬような目に遭ったか、海賊に拷問を受けた者たちだ」

　いきなり嫌なことを言いやがる。だがその態度からして、嘘やはったりではなさそうだ。

「楽しい話ではないな。で、そいつらはみんなどうなったんだ」

「一人は自死した。その他は、家族が引き取った後はどうなったことか……」

ますます楽しくない話だ。いや、けったくそ悪いと言っても過言ではない。

「あんたも何度も死線を潜りぬけてきたような面をしてるな。高級将校か？　あんたは大丈夫なのか？」

「おそらく、私のような図太い人間は大丈夫なのだろう。もっとも、自分自身がいつそういう目に遭ってもおかしくはないと覚悟はしているがね」

「で？　そのあんたが、俺にいったいどう手を貸してくれるというんだ？」

「それが分かれば苦労はない」

「ありがたくて涙が出るな」

ナンドはエールを飲むのをやめ、ジンを注文した。

「今度は涙が出るのか」

「ああ。ありがた過ぎて話にならん」

「真面目な話、行き場がないのなら英国海軍か騎兵隊に世話をしてやってもいいと思ったのだ。今のうちならフランス海軍かスペイン海軍でも何とかなる。ネーデルラント陸軍が希望ならそれでもいい。東インド会社は……やめとけ」

ネーデルラントには、実はそもそも海軍というものがない。戦時に貿易会社の戦艦や商船を召集するのだ。ルパートも薦めようとしなかったが、東インド会社の護衛艦に乗り込むのは確かに嫌だ。商人どもにこき使われるのはまっぴらだった。

「えらくご親切なことだな。その上、英国のあちこちの仮想敵にまで顔が利くとは。そういう輩は詐欺師が多い。この程度の常識は俺も忘れてはいないようだ」

「そう言われるのも仕方があるまい。むろん、そう簡単に信用なんぞしていただかなくて結構。むしろ貴君には、これから生きてゆくための技として、『誰も信じるな』と言いたい。誰と知り合う時も、協力し合う時も、あるいは結婚する時も、相手を信じてはいけない。互いを利用し合うつもりでちょうどいい」

「傭兵(ようへい)のような将校殿だな」

「まあ傭兵と言われれば確かにその通りだ。私はボヘミアで、貴君には想像もつかないくらい高貴な家柄に生まれた。実兄は神聖ローマ帝国皇帝になる資格を有している。だが私は様々な事情で幼い頃に家を離れ、まさしく傭兵そのものの人生を送ってきた。今でこそ母方の故国である英国に居場所があるが、一時は一生流浪の身を覚悟したものだ。その人生で学んだことはただ一つ、信用や忠誠などなくとも、責任とつり合いさえあればやっていけるということだ。あとは腕っぷしと酒が強くて数ヵ国語喋れれば、誰にでも勝てる。勝てると分かっていれば、いつ何時でも、こいつと組んで大丈夫だろうかなどと気に病むことはない」

ものすごい理屈だ。だが悪くはない。

「で？　そんなあんたがただ同情しただけで俺に海軍を世話してくれようはずはない。何か目当てがあるんだろう？」

ルパートは満足そうに厚い唇を歪めてにやりとした。

「当然だ」

「何が欲しい？」

「情報だ。貴君はレンブラント・ファン・レイン親方の工房に出入りをしているだろう？」

そう来たか。英国人は幽霊話が好きだが、キウィリス王の件も彼らにとっては美味しい餌(えさ)というわけか。

「それなら俺はせいぜい甲板掃除くらいの仕事しか世話してもらえなさそうだ。面白い話も秘密の裏話も何もない。親方も息子も弟子たちも、あの噂のおかげで迷惑している。それだけだ。現実というのは味気ないものだ」

「そういうことじゃない。実は国王陛下がレンブラントに興味を示していてね。どうやら、いわゆる宮廷画家というのを求めておられるようだ。レンブラントは美術の聖地ローマにも詣でようとしないくらい旅行嫌いだと聞く。それどころか、近年はどんな権威筋からの依頼でも、気に入らなければ断り、好きなように描かせてもらえなければやはり断り、納期も画風も親方しだい、肖像画を描くとなったらどんなに高貴なモデルでも自分の工房に呼びつけて、何時間でも拘束するという具合だそうだな。いかに英国王のご希望とはいえ、そんなレンブラントをロンドンに移住させて宮廷で使うなど、可能なのだろうかと悩んでいるところだ。私たちはただチャーリーのお守りに来たわけではない。外交上の情報収集や表敬訪問のほかに、陛下の御用もあるのだ」

　使い走りには違いない。

「そういうことか。それは分かったが、そうなるとますます俺の価値は下がる。甲板掃除の仕事さえもらえないな。彼らとの付き合いは一週間もない。親方本人には会ったことさえない」

ルパートはたいして失望したような顔もしなかった。

「情報はこれから収集してくれればよい。とにかく、レンブラントをアムステルダムから動かせる見込みがあるかどうか、あるとしたらどういう待遇や条件なら可能か、見当をつけたい。宮廷画家の報酬は、少なくともネーデルラントの商人風情の依頼人では払えないような額だ。間違いなく。ロンドンの屋敷、もしかしたら宮殿のどれかに住居が与えられるだろう。引退後の年金も間違いない。あのローゼンフラフトのあばら家で明日をも知れぬ老後を暮らすことを考えたら、イングランドで安寧な生活をしたほうが良くはないだろうか。……お節介と言われるだろうが、やはり私としては、貴君同様、レンブラントの将来も気になる」

「結局なんだかんだ言って人情派か」

「何とでも言うがいい。貴君は未来を考えたことがあるか？　自分が何者なのかということよりも、この先どうしてゆくのかという問題のほうが大きくはないか？　貴君は今、いったいどうやって生計を立てている？　記憶を失くしても、領地や何らかの年金を持っている者、身元が分かっている者はまだいい。悲惨なのは、どこの誰だかも同定できない者たちだ。女は身を売るしかなくなる。男だって似たようなものだ。

貴君はさっき名前を名乗ったな？　ということは、自分の名前は何らかの方法で知ることができたのか？　それとも、記憶を失くしてからつけた仮名なのか？」

　これは答えにくい質問だった。ナンドは、懐に入っていた財産に関する書類の名前を名乗っているに過ぎないのだ。ただ、直感的には、自分はナンド・ルッソ本人だという漠然とした感覚はある。

　ナンドは慎重に答えた。

「自分の名前については、他人を納得させるような証拠は提示できない。暮らしについては、今はただ、手元にある多少の金でしのいでいる。もっとも、それだって二年も三年も遊んで暮らせるような額じゃない」

　ルパートは短い口髭(くちひげ)を人差し指でぼりぼりと掻いた。

「それが尽きる前に身の振り方を考えるべきではないのかね？」

「いや、その金は……」

　ああ、そうだった。ナンドは言いかけて、不意に気づいた。その金は生活費ではなく、家族にとって大切なものを買い戻すための金だ。そう、それを探すためにここにいたのではなかったか。ファン・レイン家の一件に気を取られて、すっかり忘れていた。

「何でもない。まあ、まともに考えればあんたの言う通りだ」

ルパートは残りのエールを一気に飲み干すと、コップをテーブルにしっかりと押しつけるように置いて、おもむろに立ち上がった。

「我々は旧教会の北側の英国商人会館に逗留（とうりゅう）している。気が向いたらいつでも来てくれ。カンバーランド公爵がいつでも会うと言っていた、と言え。困ったことがあった時でもいい。ただし、チャーリーたちには私のおせっかいの話はあまりしないでいただけるとありがたい。あの調子でからかわれたのではかなわん。それと、我々はいつ出立するかも分からない。チャーリーの気まぐれで、来週の船が取れればそのまま英国に帰ることだってあり得る。気が向くのも早いほうがいい」

ルパートはナンドが何か聞き返してくるかと思ったのか、一呼吸ほど間を置いてから店を出て行った。


感情などという面倒なものについて考えるのは苦手だ。快か不快かが分かり、危険が回避できればそれでいいではないか。それでも、時に自分の中の未知なる蠢（うごめ）きが、胸の内をかき回し、臓腑（ぞうふ）に圧迫や痛みを与えるのだった。

みじめだ。そしてもの悲しい。

ナンドはケイゼルス運河（フラフト）沿いの道を歩いた。そのままあてどもなく歩くつもりだったが、思い直し、慈善病院に向かった。


雨はもうすっかり止（や）んでいたが、内港湾（ローキン）を渡って慈善病院に行く歩行者専用の木橋は通行止めになっていた。見張り番はいなかったが、荒縄がかけられている。薄暗がりに目を凝らすと、ただでさえ低い板切れの橋桁は真ん中あたりが水に浸（つ）かっていた。市民たちの多くは、いつも通りそこを渡ろうとした時初めて、荒縄と運河の水位に気づいて驚くようだった。

この街に住む人間は、水位に過敏であるのと同時に麻痺（まひ）しきってもいる。この国では床下浸水は珍しいことではなかった。水に鈍感でも死ぬが、いちいち一喜一憂していても消耗して死ぬ。素早く対策を取りながらも心を動かさないことだ。

アムステル川が幾つもの支流に分かれるこのあたりは、市内でももっとも土地が低かった。木橋が腐り落ちるのも珍しいことではないと聞く。が、市民たちのうち最も鈍感な者の神経をもひりつかせるだろう何かが、今の内港湾（ローキン）の面（おもて）には芽生えつつあった。

ナンドは水門広場の石橋まで遠回りをして対岸に渡った。

病院の通用門の前に人影があった。馬車の車止めに腰を下ろし、敷石の上に角灯を置いている。ナンドの足音に気づいたのか、人影は立ち上がった。遠目にもそれはティトゥスだと分かる。近づいてくる足音がカルコーエンでないと気づくと、角灯の明かりの中であからさまにがっくりと肩を落とした。嫌味を言う気力もない。

「待たされているのか」

「はい……きっと翼竜館だと思います。僕が行ってもいいんですけど、行き違いになっても困るし、きっとカルコーエン先生はご自宅以外の場所では大事なお話はなさらないんじゃないかと思って」

自分から呼び出しておいて留守とは、何様のつもりだろうか。まあいい。二人が会う前に追いついてよかったと思うべきだろう。ナンドはある計画を思いつき、手短にそれを伝えた。伝えたというより、命じたというほうが正しい。

「窓を開けておいて、できるだけそのそばで喋れ、って……つまり、立ち聞きしようということですか？」

「有り体に言えばその通りだ。空気がどうだとか言って窓を開けろ。俺は明かりが届かないところにいる」

「でもそれは……」

「俺はヘンドリッキェにお前の用心棒を約束した人間だ。相手が誰であろうと、お前がそいつをどれほど信頼していようと、俺は警戒する」

ヘンドリッキェの名を出すと、ティトゥスは抵抗しなくなった。本音を言えば二人とも、カルコーエンの話を共有しておきたかったのだ。

ティトゥスが頷いた拍子に、顔が角灯の光の中に入った。それは戦慄すべき眺めだった。つい数時間前、チョコレートで興奮して喋りまくった少年は、今、やつれて早々と中年になろうとしているとうの立った青年になっていた。目の下が淀んでしわが出ている。ナンドは驚いて思わずじろじろとその顔を見てしまった。

「何があった？」

何かあったのかと聞けば、ティトゥスは何もと答えただろう。諦めたように語り始めた。

「父が……。脱走してました。僕たちがトゥルプ博士のことを話し合っている間、実はもう家にいなかったらしいんです」

「まあ、あの軟禁状態じゃ父上もたまらんだろう。たまには外に出たっていいじゃないか」

「ええ、出るだけだったら別にいいですよ。債権者やしつこい客につきまとわれるのは本人ですからね。それだけならいい……でも父は、絵を買って来たんです」

「絵？」

「そうです……しかも、本物かどうか分からないラファエロの絵を……」

画家の名前や価値などナンドには分からない。が、ティトゥスの様子を見る限り、何やら大変なことらしい。ティトゥスは具体的な額は明かそうとしなかったが、相当やばい額を投じたようだ。

それはちっぽけな額に入った、何やら大きな絵から切り取ったと思しき部分だという。ラファエロ何とかというイタリアの昔の画家の、損傷した大作の一部だった。空と思しき青灰色を背景に、黒の長髪を優雅に垂らした青年が描かれている。そういうものをありがたがる気持ちはナンドには分からない。が、親方はある画商からかなりのツケでそれを買ったのだ。

借金があり過ぎて息子に雇われているほどの男にものを売りつけるのだから、まともな商売ではない。後ろ暗い売買だろう。それがなおさらやっかいだ。まったく持ち金のない親方は、短期決済ならという約束でそれを買ったのだという。もちろん、理論上はティトゥスの会社は従業員の借金に責任はない。が、どんな理由があってもレンブラント親方を頸（くび）にするわけにはいかない。何しろ、ファン・レイン商会はレンブラント親方の絵を売るための会社だからだ。

「しかしそこは、会社は関与しないの一点張りで通すしかないだろう。面の皮を鍛えておけ」

「でも、それがまかり通ったら商道徳は崩壊しますよ。借金を返済する能力のない親方が会社の資力を背景にして個人のツケで高価な絵を買って、それを親方の家、つまり僕の会社に置いておくわけですからね」

それもそうだ。

「僕が社長としてではなく、息子として出て行かないわけにはいかないでしょう……。それが分かっているからこそ、画商はあれを売ったんですよ。もし本当にラファエロだったとしても、おそらく、若い頃の習作の類（たぐい）と思われます」

「しかし何だって親方はそんなものを危険を冒（おか）してまで買ったんだ？　見る目がないわけじゃないだろう？」

「そこなんです、問題は。父は本物だと主張しています。しかもその根拠がわけが分からなくて……」

決め手は、絵の具に残った指の痕だった。男の右上のあたり、柔らかい絵の具を薄く塗ったらしいところに、右の人差し指と中指、そして親指の一部の痕がついているというのだ。それは間違いなく、ラファエロ何とかの指の痕だという。親方が財産競売の時に手放さずに済んだ素描の中に、かつて親方が所有していたラファエロ何とかの絵に同じように残っていた指の痕と一致するというのだ。

ナンドはしばらくの間、その話の意味が分からなかった。分かるわけがない。ティトゥスは自分に責任があるとでもいうように、恥ずかしそうにうつむいた。

「これは父さんの受け売りなんですが……何でも、人間の手の痕は一人ひとり違うのだそうです。特にこの、指先の痕が。気味の悪い話だと思わないで下さい。僕たち画家は観察するのも仕事なので。レオナルド・ダ・ヴィンチという画家は、人体の素描のために解剖にまで関わったくらいです。うちの親方も、興味のあるものは僕でも気味が悪いと思うほどじっくりと観察します。ラファエロの指の痕も、天眼鏡で観察したものを素描で描き移して取ってあったっていうんです」

どう反応したものか。それはすごいと感心したほうがいいのか、それとも、頭がおかしいと正直に言うべきか。

「それで、画商の店まで天眼鏡を持っていって確認したらしいんです。それで、絶対に本物だと……。

　親方が変人なのはもういいんです。僕が生まれる前からああだったらしいですし。それはいいんですが……今の問題は支払いです。親方は借金まみれ、僕にも個人資産はありません。会社は創業以来の赤字経営です。市が『キウィリス』の代金を払ってくれれば一息つけますが、もしあれが突き返されるという噂が本当なら、打つ手はありません」

　ティトゥスは不思議と毅然とした口調でそう言った。

「僕はいっそ……」

　ナンドは身振りでティトゥスの言葉を止めた。あの踵を少し引きずるような足音は、間違いなくカルコーエンだ。声を聞かれていたら物乞いにつきまとわれたことにしておけと言い置いて、ナンドは闇に消えた。

　病院の敷地はぬかるみだらけだった。が、それが足音と気配を消してくれた。靴を泥まみれにしながら居間の窓際に近づくと、灌木の枝の間に身を潜めた。何の木だかは分からない。かぶれるようなやつじゃないといいのだが。

　ナンドが幹にへばりついて定位置を決めるのとほぼ同時に、窓の内側に明かりが灯った。すぐにティトゥスが窓を開けた。声だけはにこやかに話しながら、用心深そうに外を見まわす。顔は陰になっていて見えないが、おそらく視線でナンドを探しているのだろう。木の陰に気づいたのか、軽くうなずいて見せる。ほどなくして、カルコーエンが視界に入り、昨夜座ったのと同じ椅子に腰を下ろした。

ティトゥスはそのまま窓際に立った。さすがにあのラファエロの修羅場は語れまい。二人はしばらくの間、工房や親方について、当たり障りのない近況を話した。カルコーエンの声は小さかったが、ティトゥスが気をきかせてナンドと彼の間に立たないようにしてくれたおかげで、言葉はほとんど聞き取ることができた。

カルコーエンは昨夜と同じように、たいしたもてなしはできないがと言いながらも、壺から豪勢な牛肉の塊がいくつも入ったスープをよそい始めた。匂いがナンドの胃の腑を絞り上げた。今日はろくなものを食っていない。さっきの安飯屋のただしょっぱいばかりの鰊（にしん）を二切れ半だ。かまどのない部屋で供されるスープなど、すっかり冷めきって煮凝（にこご）りになっているだろうが、それでもいい肉は旨（うま）いだろう。

病院の厨房（ちゅうぼう）で作らせたものとは思えなかった。ティトゥスのためにわざわざ仕出しでも取っておいたのだろうか。ティトゥスは勧められるままに肉にかぶりついた。それはそうだろう。ローゼンフラフト街の半地下に下げられた干し肉とは比べ物にならないだろう。ああそうだろうとも。間違って窓の外に一切れ落とすようなことは……

いやもちろんそんなことがあるわけがない。

カルコーエン自身は、その上等なスープをほとんど食べなかった。一目見てそれとわかるほどやつれ、眼帯で隠されていない右目の下には、黒々とした隈が浮き出ている。憔悴したティトゥス以上だった。か細い蠟燭の光の中でも、そのやつれぶりははっきりと見て取れる。

たった一日で老け込んだ隠遁者に、偽者のアニェージ医師の話をいきなり突きつけるのはさすがにやりにくいのだろう。ティトゥスは気まずい空気の中でただ肉を食った。

カルコーエンもなかなか本題に入ろうとはしなかった。曰く、今日も翼竜館に行ったのだという。朝と午後と夕の三回だ。患者に献身する美談というより、何やら執着めいたものを感じさせる。

まあそれはいいことにしよう。しかし一つだけ指摘しておかなければならないことがある。カルコーエンはこの間、日中は外に出ないと言っていたが、それは言葉通りではないということだ。実際、昨日にもティトゥスは晴れた日の昼前に翼竜館でこの男に会っている。暗幕を下ろした馬車を使うのかもしれないが、何にしても、「日中はまったく出かけられない」というのが事実ではないことは確かだ。ここにも故意の言い落しがあった。

患者は思わしくはないようだ。カルコーエンは軽く首を振った。その瞬間、顎の下あたりに小さな閃光（せんこう）がほとばしった。ナンドが目をこらすと、その正体がわかった。カルコーエンは襟元に飾りピンをつけているのだが、それは質素な形とは裏腹に、かなりの大きさの石がついているのだ。あの輝き方は間違いなくダイヤモンドだった。

なるほど、あの宝石商からの贈り物か。そう、彼はホーヘフェーンに本当に死なれてしまったら食い上げなのだ。今あの屋敷にいるのが本物だろうが偽者だろうが、今後も生きて報酬を与え続けてほしいと思うのは当然だろう。

カルコーエンはほとんど汚れていない口元を神経質そうに拭って言った。

「彼には朝方に少しばかり意識を取り戻しそうになった時間があってね。水を少々と薬草入りの蜂蜜をほんの三匙ほど飲ませることができたのだが、あれでは身体が保つまい。太っているのはこういう時には有利なもので、痩せている者よりは保つだろうとは思うのだが……時間の問題ですよ。フィレンツェに修業に出ているご子息に知らせるべきかどうか、奥方は未（いま）だに決心なさらない。奥方からしたら先妻の子だから、気遣いもあって、無理もないことかもしれないが。私はこういうことには口をはさむつもりもないが、巻きこまれるのもありがたくはない」

「それで……その、大丈夫なのでしょうか……？」

ティトゥスは間抜けなことを言ったのに気づかなかった。

「いえ、つまりその、何て言うか……」

気づいたのか。

「あのホーヘフェーン氏にはペストの徴候はまったく無い」カルコーエンは質問をそう受け取ったようだ。「しかしこの先どうなるかは、正直に言うべきでしょう、私にはまったく分からない。ペストの症状が出ず、意識を取り戻せば希望はあるが……」

カルコーエンは長く沈黙し、ため息をついた。

「何とも言い難い」

希望とはいったい、何がどうなる希望だろうか。

恐ろしいのはむしろ、息を吹き返したホーヘフェーンが自分のペスト死や葬儀のことを聞いてどう思うかだ。いやそれ以前に、何を語り出すか、だ。疫病の苦しみや棺に閉じ込められた恐怖を聞かされるのか。自分であって自分でない何者かが埋葬されたと知った時の衝撃か。それとも、誰にも想像のつかない何かなのか。

ティトゥスはスープの器を空にするのと同時に、例の手紙を差し出した。

「その、先生は巻き込まれたくないとはおっしゃいますが……これはお耳に入れておかないといけない気がします。これは、ついさっきトゥルプ博士から受け取ったものです」

「トゥルプ博士から？　君宛てにか？」

「はい。実は今日、ある用件で博士のお宅にうかがったんです。父はトゥルプ先生の肖像画も手掛けていますので、うちとはいくらかのお付き合いはあります。トゥルプ先生もペストやうちの工房のことも気にかけて下さっていて、今日お伺いしたついでに、そのあたりのこともいろいろお話ししてきたんです。そして、僕が帰った後で、これを送ってよこされました」

嘘にならない程度の言い換えは、商売の世界では珍しいことではない。ティトゥスは口が上手くないわりに、このへんのことは案外巧者だ。

差し出されたトゥルプの手紙を、カルコーエンはいったんは受け取ったが、見えないから読み上げてくれと言ってティトゥスに返した。

ティトゥスは明かりのほうに紙面を向けると、外科医の求めに応じて二度文面を読み上げた。

カルコーエンの反応は微妙だった。あからさまに驚いた顔はしなかったが、苛立たしげに顔をゆがめた。

「先生のところに来たアニェージ医師と名乗る人物は、こういう感じの人ではなかったんですよね？」

カルコーエンは一瞬渋る様子を見せたが、はっきりと、まったく違うと答えた。

「顔ははっきりとは見ていない。その人物は極力私に顔を見せないようにしていたし、私も目がこれだ。背格好は私と似ていたと思うが、あちらのほうがいくらか背は高かったかもしれない。いやしかし、屋内でも帽子を取ろうとしなかったから、それも確かなことは言えない。声はしわがれていたが、私はそれがどうしても、地声ではなくてわざわざ作った声のような気がしてならなかったのですよ。医学の知識はきちんとしていた。私の内科学の知識は本職並なので、これは自信をもって証言できます。だが、それだけです」

カルコーエンはそう言いながら、トゥルプの手紙を一度ティトゥスから受け取り、読むことをあきらめて返した。

「先生。もしかしたらこれは、治安官に訴え出てもいい件かもしれません。治安部隊が動いてくれれば、他の都市や農村からの情報も……」

「落ち着きなさい、ティトゥス君。いったいどういう罪状で治安部隊がその人物を追うというのですか？　その人物は、少なくとも今回の件に関して言えば盗賊でもなければ人殺しでもない。報酬を要求せずに治療を行うことが罪になるとでも言うのですか？」

「だったらせめて、トゥルプ博士のお力をお借りすれば、内科医ギルドに協力を求めることはできると思いますし……」

「ティトゥス君、落ち着いて。座りなさい」

ティトゥスははっとして後ろに下がり、腰を下ろした。いつの間にか立ちあがって、カルコーエンに詰め寄るような格好になっていたのだった。

「いずれにしても、そのアニェージ医師が本物だろうと偽者だろうと、今の私には何もしてさしあげられないのですよ」

確かに。その通りだ。が、そういう言い方はあるまい。まるでティトゥスが理不尽な要求でもしたかのようだ。

ティトゥスはうなだれた。

「君にもこれ以上ホーヘフェーン家に関わらないことをお勧めしますよ。私が君を呼び出したのは他でもない、そのことです。少し待っていていただけますまいか」

ティトゥスが口を挟む間もなく、隻眼の外科医は薄暗がりで家具を巧みにすり抜け、姿を消した。慣れた場所での身のこなしは驚くほど身軽だ。

カルコーエンが席を外している間、ティトゥスは助けを求めるように窓の外を見た。ナンドは手を振ってそれをやめさせた。いつ戻ってくるか分からないのだ。

五分か六分ほど、意外に長い時間待たされ、やっとカルコーエンが戻ってきた。両手に何かを握りこんでいる。

「ティトゥス君、聞いていただきたい。私の話を聞いて、君の身を守るため、二つの約束をして欲しいのです。まず一つ。ホーヘフェーン家の件に近づかないでいただきたい。これ以上近づくと、君の命の保証もなくなる」

「ちょっと待ってください」ティトゥスがまた腰を浮かせた。「何のことですか？」

「何のことかさえ本当は聞かないほうがいいのだ。君はもう、私がホーヘフェーン氏からの仕事で食いつないでいることはどこかから聞いているでしょう？」

ティトゥスが返事をためらうと、カルコーエンは手の中のものを食卓の上に置いた。小さくじゃらじゃらという音がする。

「そう、私はアジア帰りの船員たちの治療をしています。彼らのうちの幾人かには、健康上の重大な問題があるのです。この病に気づいたのはまだ私だけだが、まだ完全に証明する手立てがない」

ティトゥスは食卓に置かれたものの一つを手に取り、ナンドに見せるつもりなのだろう、目より少し高い位置に掲げた。どうやら、指先ほどの大きさの小瓶のようだが、中身まではナンドには見えなかった。

「これは……虫ですか？」

「そうです。寄生虫です……人間に寄生するやつだ。いつの間にかわき腹などの柔らかい部位に入り込み、寄生された者は直接の死因こそ様々だが、だいたい一年から一年半の間に死亡する」

ティトゥスが小瓶を取り落としかけて空中でつかみ、慌てて食卓に置き直した。

「大丈夫ですよ。それは死んだ虫の標本だ。船員たちの身体から取り出すとあっという間に死んでしまう。これに寄生される船員はそう多くはないようなのだが、私もすべての患者を把握しているわけではない。私が知っているのはホーヘフェーン氏と契約した船長やその部下たちの中で、タンジェでムスリムの外科医の予備診察を受けた者たちだけだ。

北アフリカにタンジェという港町があってね、あそこに昔ながらの床屋外科医の友人がいるので、彼に診てもらっているのですよ。おそらく、私たちが知らないところで死因不明で死んでゆく船員たちがいるに違いない。痛ましいことですがね」

また恐る恐る手をのばすと、ティトゥスは小瓶を一つ手に取って蠟燭のそばに行った。

　ナンドは胃から酸っぱいものが上がってくるのを感じた。死んだ虫くらいはどうということもないが、あれが船員たちの脇腹からほじり出されたものかと思うと胸糞が悪い。

「まだ船員たちの感染場所がアジアなのかアフリカなのか突き止めてさえいないので、世間に発表するのも存外に難しいのですよ。たとえこの虫に寄生されて死んだ者の死体を解剖して見せたところで、ただ腹に小さな虫が埋まっているだけで、それが直接の死因になった様子は全く見られないのだから」

「でも、これと今回の、その、あのホーヘフェーン氏のことと、いったいどういう関係があるのですか？」

「そこですよ。私がこの件を表沙汰にしたくない最大の理由が。本当は君にも聞かれたくはなかったのだが……私は思うのです。それは……ある種の呪いではないかと」

「ノロイ?!」

　ティトゥスはひっくり返った甲高い声をあげ、叱られた子供のようにびくりと肩をすくめた。カルコーエンの口元がごく小さなため息をつくように動き、また深い憂い顔に戻った。

しかし呪いとは。そりゃ世間には言いにくいだろう。頭がおかしいと思われるに決まっている。というより、ナンドはすでにあの外科医が外科にも内科にも治療できないおかしな状態になっているとしか思えなかった。アフリカでやられたのは左目だけではなかったのではないか。

「何も言わなくていい、ティトゥス君。そんな馬鹿なことがあるはずがないと思われているでしょう。しかし、アフリカを侮ってはいけない、あそこには、まだ我々の力の及ばないことがいくらでもあるのですよ。未知の薬草もあり、未知の毒をもった生き物もいる。人間を痛みを感じなくなるほど深く眠らせる花や、大型の動物をも毒で殺してしまう蛇や虫もいる。まだ我々が知らないだけで、鳥やトカゲや猿や、蝶、木の実、いや人間さえ、ものすごい力を持っていたとしても不思議ではないのだ……

ホーヘフェーン氏と私は、もしかしたらかの地に関わり過ぎたのかもしれない。覚えていますか？　昨夜、君とご友人が初めてここを訪れた時のことを？　私は最初、暗闇で君のご友人に薪か何かで殴りつけられたと思っていた。しかし実際には、彼は私が殴られた時にはまだ少し離れた位置にいた。そして、私のそばには誰もいなかった……。そういうことです。分かりますか？　私はいったい誰に殴られたのでしょう？　何かとてつもない、我々の理解の及ばない何か、力が、すでに私に及び始めているのですよ……君はもうこれ以上、この件には近づかないほうがいい。もう二度とあの館やここに来てはいけません。二度と」

　ティトゥスは二、三歩後ずさり、蠟燭の明かりの中に横顔が見えるようになった。胸元に左のこぶしを押し当て、右手でそれをさらに握りしめている。怯えた少女のようだ。

「いや、あと一度だけ、ただ一度だけ私と関わってほしい。ティトゥス君、君は先日、翼竜館で、あるものを拾いませんでしたか？」

　ティトゥスはますます強く両手を胸に押しつけた。はいともいいえともつかない声を絞り出した。

「君を責めるつもりはない。何かの行きがかり上、偶然手にしてしまったのだろうと思う。そしてそれが何であるのか分からず、誰に返したらいいのかも分からない。そうでしょう？」

　今度ははっきりと頷く。

「それは私に返してください。これが二つ目の約束です。何も心配しなくていい。こちらのことはこちらで処理しておきますから」

　カルコーエンは立ち上がり、ティトゥスに外套を着せかけた。一方的な会見打ち切りの宣言に他ならない。ナンドとしてはそのほうがありがたかった。いつまた雨が強くなるか分からない屋外に立ちんぼではかなわない。

病院の通用門のあたりでティトゥスと落ち合う。右手にだらりと角灯をぶら下げたティトゥスは、左手の拳をまだ胸元に当てていた。お互いどう感想を言ったものか皆目分からない。二人とも黙ったまま、市庁舎広場を経由する道で帰りかけた時、ティトゥスが何か恐ろしいものに出くわしたかのように、ひっと息をのんだ。

ナンドがどうしたと訊ねると、ティトゥスは角灯の明かりの中で左手をゆっくりと開いた。

「またやらかしたか」

例の気色悪い虫の小瓶だった。ティトゥスはこれを見せてもらっている最中に話に夢中になって自分の胸倉を摑むような身振りをしていたが、その時だろう。

「お前、いつか貴婦人の真珠どころか鐘楼の鐘を持ち帰ることになるぞ。今から返しに行くのは無理だろうな。あの様子じゃ、今夜はもう家に入れてもらえんだろう」

「カルコーエン先生にはまたお目にかかりますから……その時にお返しします」

ティトゥスは元気なくそう答えるのが精いっぱいだった。そう、いずれティトゥスはカルコーエンが言ったあるものを返却するために会いに行かねばならないのだ。あるもの。思い当たるのはただ一つだ。アフリカの王子、闇の左目、そしてダマスカスの剣……そう、あの手紙のことに違いなかった。

　帰り道の雨は間欠的で、それがかえってナンドの身に応えた。ティトゥスにはなおさらだっただろう。なるほど、時々思い出したように痛めつける拷問があるはずだ。延々と痛めつけ続ける拷問より効果がありそうだ。ただ、自分が何故、たかが雨ごときがこれほど恐ろしいのかは分からなかった。

　宿では湿気たパンを汲み置きの水で流し込んで寝た。くそ不味い代物だったが、どちらも黴ていないだけありがたく思うべきか。こんなものでも食うしかない。人間は腹が減ると眠れないからだ。もっとも、腹がすくと眠くなるのだったら、皆寝ている間に餓死してしまうだろう。とりあえず腹が満たされたので、眠りはやって来た。

　夢は見なかった。

五日目

外は四方八方からじわじわと沁みこんでくるような雨だった。ナンドは窓越しに暗澹たる気持ちでそれを見た。これはいい兆候なのだろうか。雨は止みかけているのだろうか。それとも、本当の拷問はこれから始まるのか。

何にしても出かけなければならない。昨日からの雨で着るものはどれもこれも湿ったままだ。ナンドは仕方なく、あの古臭いと言われた服に袖を通した。

ローゼンフラフト街に向かう途中、低い場所では労働者たちを動員して土嚢積みが行われていた。嫌なものを見てしまった。水位は上がっているのだ。

ローゼンフラフト街は全てが灰色に塗りつぶされていた。運河の淀んだ水面にはごみが浮いて、いくらか嫌な匂いがただよいはじめていた。こんな日でもレンブラント親方に絵を描いてもらうために外に立ち尽くす市民がいるのがなんともやりきれなかった。雨具の上からさらに蠟びきの荒布をかぶり、愛する者を呼び戻す熱意だけを心に抱いて、王に直訴する決死隊のごとき覚悟で、だ。

　慕われ過ぎるのも気が重いのではなかろうか。それは蘇らせようとしてる誰かのためじゃない、あんた自身のためにやっていることだろう。ナンドは、もしその蘇らせたい相手が俺自身だったら、そんなに愛さなくていい、いや、さっさと忘れてくれて結構と思わずにはいられなかった。俺のことなどどうでもいい。何事もない日常の暮らしに戻ってくれ、と。すでに死んだ人間のために命をかけるのは、恐ろしく虚しいことではないのだろうか。それとも俺が間違っているのか。

　裏口で迎えてくれたティトゥスは、今まさに出かけようとしているところだった。

「間に合ったようだな」

　ナンドは台所の中に彼を押し戻しながら、手から雨具をもぎ取った。

「あれを出せ」

　ティトゥスは少しばかりひるんだ様子を見せたが、ナンドの命令口調には従わなかった。

「あなたには……関係のないことです。これは僕のものですから……」

　冷淡に言い放ったつもりなのかもしれない。が、その言葉の切れはすこぶる悪い。

「いいから出せ」

三脚椅子に座らせて上からねめつけると、ティトゥスは皮袋から布の包みを取り出した。相変わらず素描や画材で散らかった食卓の上にそれを置く。ナンドが包みを開くと、中からは例のトルコ石と珊瑚の指輪が姿を現した。

「それは売るな。いいか、絶対に売るな。一生後悔するぞ」

ティトゥスは指輪を直視できないようだった。それもそうだろう。無残にも売りさばかれてしまった母親の形見、万に一つの奇跡のように巡り合った唯一無二のものなのだ。

「石つきとはいえ、銀の指輪など、売ったところで期待したほどの金にはならん。どうせラファエロの何分の一かにしかならんのだろう？」

「しかし……何もしないでいるわけにはいきません」

「やめとけ。それを手放されてしまったのでは俺も寝覚めが悪い。金ならそれなりに心当たりがある」

「しかしそれではますます僕が何もしないわけにはいかなくなります！　どうして……どうしてあなたは、僕にそこまでして下さるんですか……？」

ナンドは返事に窮した。何故と言われても困る。自分でも分からないからだ。ルパートに人のことは言えなかった。しかし一つだけ言えるのは、あふれるような愛情や慈愛の気持ちでやっているわけではないということだ。増してや同情などといううすら寒いものなどかけらもない。

「俺のことは放っといてくれ。いいからそれをしまえ。今すぐにだ」

ティトゥスはためらったが、おもむろに立ち上がり、戸棚から何かを取り出した。両手の上に載るくらいの、中途半端な大きさの木箱だ。それを素描の山の上に置くと、まだためらいが失せていないゆっくりとした動作で蓋を外した。

それを見ているうちに何故か、ナンドは腹の底に何とも言い難いものがうごめくのを感じた。むかつきなのか感動なのかさえ分からない、名状しがたい何かだ。ナンドの目は、その素人くさい造りの木箱に釘付けになった。彫刻とは言えない水準の雑な彫り込みが、異国調の模様を織りなしている。蓋はどうにかドーム状の形を成し、四隅とてっぺんに光りもしないガラスの小片がはめ込まれている。箱の中身は錆びた鍵や陶器のかけら、割れた模造宝石らしきものが入っているだけだ。カルコーエンを訪問した時に床に落としたガラス玉のようなものと、虫の小瓶も入っている。

ティトゥスはナンドに許可を求めるような目を向けると、箱の中に指輪を入れた。

「ちょっとその箱を見せてくれないか」

どうしても、どこかでこういうものを見たことがある気がしてならなかった。

ティトゥスが差し出した箱は、持ってみると思った以上に重かった。中身のせいではないようだ。意外にも重く頑丈な木でできているらしい。

「アフリカの民芸品か何かを模した水晶のネックレスを入れてあった箱です。お恥ずかしい話ですが……その、何て言うか……僕が小さい頃、父が……父ははっきりとした話はしてくれませんが、多分、父が雇っていた乳母のために買ったものなんじゃないかと思います」

言わんとすることは分かる。ヘンドリッキェの前の愛人だろう。

「父はそのネックレスにちょっと執着があったのかもしれません。六年前の競売の時、それは自分の物ではなく人から預かったものだから売れないとか何とか、いろいろ言い繕って売り立てを免れようとしたのです。その品物に限ってです。ネックレスそのものはそこそこの価値があったようで、競売で売られてしまいました。でも、こんな雑な作りの箱があったのではかえって価値が落ちるとかいう話だったみたいで、箱だけ返されました。でも、ひどい話で、こんなものでも、ここに嵌まっている石に価値があるかどうか調べるために一つ外されてしまったんですよ。競売ってそこまでして何でもかんでもはぎとっていくのかって思いましたよ」

確かに、石の一つはついていなかった。ナンドはどうしてもこれに見覚えがあるような気がしてならず、裏表をしげしげと眺めまわしてしまった。蓋の裏側には、これまた彫刻には程遠い手つきで、アフリカ大陸らしき形が刻まれている。

何なのだろう。この漠とした苛立ちのようなものは。何か思い出しそうな気がする。もし自分がアフリカ航路帰りの船乗りなのだったら、これと類似したものを幾度も目にしていたのだろうか。いや、それとも、こういう似非民芸品に価値のない宝石もどきの装身具を詰めて売りさばくような真似をしていたのかもしれない。それどころか、船乗りでさえない、ただのいんちき商人だったのだろうか。もしかしたら俺は、何かひどく情けないことを思い出しかけているのだろうか。

ナンドは嫌な気持ちを振り払うと、箱をティトゥスに返した。

「それは戸棚の奥にでもしまっておけ。次に来た時に指輪が売られていたら、俺はお前を痛めつけないでいられる自信はない」

ティトゥスの返事を待たずに立ち上がり、ナンドは銀行へ向かった。


ナンドはたった今突きつけられた可能性にうちのめされた。

自分の過去はまともなものだと、何故当たり前のように思えたのだろう。高貴な身分でないことは想像に難くないが、少なくとも、どうということもない船乗りだったのだろうと疑いもなく信じていたのだ。罪があったとしても、せいぜい喧嘩や泥酔くらいのもので、まともな人間だったという前提で考えていた。しかしその根拠は何もないのだ。いんちき商人どころか、偽宝石作り、密売人、詐欺師だったかもしれない。いやそれどころか、夜盗や追い剝ぎでなかったという根拠は何もない。何もないどころか、当たり前のように金を引き出してきたこの口座も、この証書も、まっとうな所有物ではないかもしれないのだ。

そう思いながらも、ナンドは銀行へ向かった。

どうせまともな金ではないのだとしたら、その咎は自分一人がひっかぶって少しはましなことに使ってしまえばいい。全額引き出すことは昨夜すでに決めていたが、罪悪感や感傷のようなものが動き出さないうちに、ただ儀式的に済ませてしまいたかった。

口座はトウケツされていた。何のことだかさっぱり分からなかったが、要するに、金は引き出せないということらしい。

銀行や役所の恐ろしいところは、どういう仕組みで動いているのか分からないところだ。こちらもただ、あちらさんの言うがままに動くしかない。ナンドは簡素な別室に通されると、ひょろりとした中年男に、緑色の毛織物を敷いた長机の向こうから専門用語をいくつも浴びせられた。どこかで何かがあり、それが原因で何かが起こったらしい。何が何やらさっぱりだった。ナンドは何らかのギルドに所属している者なのか、雇い主のいる身なのかなど、いくつもの質問を受けたが、ろくに答えることもできず、ただしどろもどろになるばかりだった。自分がどれに当てはまっているのかさえ分からないのだ。記憶がないとは言いにくい。よけい怪しまれるだけのような気がする。

とにかく、何らかの形で自分の身の上を証明しなければならないらしかった。まあ金を預かっている側からしたらそうなるだろう。専門用語とど素人の錯綜した押し問答は、しかし、ある一つの僥倖をもたらした。行員がちらりと口を滑らせたのだ。どうやら、どこだかよく分からない「上」から圧力がかかったらしい。

圧力とはまた恐れ入った話だ。たかが一介の小口預金者ごときに、いったい何の存在意義があるというのだろうか。そんな価値などどこにある？　ただ、自分の正体の怪しさを考えると、楽しくないことが起こるのは不思議ではないのかもしれない。

とにかく身元を証明しろという行員の言葉に分かったとだけ言うと、ナンドはまた雨の大通りに出て行った。

ティトゥスは今頃金策に走り回っているのだろうか。それとも親方ともめているのだろうか。あるいは、一番大金を積んだ依頼者から、死者の肖像を描く依頼を受けている真っ最中なのだろうか。どれもろくな結果にならないだろう。少なくとも、ナンドの想像力では、幸せな大団円など描けはしなかった。ただ、あと一つだけ手段がある。ナンドは濡れそぼった足を引きずって英国商人会館に向かった。

その建物は旧教会のそばにある四階建ての大きなものだった。赤いレンガ壁に灰色のレンガで装飾を入れ、切妻には三本マストの大型帆船が描かれている。晴れた日にはさぞかし美しく見えるのだろうが、日が暮れてきたと錯覚するほどのこの薄暗い雨雲の下では、建物はただ大きいというだけでどれも監獄に見えた。

さて、どうしたものか。おそらく執事か何かの取り次ぎが必要になるだろう家の訪問のし方など、記憶にも無ければ想像もつかなかった。叩き出されることも承知の上で、ただやってみるしかないだろう。この時点でのナンドには、自分のような訪問者は勝手口に回るべきかどうかという頭さえなかった。扉をたたいて出てきた小男にルパートと自分の名を告げると、意外にも追い返されはしなかった。面会の約束があるのか聞かれさえしなかった。ルパートはもうすでに、こういう訪問者があるとこの従者たちに告げていたのだろう。

もったいぶった小男は、無表情にナンドを中に通した。

赤茶の分厚い絨毯を敷いた部屋には、飾り物を置いた暖炉や寄木の小卓があり、ここがまっとうな客人を通す部屋だということが分かった。金泥塗りの額縁がついた肖像画が何枚もかけられている。そのうちのもっとも目立つ一枚は、真新しく、巨大で、描かれているのはどう見てもあのチャーリーだった。

なるほど。そういうことか。当代の英王は反逆者たちが国を仕切っていた間、ネーデルラントにも長く居座っていたとかいう話で、株式仲買人の雑談の中にもよく登場した。何年か前に国中の敵をやっつけて王様になったらしいのだが、どうもこれがたいそうな遊び人だという。女と冒険がないとやってゆけない性質らしい。春には莫大な持参金つきでポルトガル王女と結婚したため、ますます遊びの虫が騒いでいるというのがもっぱらの噂だった。

ネーデルラントにも馴染みの愛人がいても不思議ではない。

しかし、ただ美女たちの間を渡り歩いたり、宮廷画家を物色するだけなら、イングランド国民でない人間にはさほど害はない。株式仲買人たちの間で何故この王様の名前が頻繁に出てくるのかというと、彼がアフリカとの貿易に執心を抱いているからだ。王として即位するのとほぼ同時に、アフリカから貴重品をしぼりとるための勅許会社を作ったというのだ。まだ得体のしれない会社だが、ネーデルラントにとっては目障りで、投機の対象としては危険な魅力に満ちている。そういう王様が自ら大陸を動き回っているのだとしたら何故だろうか。

　女めぐり画家あさり以外の理由があるのなら、もしかしたら市場が大荒れになるような何かかもしれない。むしろ国対国の戦争がらみの話なら、国王自らが動いたりしないだろう。

　ナンドが一通り考えを巡らせた後、ルパートが悠然と姿を現した。頭から引っ被る形式の部屋着を着ており、それはナンドに対する「互いに気を使わない間柄」という宣言かもしれなかった。

「よくぞ訪ねてくれた」ルパートは鷹揚な笑みを見せた。「こんなに早く来てくれようとは思わなかった。実に嬉しい」

「いや、あんたは俺がすぐにでも訪ねてくると思っていたはずだ。昨日今日のうちに執事に俺の名を教えていただろう？」

　ルパートの笑みに満足げなものが加わったが、敵意は感じられなかった。

「恐れ入った。まったくその通りだ。貴君はすぐにでも海に出る手段が欲しいだろうと思っていた」

そういう解釈か。悪くない。本当は金の無心に来たと見透かされているのかもしれないが、それを言わないくらいには知将なのだろう。

「もったいぶっても仕方がないのではっきり言おう。金を貸してくれ。海軍でもガレー船でも何でもやる」

「ふむ……私もそういう単純明快なのが好きだ。どのくらい要り用だ？　軍務につくまでの生活費くらいなら、貸しとは言わずに支給するが？」

「いや、そういうことじゃない……どのくらいか、正直、正確なところは俺にも分からない。どのくらいか……五百だとか六百だとか……もしかしたら……千あったら何とかなるんじゃないかと思う。そこまで必要なかったらすぐに返す」

ルパートの太い右眉が吊り上がった。

「千とは、ずいぶんと来たな。単位はフルデンか？　賭けか？　一晩で擦ってしまったのか？」

「違う。俺のための金じゃない。あんたにもまるで関係のない話でもないから、隠してはおけまい。言おう。ファン・レイン家が大変なことになっている。もともとの借財があるにもかかわらず、親方が高額な絵を買ってしまったらしい」

「それは困ったものだな。芸術家は奇矯な人間が多いというが……それほど高価な絵となると、一体誰の作品なのだろうか？」

「ラファエロ何とかという画家らしいが」

ルパートは驚きを押さえこんだ様子だった。どうせ彼の教養の程度など自分と同程度だろうと踏んでいたナンドは不意打ちを食らった。どうやらご存知でいらっしゃるようだ。さすがはお貴族様だ。

ルパートは少し考えこんでから執事を呼びつけた。音もなく現れた執事と一言二言話すと、ナンドにこう告げた。

「何とかしよう。今すぐ全額というのは難しいが、手付ということで三百くらいは即金で用意できる。彼が戻るまで少し待ってほしい」

「ありがたい。恩に着る。自分の口座が、ほら、何と言うんだったか……そう、トウケツされてしまったので、頼らざるを得なかった。本当に済まないと思っている」

「しかし何故だ？　何故、ファン・レイン家のためにそこまでしてやるのだ？　そんな人情家には見えないが」

「どうやらあんたほどには人情家じゃなさそうだ。俺にもよく分からん。もしかしたら、ただ熱中するものが欲しいだけかもしれん。俺には商売の才覚なぞなさそうだし、海に出るにもまだ船がない。時々、死んでしまいたくなるような変な倦怠感に襲われるんだが、暇だとそういうのに飲み込まれそうで恐ろしいんだ」

それもまた理由の全てではなかった。そもそも、説明できるくらいはっきりした理由があるのなら、その理由から逃れる術も見つかろうというものだ。

「貴君は実に実直な御仁だ」

「まさか。俺は自分がいんちき商人か詐欺師のようなものだったんじゃないかと悩み始めているところだ」

「何か思い出したのか？」

「いや何も。ただ、アフリカからの宝物(ほうもつ)っぽく見せかけたものを見た瞬間、何とも言えない気持ちになった。嬉しいのかムカついたのかも分からん」

「アフリカか……。やはりアフリカなのか……」

やはりとはどういう意味だろう？　ナンドが問い返そうとした時、ルパートは立ち上がり、小卓の向かい側からナンドのすぐ横の椅子に場所を移してきた。

「もしも、海軍に仕官するよりもっと莫大な財を手に入れる方法があるとすれば、貴君は興味はないか？　多少博打(ばくち)の要素はあるのだが」

「ちょっと待て。金がらみの面倒事はむしろ御免だ」

「だがもしそれが、生涯をかけるに値するような面白い大冒険だとしたら？」

「ちょっと待てと言ってるだろう？　もしかしたら俺ははめられたのか？　あんたらは最初から俺のことを何か知っていたんじゃないのか？　思い出したよ。二度目に会った時、父親はアフリカ航路の船乗りじゃないかと聞いてきたな？」

ルパートはその問いを無視するように話を続けた。

「その件なのだが、私が十年ほど前に海賊だった頃……」

「おいおい、何の話だ？　あんた皇族かなんかじゃなかったのか?!」

「海賊から皇族になるより、皇族から海賊になるほうが簡単だ」

「それはそうだろうが……」

「一時期、私はかなり自由な立場で西アフリカと関わっていたという話だよ。その中で私は、ある土地から金が取れるという話を耳にした。それはただの噂に終わらないだけの根拠と、金の現物があった。それで国王陛下が即位後すぐに、その採掘のための会社を作らせたのだ。もっとも、金の件にはそういう過程があるくらいだから、知っている者は他にもいないわけではない。しかし、真の秘密はそれとはまったく別なものだ」

ルパートはもったいぶった間を取った。

「我々の本当の狙いはアフリカのダイヤモンドだ」

この男はいったい何を言っているのだろうか。

「ダイヤモンドだと……？　あれはインドで取れるものだろう？」

「誰もがそう思っているところがミソだ。もし、そうとは限らないとしたら？」

「えらいことになるだろう」

「その通りだ」

ルパートは燃え上がるような強い眼差しでナンドをねめつけた。

ダイヤモンドはインドの中でも、かなりの奥地の恐ろしく険しい山脈の、さらにそのいくつかの限られた場所でしか産出されない。投機の対象としても美味しい——当然だがもう一方では非常に危険な——寵児だ。例によってホーへフェーンの情報収集に奔走している間にも、山っ気のある相場師たちから聞かされた自慢話には少なからずこの希少な宝石に関するあれこれが含まれていた。ほとんど伝説でしかないその採掘の現場を見たというフランス人冒険家の話題が彼らの間で取り沙汰されていたが、他のいかなる場所からも産出されないことを改めて思い知らされるばかりで、何もいいことはなかった。

しかしルパートの話は、単純明快に核心をついていた。アフリカで人知れず、水晶や色宝石に交じってごくごく僅かな量のダイヤモンドが流通するらしいというのだ。

何だろう。この嫌な感じは。今にも何かが分かりそうで分からない。

「我々はその件に関して、ある人物を探していた。それがフェルナンド・ルッソだ」

ルパートはその言葉がナンドの内奥に染みわたるのを待った。

「陛下が結婚で領地として獲得されたタンジェ、アフリカの地だ、そこで金鉱に関する記録はないのかと探させている折に、全く別種の記録が発見された。フェルナンド・ルッソという名の男が、ポルトガルの宝石商にアフリカ産のダイヤモンドの取り引きを持ちかけていたのだ。金や宝石というものは、ただ産地が分かっていれば儲かるというものではない。大規模な採掘の作業が必要になる。現地の部族の有力者たちとも話をつけなければならない。個人でその情報を握っているだけでは、得をするどころかむしろ身の危険を呼ぶだけで何の得にもならん。

ルッソはポルトガル商人に証拠の原石を持ちこんで、鉱山のありかを教えると言ったらしい。しかし商人が、普通のインドの原石を使った詐欺だと判断して取り合わなかったため、そこでルッソの消息は途切れている。だが、その後の我々の調査によって、その名を持つ者の痕跡が見つかった」

「ほう。よくできた話だ。ずいぶんと都合よく見つかるものだな」

「英帝国の調査力を甘く見ないほうがいい。これでも、英国の息のかかった範囲で宝石の流通に関わる書類を調べただけの話だ。我々が目をつけた人物はロッテルダムの金細工師だったが、この人物は我々が直接調査した結果、無関係だと判明した。ただの同名の人物だったのだ」

「で？　そんな間諜（かんちょう）ごっこのために王様自らがわざわざロッテルダムに来ていたというのか？」

「さあ何の話だか」

ルパートは少しばかり馬鹿にした口調で言った。

「確かに陛下はご親族の結婚にともなってフランスにいらっしゃったが、先月帰国された。これは公的な記録にも残っていることだが」

「公的、か。まあいい。それなら我らのチャーリー氏は役者ということにしておこう」

「貴君はさっきからまぜ返してばかりだが、最重要の件はこれからだ。さすがの我々もいったん帰国の準備を始めた。が、その矢先、監視させていたアムステルダムの銀行口座に動きがあった」

それがナンドの懐に証書があった口座というわけか。それを凍結させたのも彼らなのだろう。いつかは金に困ったナンドが泣きついてくるようにするために。

銀行がそんなに簡単によく分からない圧力に屈するものだとは知らなかった。国家や爵位の威光より、金を持っている者のほうが強いのではないのだろうか。違うのか。もっとも、両替商に毛の生えた程度の商人など、何があってもおかしくはない。

「何やら不服そうな顔をしているな。私の想像通りなら、貴君は今、ある程度の洞察を得たはずだ。しかしその貴君でも考えが及ばないことを教えてやろう。その口座は十五年前に開設されていたのだが、誰がやったと思う？」

「それこそナンド・ルッソなんじゃないのか？」

「名義はそうだ。しかし口座を開設したのは宝石商ニコラス・ホーヘフェーンだ」

この一撃はナンドの腹に食いこんだ。すぐには言葉が出ない。

「あの銀行は、ロンドンの金匠銀行の支店なのだよ。ニコラス・ホーヘフェーンはいろいろ考えた上であえてアムステルダム振替銀行を避けたのだろうが、それが我々に利したのだ。神のご意思が我々にあるとは思わないかね」

「さあどうだろうな。俺はただの盗人で、たまたま縁もゆかりもない他人の証書を持っているだけで、ダイヤモンドの手がかりとしては手づまりかもしれんぞ。この証書は正当な持ち主に返してやるといい」

「さて、それこそどうだろう。貴君の記憶が戻らない以上、絶対にそうだとは言い切れん。もし本当にナンド・ルッソの証書を奪っただけの盗人だったとしても……」

　その時、扉が控えめに叩かれ、執事が銀の盆の上に小さな皮袋を載せて現れた。ルパートは中身を確認すると、頷いて執事を下がらせた。まるで昼食に出された皿をまあこれでいいと言うような、重大事でも何でもないという態度だ。ティトゥスのためとはいえ、施しを受けるようで惨めなことこの上ない。が、しかし、所詮自分にはこういうのが似つかわしいのかもしれない。

　ナンドは金貨の皮袋を受け取った。

「たとえ貴君が盗人だったとしても、もしかしたら手がかりになる何かも実は持っているかもしれない。もし盗人だろうと何だろうと、そうならそうで、私は貴君という人物とであれば手を組んでいいと思っているのだ。手がかりは、たとえ未知の地名の一つ、大雑把な地図の上の一地域、河の流域、部族の名前、どんな些細なものでもよいのだ。そんなものでも、あの広大な大陸全域をやみくもに探し回ることに比べたら、はるかにましだとは思わないかね」

「しかし……十五年前と言ったら、俺は十歳から十五歳の間くらいだろう」

「だからこそだ。だから我々は訊ねたのだ。貴君の父親は、アフリカ航路帰りの船乗りではなかったか、とな」

それがフェルナンド・ルッソではないか、ということだ。実に嫌な気分だ。本人が思い出しもしない過去が勝手に立ち上がってゆくようだ。ナンドは、自分の姿をした他人が空中から目の前に現れる幻覚を見たような気がした。

全てを知りたいと思わないことはない。しかし同時に、もう何もかも放っておいて欲しいと思わずにはいられない。

「どうした？　何を考えている？」

ルパートは人の様子を鋭く見抜く。ナンドは一瞬、ホーヘフェーン家について知っている情報を彼に話すべきか迷った。しかし最後の最後に、天啓めいた直感がそれを押しとどめた。

「考えるも糞もないな」

「どうせ今考えるのなら、先のことを考えろ。私はこれから、チャーリーとポールの後を追って、ここよりはもう少しましな場所に移る。できれば貴君にも一緒に来てほしいところだが」

「やめておく。早く行ってこれをティトゥスに届けてやらないと」

「場所はローゼンフラフトか。あのあたりは新しい造成地で、まあ、そう簡単には水没しないだろう。無事を祈る」

「一つだけ腑に落ちないことがある。何故ここまでそちらの手の内を明かす？　いかに俺がお宝への手がかりだとしても、それならできるだけ事情を知らせずに利用するのが定石じゃないのか？」

「貴君は海賊が組む相手を選ぶ時のやり方を知らないだろう。方法はただ一つだ。会ったら、その場で見極めて、決める。それだけだ」

「えらい自信だな。それでうまくいったのか？」

「見ての通り、私はもう四十過ぎまで生き延びている」

「だが、俺たちが会ったのはこれで三度目だが？」

ルパートはにやりと笑った。

「四度目だ。認めよう。私は海賊としては二流だった。だから今、こうして英国王の側近をやっている」

違いない。いくつもの意味で、この男とこれ以上話しこむのは危険だった。

旧教会の北側で店を開けている安飯屋を見つけ、適当なものをかき込むと、ナンドは港に向かった。

例の皮袋は丈夫な紐で結び、首から下着の中に下げた。つい雨具や上着の上から触れないように気をつけていないと、何やら大事なものを持っているのがばれてしまうだろう。ナンドは自分が思いのほか小心者だと自覚せずにはいられなかった。

ルパートは金貨だけではなく、当座の小銭もよこしてきた。カンバーランド公爵閣下は、本当に金に困った人間とはどういうものなのかをよくご存じと見える。

空は重い鈍色で、もう夕刻かと思う暗さだった。正午はとうに過ぎたが、証券取引所の鐘は聞いていない気がする。雨に吸いこまれたのか、こんな日には株などやっている場合ではないのか、あるいはただ単に聞き落したのか。

どこそこの地下室は浸水しただの、何とか地区は人手が足りていないだの、気の滅入る話ばかりが聴こえてきた。土嚢の数にも限りがある。むしろ、こんな町場から煉瓦や砂利や土嚢が湧いて出てきているほうが不思議だ。そんなものを常備している都市がほかにあるだろうか。

数日前まで蒸し暑いと思っていたのが嘘のような、ひんやりとした空気だ。しかし、湿気ていることに変わりはない。それ以上にやっかいなのはやはり雨だ。単に雨と呼ぶには異様な雨だ。降り注ぐというより、空中から次から次へと湧いてくるような雨だった。風は嵐というほどに強くはないが、何故か雨は四方八方からやって来た。

　土砂降りというほどもなく……しかしそれは、少しずつ、ごく僅かずつ、だが確実に、じわりじわりと強くなっている気がする。これで町がすでに水没していないのはむしろ不思議なくらいだった。市壁の外に設けられた稜堡（りょうほ）は今、造成中の新興地区のものも含めて二十六あるという。その一つ一つの上には排水用の風車が設けられている。雨に煙ってダムラック入り江からは一つも見ることができなかった。

　そいつらは今、みなどうしているのだろう？　ブラウ・ホーフト風車デ・ボック、スローテルデイク風車デ・クラーイ、スローテルメール風車デ・ホーイベルフ、アムステルフェーン風車デ・スピーリング、アウウェルケルク風車デ・ハーン、西の要塞風車デ・レーウ、東の要塞風車デ・ブル。ナンドが名を聞いたことのあるものは少なかった。お前らは今、どうしている？　排水しているのか？　それとも、お前らがいくら働いても海がもう水を受けつけないのか？　それとも、風に煽（あお）られすぎて動くことさえできないのか？

　これは戦争だ。相手が外国ではないというだけの話だ。財産を捨て、全てを捨てて町を出るしかないのだろうか？　それとも、逃れる術もなく攻めてくる相手に、砂利と土嚢で戦うのか？　一気に殺しにかかってこない敵に、真綿で首を絞められながら。

誰だってこんな日は、家にこもっておとなしくしていたいだろう。しかし今、女子供でさえ、地下の家財を階上に上げたり、雨具をかぶって何かしらの作業をしている。

ナンドはただただ港に向かった。やみくもに対岸に向かったところでどうにもならないのは分かっていた。しかし、何かに追い立てられるように、そうせずにはいられなかったのだ。あと少しで何かが分かる。分かるはずだという気がしてならない。

分かったところで何がどうなるものか、保証もないが。

ダムラックと呼ばれるこの広い船着き場には、いつも以上の多くのはしけが行き来していた。一方、エイ湾の大型帆船の数は激減している。おそらく船長判断でゾイデル海へ向かったのだろう。この天候が北海からの嵐なら正しい判断だ。だが、それさえも定かではない。はしけは雨を掻き出しながらの操船だった。

ナンドが一人の水夫を捕まえて訊ねると、はしけの多くはエイ湾西端のレアーレン島に荷揚げされた砂利を運んでいるらしい。指揮系統は誰が握っているのか末端の者たちは知らなかったが、市当局の何かの部門らしい。上流階級のお屋敷街に敷くつもりで運ばれた砂利も、今は危なっかしい堤防にどんどん運び込んでいるというのだ。

物資や人手を行き来させるために対岸に向かうはしけもないではないようだった。が、いったいどれがどこへ行くのか見当もつかない。やみくもに片端から尋ねるしかないだろうか。しかしそれで運よく対岸に渡れたとしても、対岸のどの港に着くのか、青鷺館とやらがどこにあるのか……

頭が痛い。不意にみぞおちのあたりから力が抜け、ナンドはその場にへたりこみそうになった。空を仰がなくても雨は頬を伝う。どの船に乗ればいい？　誰と交渉すればいい？　ただ漠然と灰色のダムラックを見渡し、行き来する人々をよけながら怒号を身に受けていると、誰だろう、ただ一人、動き回る群衆の中に立ち尽くす人影が自然とナンドの目を引いた。

背の高い、ダムラックやはしけや人夫たちよりなお灰色の、超然とした人影が、ある方向を指さした。

誰だろうか。見たことのある誰かだ。

ナンドは顔から雨をぬぐって、目を瞬（しばた）かせた。

見たことがある。

その人物は、灰色に塗りつぶされたかのような漠然とした姿形でありながら、どうしてか顔を見てとることができた。

高い宝冠のようなものを戴き、重々しい髭を生やした、がっしりとした大男。金鎖をかけた長衣。男は右手に握った幅広の剣を下ろすと、左手で足元に係留された一艘の平底船を指さした。左目は無残に潰され、力なく閉じられている。

ナンドは首筋が総毛立つのを感じた。

キウィリス王……。

しかし次の瞬間、ナンドは走り出した。

迷っている場合ではない。驚いている場合でさえない。ナンドは傷だらけの平底船に駆け寄ると、今まさにもやいを解こうとしている水夫に大声を張り上げた。

自分は何を見たのだろうか。いや、本当に見たのか。それさえどうでもいい。

ナンドは対岸へ行く船を捕まえた。切妻に青鷺が描かれた館の前の港に、藁と麻袋を受け取りに行くのだという。

この目で見たものを信じないわけではない。

ただ、自分自身が信じられるほどのものなのかどうか、どうして分かるだろう?

肖像画は何のためにあるのだろう？　その人を忘れないようにするためか。姿を人々に知らしめて権力を誇示するためか。自分の存在をこの世に残していくためだろうか。

そのすべてであるようにも思えるし、何かもっと深遠な、説明も理解も難しい、面倒くさい理由があるような気もする。いずれにしても、ティトゥスにとってそれは商品であり、畏れるべき魔法でもあった。自分の父親が絵の具を塗りたくった画布の上に、人格をも感じさせる人の似姿が現れるのは、見慣れた光景でもあったが、いつまで経っても慣れ切ることのない独特な畏怖があった。しかし、そこに描かれた人が抜けだして来るなどという怪談話は、外国での戦争や遠い昔の神話のようで、ティトゥスにはとても現実とは思えないのだ。馬鹿馬鹿しいとか、誹謗中傷に対する憤りとか、そんな気持ちさえ起らない。遠い遠い、無関係な何物かにしか思えなかった。

ティトゥス自身をモデルにした少年の絵、記憶にない母親の――今のティトゥスとそう何歳も違わない若い娘の姿をした――女神像、親方の数限りない自画像、義母を描いた裸婦像……。生まれてこの方そんな絵に囲まれて暮らしてきたので、僕の感覚はおかしくなっているのかもしれない。おかしいのかどうかという以前に、普通の人の肖像画に対する感覚が分からない。親方は僕が子供の頃のことなんて僕に話したりはしないけれど、それでも僕が子供の頃のことをそこそこ覚えているのは、うちに何枚かは残っている昔の絵のせいかもしれない。景色や人の似姿が呼び起こす記憶だ。

ナンドのように記憶がない人というのは、一体どんな感じがするのだろう。不安ではないだろうか。それとも、不安かどうかさえ分からないかもしれない。しかしそれは、竜骨のある帆船と平底船の違いのようなものかもしれない。帆船はかなりの風をうけてもそう簡単には沈まないし、風に逆らって前に進むこともできる。しかし平底船は静かな水の上では帆船と同じに安定して見えるが、少し波が立つだけで転覆の危機にさらされる。

しかし、もし僕が……

「ティトゥス！　社長！　どうしたんですか?!　大丈夫ですか？」

耳元で誰かが叫び、ティトゥスは心臓が止まりそうなほど驚いた。シモンが横から心配そうにのぞきこんでいた。とたんに台所の窓を打つ雨音が耳に入りはじめる。シモンはタオルで顔と前髪を拭きながら、もう一度念を押すようにティトゥスに声をかけた。

「どうしたんです？　何かあったんですか？」

「いや別に……大丈夫だよ。ただちょっと、いろいろ考え込んでしまって」

「まあ、分かりますけど……」シモンは少しばかり申し訳なさそうに言った。「親方のこととか、いろいろありますしねえ。でもまあ、とりあえず安心してください。うちの近所の運河はどこも何とか大丈夫そうです。それよりも、なんか内湾港の向こう側のお屋敷街のほうがやばいみたいですよ！　皮肉なもんですよねえ！　ここらみたいな下町のほうが地面が高くて、お屋敷街のほうが低いそうですから！　もう慈善病院の西のほうは床下浸水だそうです。地下とかやられちゃってるみたいですよ」

「慈善病院って……そうなると、カルコーエン先生はどうなさっているんだろう……」

「まあ、みんな上の階に避難してるんじゃないでしょうかねえ。なんか、あのあたりだけ防衛してもムダっぽいので、いっとう東の工事中の地区に砂利積みするらしいです。火縄銃手組合が本部になってるらしいんで、僕もこれから行ってきます。ま、火縄銃手組合って言ったら、あそこも慈善病院の敷地内みたいなもんですから、自分自身浸水しかかってると思うんですけどね！」

「僕も行ったほうがいいだろうか……？　人手は多いほうがいいだろうし」

「いや〜、どうでしょう？　社長は親方と一緒にいてくれたほうが、僕としては安心ですけどねえ」

それはティトゥスのような非力な人間は足手まといだという意味でもあり、また親方が勝手に絵の買い付けだの、もっと訳の分からないことをしないよう見張っていて欲しいという意味でもあるだろう。ティトゥスは曖昧にうなずいた。

「その前に、半地下の紙だけは上に上げちゃいましょう、社長！　運河は決壊しなさそうっていっても、どっかに水が溜まったらその近所はちょっとは浸水するかもしれないわけですし」

それもそうだ。表通りに面した狭い半地下の部屋は、薪や石炭の他に、銅版画用の紙やプレス機が詰めこまれていた。商品である紙は何としてでも守らないといけない。ティトゥスはすでに動きはじめたシモンにつられるように地下室に向かった。

紙はさほどの量でなくても重いものだ。レンブラント・ファン・レインの作品を刷って販売する以上、安物の紙ではいけないからだ。ファン・レイン工房にとっては大変な投資だった。包みをよれさせないように慎重に持ち上げ、ヘンドリッキェとコルネリアが寝室として使っている台所の隣の小部屋に運びこんだ。コルネリア――ティトゥスにとっては腹違いの、小さな妹。

そういえばティトゥスは、この妹のことをナンドには言えないでいたのだった。何故だろう。分からない。気恥ずかしいというより、罪悪感にも似た何かだろうか、あるいは逆に、コルネリアを守りたいという思い、あるいは、家族の記憶を持たないナンドに対する配慮……どれも違うような気がするのだ。いつの間にかナンドを信用しきっていて、ホーヘフェーンのところから持ってきてしまった手紙も見せ、親方の失態についても打ち明けることができたが、どうしてもこの話はできないのだった。

ヘンドリッキェとコルネリアの部屋はあっという間に紙や版画用の油や薬剤でいっぱいになった。二人がここにいなくて幸いだ。これもまたナンドにはどういうわけか言えないでいたのだが、コルネリアは例のキウィリス王の騒ぎでファン・レイン家が好奇の視線にさらされるようになって以来、郊外の親戚の家に預けているのだった。ヘンドリッキェは三日か四日に一度は会いに行っている。そしてペストの件があった時、親方とティトゥスはヘンドリッキェにもしばらく帰って来るなと言い置いてコルネリアのもとにとどまらせたのだった。もちろんヘンドリッキェは抵抗したが、彼女は最終的には親方の言いつけなら何でも守った。それは従順さというよりは、結局はそうするのが一番揉め事を減らすコツだと心得ているからだ。

何故このことがナンドには言えないのだろう。ティトゥスは、自分にも分からない掟のようなものが自分を縛っているのを感じるのだが、それが何なのかはやはり分からなかった。

「本当はプレス機が一番上に上げちゃいたいものなんですよねえ」

シモンがプレス機を指す。

「それはそうなんだが……あと二人は人手がいるだろうね」

この工房にとっては紙よりもひと財産だ。だが、いかんせん重すぎる。

「親方はまた腰を痛められたらことだし……こういう時にこそフィリップがいてくれたらいいんですけどね！ こういう時に限っていないんだから！ もうバックレちゃったんじゃないでしょうかね！ ほら、あの、フランス大使とかと一緒に！ でもあの人、ホントに貴族なんですかねえ……。なんかいろいろ、行動が怪しくないですか？ 僕たちに身辺を探られないように貴族っていう設定にしてあるだけで、実はフランスのスパイとか何とかじゃ……」

ティトゥスは身振りでシモンの言葉を止めた。表通りに面した鉛格子の窓越しに、誰かが叫んでいる声を聞いたような気がしたからだ。玄関の戸ががんがんと叩かれはじめた。こんな日にまで発注者が押し寄せて来るとは！ しかしその声は聞き覚えがあった。フィリップだ。

ティトゥスとシモンは、どうせ持ち上がらないプレス機を離れて、台所に通じる階段を駆け上がって玄関に向かった。普段なら決して大きな声を出したりしないフィリップがあんなに必死にティトゥスを呼んでいるということは、よほどの非常事態なのだ。

玄関の小窓越しに見えた人影は一つではなかった。

扉が引き開けられるのとほとんど同時にまろび入ってきたのは、ずぶ濡れになった例のフランス貴族と、似たような雨具をかぶった数人の男たちだった。

マイヤーだ。ティトゥスはその顔を見ただけで、何ともいえない嫌な予感を覚えた。

いや、その予感はマイヤーのせいではなかったかもしれない。男たちが担いでいる何か――蠟引きの布に何重にも包まれていると思しき四角い物体――が何なのか、ティトゥスにはもうほとんど分かっていた。

「若旦那さま、申し訳ございません」マイヤーがよそ行きの声をあげた。「折り入ってお願いごとがございまして」

マイヤーの指示を待つことさえなく、男たちは盛大に雨に濡れた荷物を玄関に運びこんでしまった。

「奥方が、こちらの絵を先生に是非、鑑定していただきたいということです。報酬はもちろん、存分にお支払いいたします。言い値の倍でも構わないとのことです。どうかお願いいたします！　この絵がレンブラント先生のお作かどうか、奥方が是非に知りたいとのことでして」

そう、やはりホーヘフェーンが発見された部屋にあったヴァニタスのようなあの奇妙な絵だ。

「どういうことですか？　マイヤーさん」その後の言葉がなかなか出てこなかった

「鑑定って……それは……」

「いえ、その……まさにその言葉通りです。ご無礼をお許しください。決して他意はありません」

「別に失敬だとは思っていません。ただ……」

「ちょっと待って下さい！　お二人とも！」

唐突に誰かが割って入った。フィリップだ。いつもの余裕のある物腰からは想像もできないことだが、取り乱しているようにも見える。

「あなた方、正気なのですか?!　絵がどうとか言っている場合ではないのではありませんか?!　逃げるべきです！　今すぐこの街から逃れるべきです！　早くしないとみな沈んでしまいますよ！」

シモンがマイヤーを押しのけてフィリップににじり寄った。

「だったらあんた一人で逃げたらいいよ！　こちとらね、伊達に低い国（ペイ・バ）の国民やってるわけじゃないんだよ！　ちょっと水が出たくらいでいちいちバックレてたらやってらんないの！　分かる？　逃げるより土嚢積むほうが確実なの！」

「しかし……」

「しかしとか言うな！」

マイヤーが二人を無視して、少しばかり声を張り上げた。

「奥方は、この奇妙な絵が塗りつぶされているか、あるいは何か……肖像画とすり替えられたか何かしたのではないかとお考えです。私には判断がつきません。ですので、どうか、どうか……」

「塗りつぶされた絵」とは！　そういう考えもあったか！　確かに、そのほうが「肖像の人物が抜けだした後に残された絵」よりははるかにましだ。しかしいずれにせよ、ホーヘフェーン夫人が、この薄気味の悪い絵を厄介払いしたがっている、と、要するにそういうことだろう。

男たちは絵を床に下ろして壁に立てかけるや否や、ティトゥスが何を拒否する間もなく、あっという間にまた玄関から出て行ってしまった。マイヤーもすでに逃げ腰だ。最初から嫌も応もなくこれを置いて帰るという算段なのは明らかだった。開け放たれた扉の向こうに重い鉛色の空が広がり、湿った冷気と雨が入りこんでくる。マイヤーはティトゥスの右手を強引に取って手付金と称する重い皮袋を摑ませた。

「後ほどカルコーエン先生もこちらにいらっしゃるとのことですので、どうかよろしくお願いいたします」

「カルコーエン先生が？」

「はい。今日も朝からいらしてまして……先生にも若旦那様にご用があるようで、後に訪問されたいとのことです」

ティトゥスは約束の件をすっかり忘れていた。カルコーエンは「例のもの」をわざわざ取りに来るつもりなのだ！　この天候、この状況にもかかわらずだ。それほどまでに思いつめているのだ。

ティトゥスがはっとして一瞬ひるんだ隙に、マイヤーはシモンを振り切って男たちの後を追った。

「ちょっと！　……ああ、行っちゃったよ！　あの人何なんですか、社長？　ああでももうそんなのどうでもいいですよ！　とにかく土嚢積みが先決ですから！　僕はまず、火縄銃手組合に行きますから！　あそこで技師たちが集まってて、どこの堤防をどうするとか決めてるらしいんで。じゃ、他のことはまた後でってことで！」

その瞬間、フィリップがはっと息をのんだ。何かをまさぐるように胸元に手を当て、少し呆然としたように言った。

「火縄銃手組合……ですか？」

「そう！　そこが本部なの！　あんた街を守る気がないんだったら、もうほっといてくんないかな？　じゃ、社長、僕は行ってきますんで！」

「待って下さい！」フィリップが意外にも大きな声をあげた。「私も連れて行っていただけないでしょうか？」

「は？　あんたも土嚢積みする？　するんなら連れてくけど？」

「私は……火縄銃手組合の広間には、レンブラント先生の大作があると聞いています。それを拝見したく……」

「あほか！　勝手にやってろ！」

シモンはいったん奥に入って台所に脱ぎ捨てたままにしていた雨具を引っ摑むと、玄関の扉を開けっぱなしにしたまま表通りに飛び出し、フィリップがその後に続いた。

ティトゥスはただただ茫然（ぼうぜん）とそれを見送るばかりだった。雨が吹き込み、慌てて扉を閉めようとしたその時、マイヤーから押しつけられた金をしっかりと握ってしまっていた自分に気づいた。

厳重に包まれた絵とそれを見比べていると、黒々とした自己嫌悪が襲って来た。またやってしまった。こんなものを受け取るべきではなかったのだ。自分はいつもこうだった。考え事をして重いテレピン油の瓶を半日持ち歩いて腕が上がらなくなったこともある。子供の頃には、足の傷から血を流しながらそれに気づかず遊んでいたこともある。こういうことをいったい幾度繰り返したら失敗しなくなるのだろう。ティトゥスは重い気持ちで、いつの間にか持ち帰ってしまったあの手紙のことを思い出した。

カルコーエン先生はわざわざあれを取りに来るというのだろうか。何のために？　呪いという言葉がティトゥスの意識に上った。呪い。確かに先生はそう言った。いや、彼がそう言ったのだったか。自分でそう思っただけだったのか……。考えないようにしていたあまり、なかなか答えが浮かばない。アフリカの呪い……。そんなことが果たして本当にあるのだろうか。

「ティトゥス、それは何だ？」

閉ざした扉に片手――金袋を持っていない左手――をついて考え込んでいると、不意に後ろから声をかけられ、ティトゥスはびくりとして反射的に振り返った。

親方だった。

「さっきのは誰だ？」

あちこちに絵の具が飛び散った作業着を無造作にまとい、幅広な白髪の頭を室内用の頭巾で覆った男が、上階のアトリエに通じる階段の下に立っていた。奔放さと気難しい芸術家の両面を感じさせる、精悍とも優美ともほど遠い老人。

「私の知らないことがいろいろあったようだな。全部説明してくれないだろうか。一つ残さず、全部だ」

何かがティトゥスの中で崩れ落ちた。

説明しなければならない。何もかも。持ってきてしまったものも、自分の恥も、自分にはよく分かっていないことも、何もかも、全部だ。

ティトゥスは例のがらくた箱とデッサンを取り上げると、それから数時間にわたって話し続けた。


客間にナンドを案内したのは、背の高いアフリカ女だった。

貴族のように都会的なネーデルラント語で、奥様がお会いになりますと告げると、ナンドを残して奥の間に消えた。

青い布をかけた小卓には、ランプや水差し、丸い陶製の器に盛った果物が置かれている。その下の敷物は鮮やかな赤で、石造りの暖炉は金色に縁どられている。調度の一つ一つは趣味のよいものに見えるが――ナンドにも、少なくともそれらが成金趣味や安物でないことは分かった――それらの組み合わせは奇妙なほど派手派手しかった。地代だけで悠々と暮らして行ける階層に特有の余裕が、この微妙な不調和で損なわれているように思えなくもない。

が、ティーレンス夫人が侍女に導かれてその室内に入って来た瞬間、その謎は解けた。夫人の目は、高齢の人々によくあるように、うっすらと白く濁っていた。おそらく、この色彩でその視覚をおぎなっているのだ。

ティーレンス夫人は恐ろしいばかりに品のある老婦人だったが、正確な年齢はまったく摑めなかった。ただ萎びて見える中年女にも、数百年を生き延びた若々しい超人にも見える。ほっそりとして首の長いアフリカ女が背後に付き従い、それがよりいっそう夫人を浮世離れした何者かに見せていた。

この二人の前で、ナンドは自分がひどくみっともない存在のように思えてならなかった。何故だろうか。ただ単に、自分の腰から下がずぶ濡れで服はこの上なく皺だらけだからだろうか。あるいはもっと深刻な、何とも言いがたく根本的なところで差のついた、言わば王族と虫けらのような深淵があるのだろうか。

「奥様、ワタクシは……」

思わず使ったことのないような丁寧な言葉が出たが、それ自体が滑稽だ。ナンドは自分の口調の端々に、こびりついた垢のような育ちの悪さが現れるのを感じないではいられなかった。

言葉が出てこない。

「よくいらっしゃいました。いつかきっと、あなたが再び訪ねてくるだろうことを期待していました」

どういう意味だろう。

「ナンド……あなたがナンドなのね？　本当にナンドなのね？　お顔を見せてちょうだい」

夫人は細い毛皮で縁どりした肩掛けから右手を出すと、訪問者を差し招いた。数歩近づいたナンドの腕に手が触れると、確かめるようにその肩を撫で、親子のように顔を近づけた。白いレースの頭巾で慎ましく包んだ髪には香料が含ませてあった。細かいしわに覆われた肌も、若い娘のようにきれいに手を入れているようだった。

「お若いのね……あなたが本当にナンドなの？　おかしいわ。最後に会った時と同じ顔をしているのね。あなたは本当にナンド・ルッソなの？」

「どう言ったらいいのか……正直に言って、俺にもよく分からないのです」

夫人は手を放し、ナンドに椅子をすすめると、自分も侍女の手助けでゆったりとした長椅子に腰を下ろした。

そう、どう言ったらいいのか分からない。そもそも、ここに来て何をすればいいのかも分からないまま、やみくもに来てしまったのだ。ティーレンス夫人が何故、見も知らない自分を招じ入れたのかも分からなかった。むしろ、分かっているのは夫人のほうなのではないだろうか。

記憶というものがないこと。数少ない手がかりからこの名を名乗っているだけということ、トゥルプ博士からホーヘフェーン兄弟とティーレンス夫人の名を聞いたこと等を話した。夫人は黙って聞いていたが、それは理解できない話を聞く態度ではなかった。やはり、慈善に関わっていた者は皇族の海賊同様に、この世の物ならぬ様々な物事を見てきたということなのだろうか。

アフリカの侍女が何かを囁き（ささや）かけ、夫人は深くうなずいた。おそらく彼女が夫人の目の代わりをしているのだろう。彼女の目にナンドがいんちき臭く映っていないことを祈るばかりだ。

「あなたは今、俺を見て、最後に会った時のナンド・ルッソと同じ顔をしていると言いましたね？　つまり、もしかしたら俺の父親かもしれないその人と、少なくとも、その男が俺くらいの年齢の頃、十数年前に会ったことがあるということですか？」

「お話ししましょう。そうです。主人が亡くなる直前でしたから、時期は正確に覚えています。そうね、ちょうど十五年になるわね、あなたに、いえ、ナンドに会ったわ。彼は私に会いに来たのよ。最後に一度」

ティーレンス夫人は記憶をたぐってしばらく独り言を言ったが、すぐに目の前の訪問者に意識を戻した。

「そうですか。あなたはもうヤン・ホーヘフェーンのことを聞いたのね。懐かしい名前です。私の生涯の中でも忘れられない名よ。時々思い出していました。あの子は……あの子というのは失礼かしらね。でも私にとっては、ヤンはいつまで経ってもいとおしい『あの子』なのよ。許してちょうだい。

あの子とは、私の人生において幾度か会うことがありました。そのうちの何度かは、あの子がまだ赤子だった頃。新しいおうちを探してあげていた時です。もちろんあの子はその時のことは覚えてはいませんでしょうけれど。最後から二度目に会った時、あの子は十四、五歳でした。ルッソの家では、ヤン、いえ、ナンドが養子だったことは話していたようです。仕方のなかったことでしょう。少年になっていたナンドを見てすぐに理解できました。何しろ、どちらも金髪で太っていた養父母と、ほとんど黒髪で精悍なヤンとの容姿があまりにも違いましたものね。

ルッソの家では、私の慈善産院のことも聞いていたそうで、それで、当時アントワープにいた私の元を訪ねてきたのだそうです。ナンドは言いました。船乗りになりたいって。もしかしたら自分は、そういう家の人間だったのではないかと固く信じていたようでした。それはそうでしょうね。同世代のお子たちとは一線を画するような、がっしりとした大きな身体つきでしたから。

もし自分が船乗りの子なら、僕も海に連れて行ってくれと言いたいのだと、ナンドはそう言いました。自分を捨てたことは恨んでいない。必ず役に立つから、連れて行ってほしい、と。私は胸が締めつけられました。悲しいような、愛しいような、感傷的な気持ちでいっぱいになったの。この子は何も知らないのだと、改めてそのことを思い知らされました。このアントワープ市内の裕福な宝石商があなたのお家だなんて、絶対に言うことはできません。いくつもの意味で言えないわ。でも私も気が利かなくてね、ごまかすために何て言ったらいいのか思いつかなくて……取り繕っているうちに、うっかりとホーヘフェーンの名を口にしてしまったのです。一度だけです。でも本当に、この時のことは本当に……昨日のことのように覚えています。私の生涯のうちでもっとも大きな間違いだったと、今でも後悔していますのよ」

ホーヘフェーン兄弟が十四、五歳の頃ということは、もう三十年ほど前の昔話だ。しかしこうしてよどみなく話すということは、夫人にとって、それが何度も心の中で反芻（はんすう）するような大きな記憶だということだろう。

「それで、そのヤン……ナンド少年はどうしたのですか？」

「彼は私の元を去りました。とりあえずどこか港町に行って最下位の見習い水夫になればどうにでもなると言っていました。気の毒でしたわ。もしかしたら自分は、大きな武装商船の船長の息子だったりしないだろうかと夢に見ていたのでしょうから。

そして最後に会ったのが、さっき申し上げた、私の主人が亡くなった年、十五年前です。あの子はすっかり大人になって帰ってきました。それがね、今のあなたにそっくりだというナンド・ルッソです」

それからしばらくの間、ティーレンス夫人は自分の記憶を整理するためか、口の中でまた独り言を言いながら話を止めた。細い指先が黒いドレスの膝に載せられ、少しの間、肖像画のように静止した。

「実を言うとね、ナンドとのその二度の面会の間に、ニコラスが幾度か私の元を訪ねてきているのです。こちらは何故私やトゥルプ博士のことを知っていたのか、実は聞かずじまいでした。でも、あちらのおうちはアムステルダムの名士トゥルプ博士とお付き合いがありましたし、片方の養子先を探し始めたのは双子が生まれてから半年くらいは経ってからでしたから、意外にも多くの人たちが双子のことを覚えていたのでしょうね。ニコラスも賢い子でしたから、物心がついてから何かがおかしいと気づくのにそんなに時間はかからなかったのかもしれません。ニコラスはナンドより何年か後に、私を訪ねて来ました。そしてこう言ったのです。たとえ身代の半分を渡すことになっても、もう一人の兄弟を探してほしいというのです。彼もまだ若くて、理想主義だったのでしょう。現実には、生き別れの兄弟が会うのは不幸な顚末(てんまつ)になることが多いものですよ。

でも双子はやはり似るのでしょうかしらね。二人とも私のところに来るなんて。ナンドは双子の兄弟がいることさえ知らないんですのにね。

私はニコラスにもナンドのことは教えませんでした。いずれにしても、もうナンドはとうに海に出ていた頃でしょう。よほど名の知れた船長でもない限り、船乗りを探すのは難しいことです。それから二度くらいでしたかね、ニコラスは、何か分かりましたかとまた訪ねてこられました。でも、どっちみち私には何も言うことはありませんでした。ニコラスは、商売を覚えて少しは分別がついたのでしょう、もし兄弟ヤンがまたアントワープに帰って来たら、会いたくはあるけれど、すぐに直接に会うのは良くなかろうということで、事情を隠して、船乗りの肖像画を欲しがっている市民がいるので、あなたをモデルとして雇いたいと言って下さいと、代理人の連絡先とお金を置いていかれました。何年もそのままになりました。けれど、十五年前、ナンドが再び私の元を訪ねてくれたのでした」

そこでようやく話が一周したわけだ。が、夫人の話にはまだ続きがあった。

「ナンドは三十歳近くなって、とても逞(たくま)しい船乗りになっていました。最初は彼が、ただ懐かしさのために私のところに来たのだとばかり思っていました。例の、匿名の市民からの注文ということで、船乗りのモデルのこともお願いしたわ。それで話は済むと思っていたの。だけど、ナンドには別な目的があったのね。彼は私に尋ねました。アントワープのホーヘフェーンというのは、宝石商だろう、と。彼に会わせて欲しい、というのよ。ホーヘフェーンはダイヤモンドを扱っているはずだから、どうだとか」

船乗りと宝石商は遠いもののようでありながら、貿易船という線でつながっている。おそらく、船上で宝石商として高名なホーヘフェーンのことを知ったのだろう。もっとも、大枚をはたいて船の権利の幾許かを買う宝石商たちは、よほど信頼のある船でない限り選びはしない。そして、宝石はインドからやって来るものだ。ということは、ナンド・ルッソはアジア航路の「いい船」に乗っていたということだろうか。だとすれば優秀な船員であったに違いない。

「両方とも会いたがっていると言えば、確かにその通りです。でも、私にはナンドの意図は分からなかったし、ニコラスの立場のことを考えると、二人を会わすわけにはまいりませんでした。私はやはり言い繕うのが下手で、ナンドには、私にはそこまでは分からないとだけ言いました。ニコラスはモデルの代金としてはかなりの額を払うつもりだというのは知っていたので、私は二人の距離を離すために、絵のことの代理人に命じて、ナンドをアントワープではなく、アムステルダムの有名な画家のところへやりました」

「もしかすると、それはレンブラント・ファン・レインではありませんか？」

「そう、その通りです。あなたは絵のことをよくご存知ですのね」

それはまったく違うが、事情を説明している場合ではない。

「ナンドはアムステルダムに行く前に、私にアフリカの土産だと言って、水晶を連ねた首飾りを置いてゆきました。ちゃんとした価値のある品物です。だけれどもね、それはある気の毒な女性に差し上げてしまいましたの。できるだけ多くの人を助けたかったので、きっとナンドも分かってくれると思いました」

「で、彼は分かってくれたのでしょうか？」

「さあどうかしらねえ……」ティーレンス夫人は小さな両手をスカートの上で握り合わせた。「それきりあの子とは会うことがありませんでした。ニコラスからは翌年でしたか、絵を受け取ったと聞きましたが、彼もまた、ナンド、いえ、彼にとっては兄弟ヤンの行方は分からないとのことでした。そしてそれから何年かしてから、私はふとしたことから、アムステルダムで私が関わっていたある慈善団体が看取った身寄りのない病没者の名簿の中に、ナンド・ルッソの名を見つけたのです。

このことはニコラスにも、養父母にも知らせていません。本人かどうか確信がありませんでしたし、どこかで元気に暮らしていると思っていてくれたほうが幸いですもの。この件はこれきりです。もしあなたがナンド・ルッソの子なら、ずいぶんと若い頃の子ということになりますでしょうけれど、あり得ないことではないですものね。私は今でも、ナンドをアムステルダムにやってしまったことがあの子を病気にしてしまったのではないか、私の責任ではないかと気に病んでいるのです」

アムステルダムに行く程度の巡り合わせで死ぬようなら、ナンド・ルッソはどこに行っても死んだだろう。バグダッドで死神に会った召使いがイスファハンに逃れれば、死神は予定通りにイスファハンでその召使いの魂（たましい）を刈り取るだけだ。

しかし、そんな古臭いおとぎ話程度でこの経験豊富な老婦人を慰められるとは思えなかった。

再び、自分の知らないところで勝手に自分の正体が作られてゆくような、あの何とも言えないうんざりとした気分がやってきた。もう自分がナンド・ルッソの息子なのは決まりだとでもいうようだ。あの謎の口座の証書は、モデル料という名目で代理人から渡されたものなのかもしれない。今度はその代理人とやらを探さねばならないのだろうか。トゥルプ博士やティーレンス夫人のような名士ならともかく、十年以上前の使用人を探し出すのは不可能だ。

いやちょっと待て。ナンド――あるいは、そう名乗っているナンド・ルッソの息子かもしれない男――は、突然あることに気づいた。ダイヤモンド、そう、ダイヤモンドだ。ルパートがアフリカ・ダイヤモンドのカギだと言っていたナンド・ルッソは、ダイヤモンド商人としてのホーヘフェーンに会いたがっていた。タンジェでその情報の売買に失敗したナンド・ルッソ。

自分の考えに沈みかけていたナンドは、ふと強い視線を感じて顔を上げた。ティーレンス夫人がそのかすみかけた目でこちらを見ているわけではなかった。例のアフリカの侍女が、ナンドを押し返すほどに強い視線で見つめていたのだ。

濃紺のお仕着せと白い前掛けをつけた、ありふれた侍女の格好をしているが、まるで異郷の女王のような、強烈な香を放つ香木のような、恐ろしいばかりの存在感だ。彼女はその黒い瞳の中心でしっかりとナンドを見据えている。今にも何かを言い出しそうだったが、彼女は夫人を差し置いて口を開いたりはしなかった。

ティーレンス夫人は、ナンド・ルッソについてはそれ以上話すことはないと言った。そのあとどうやって青鷺館を辞去したのか、ナンドは覚えていなかった。あの侍女の視線が、あのあまりにも強い、視線というよりは赤道直下の太陽光にも似た力が、ナンドにめまいを起こさせたのだ。

しかし問題は、あの上流夫人に対して失礼がなかったかどうかということより、帰りのはしけが捕まるかどうかだろう。が、それは杞憂だったようだ。アムステルダムよりはいくらか高い土地にある小邑――アルクマールやプルメレント、クロメニー等々――に向かおうとする避難者たちのために、むしろ行き来するはしけの数は増えていた。逃げれば何とかなると思っているのは主に外国人だ。一フートいや、一ダイムでも高いところを求めるあまり、アムステルダムより北海寄りの土地に移動している。それが賢い判断だったか間抜けなやり方だったのか、そのうち水位が決めてくれるだろう。

何も積んでいないはしけを捕まえると、空身でアムステルダム側へ帰るよりはましだからだろう、船頭は言い値で応じた。もっとも、ナンドも交渉している余裕などないので、ルパートから受け取った小銭を気前よくばらまくつもりの価格だったが。はしけが岸を離れる一瞬前、船頭が二倍の料金を請求した。ナンドが抗議すると、船頭はナンドの背後を指差した。

例のアフリカの侍女だ。

いつの間に、どうやってまったくナンドに気づかれずにそこにいたのか分からない。が、彼女は目深にかぶった雨具の頭巾からあの熱線のような視線を上げると、重く低い声で言った。

「私はレオナ。私を連れて行ってください。このままでは良くないことが起こります」

ナンドは自分がどうしてそうしたのか分からないまま、何かを感じ取って船頭に金を払った。

親方に全てを話し終えると、ティトゥスは抜け殻のようになって呆然と玄関の間に佇(たたず)んだ。何もかもすべてを話しつくした。何もかも、だ。持ってきてしまった手紙や水晶球や虫の小瓶の現物を渡し、記憶がないという新しい友人のことも、指輪のことも、ホーヘフェーン夫人や女中から聞き出した証言も、全てをだ。何も考えられなくなり、あとはただカルコーエン先生を待った。ただただ待った。確か、今日中に来るようなことを言っていたはずだ。言っていた……だろうか？　違っただろうか。聞いたような気がする。いや、それを言っていたのは誰か違う人だった。違う誰か……そう、マイヤー氏だ。そう言っていたような気がする。カルコーエン先生が来る、と。確かそうだ。

多分……

頭がぼんやりとして、ろくに考えることさえできない。

玄関横の小窓から見上げる空は、日暮れ時かと思うほど暗い。

空にはただ鉛色の雲が広がるばかりだった。やや褐色がかって見える、重い灰色の色調だ。これを描くなら、灰褐色の濃淡画になるだろうか。こういう時、単色でありながら色味を感じさせないと、依頼者は満足しないだろう。親方はそういう仕事は引き受けないだろう。僕なら……

ああ、神様、僕にはそんな仕事は回ってきませんように。

もしカルコーエン先生が来たら、どうすればいいのだろう。ティトゥスのぼんやりした頭にも、少しばかり危機感らしきものが閃いた。どうすればいいのだろう。手紙も親方に渡してしまった……。もし先生がそれを取りに来るのだとしたら、どうすればいいのだろう。

幾度か、扉が叩かれたような気がし、ティトゥスは玄関を開けに行った。扉はじっとりと雨に濡らされるばかりで、そこには誰もいなかった。空耳なのだ。どれもこれも。空耳だ。ああ、頭が痛い。いや、頭がどうとかいうより、吐き気がする。今にも吐き気がこみ上げてきそうな気がするのだが、実際にそこまで気分が悪くなることはなかった。これも空耳と同じようなものなのだろうか。しかしいくらかは本当に頭が痛い。

どのくらい時間が経っただろうか。分からない。突然視線を感じて顔を上げると、小窓に人影が見えた。

恐ろしくやつれ果てた老人のような顔だ。どきりとして一瞬目をそらすと、次の瞬間、その人影は消えていた。そのさらに次の瞬間だったか、同時だったか、扉が外から激しく叩かれ、それにうめき声が混じった。

「カルコーエン……先生……？」

確信はなかったが、我知らずのうち、ティトゥスの口を突いてその名が出た。

はっとして扉に取りつく。掛け金を外そうとして焦れば焦るほど手元は狂った。どうにかしてようやく扉を引き開けると、倒れるように男が転がりこんできた。石敷きの床に、暖炉の火箸（ひばし）を叩きつけるような、耳をつんざく金属音が鳴り響き、ろうそくの明かりの中で何かがきらりと閃いた。

飛び込んできた男の顔を見るよりも前に、左の手首を外側からもう一方の手で押さえているのが目に入った。血だ。右手の指の間から、ゆっくりと少しずつ、血がしたたり落ちる。その一滴が、足元に転がった外科道具の鞄（かばん）にしたたり落ちた。

やはりそれはカルコーエンだった。いつものカルコーエンらしくなく無造作に頭を振り上げると、雨具の頭巾がずり落ち、濡れて髪が貼りついた顔が現れた。

落ちくぼんだ右目と、いつもは隠すようにしている眼帯があらわになる。目の下には弱弱しい明りの中でもはっきりと分かるほどどす黒い隈ができ、光の具合のせいだろうか、いや違う、確かに、頬もこけて見える。まるで別人のようだが、それは確かにカルコーエンだった。

「どうしたんですか?! 先生! 何が……」

ティトゥスの問いを遮るように、カルコーエンがしわがれた声をあげた。

「やられた……まただ……私……私は……」

カルコーエンは皺の寄った瞼をひくつかせると、弱々しい目つきでティトゥスを見た。ティトゥスは最初は何が起こったのかまったく分からなかったが、床に落ちたものが目に入ると、次の瞬間、衝撃に打たれた。

「また」というのは、そういうことか! 床の上に転がっていたのは、柄の部分もむき出しの金属でできた、飾り気のない素朴な短刀だった。

「先生……まさかこれ……。誰に、誰に襲われたのですか? 今しがた、うちの前でですか?!」

「姿など見えるものか……いつもこうだ……誰もいない所で急にやられる……。もう私は疲れたよ。私は……ああ、しかし……君がなんともなかったことをありがたく思おう。もう……もうこれ以上、おかしなことが起こらなければよいのだが……やはりあれを私に渡してほしい。これ以上君を巻き込みたくない……」

　ティトゥスは、首の後ろに起こった戦慄が全身に走り抜けるのを感じた。そして同時に、手元にあったものは、親方に例の手紙も含めて一切合切を渡してしまったことや、呪いという言葉や、全てを話してしまったこと、巻き込まれずにいられるわけがないだろうこと等、様々な考えが頭の中で交錯した。

　ティトゥスを力なく見ていたカルコーエンの右目が、ふとどこかに逸らされた。何かを見ている。ティトゥスがその視線を追うと、そこにはとても客人を迎え入れる様ではない、汚れた作業着を着たままの親方が立っていた。

　親方は分厚い荒布を使って短刀の刀身を峰の側から慎重に持つと、もう一方の手で背後の斜め上を無造作に指した。それは親方としては、二階のアトリエに上がれということを意味している。

「絵を描く時、何が大事か分かるか？」

　親方は突然そう言った。

「見て、ただありのままに描くことだ。ただそれだけだ。物事の事実を見極める時もそれと同じだ。見て、ただありのままにそれを理解すればいい。君らに話がある」

　親方は短刀を摑み上げると、返事を待たずに工房に上がって行った。

レンブラント・ファン・レインの工房は、この狭い家の二階全体を占めていた。二つの部屋の仕切りを取り払って一部屋として使っているのだが、それでも、フィレンツェにまで名声の届いた大画家の仕事場とは思えない狭苦しさ、みすぼらしさだった。ただ、蠟燭は七本灯されている。この家の基準からすれば破格に贅沢だった。描きかけの画布の前に五本、そして少し離れたところに補助用の二本、画家の手元にできるだけ影を作らないようになっているのだ。

ティトゥスは画布を見ると、補助用の二本の位置を微妙に直した。いつもの習慣で、工房に異変がないかどうかと視線を走らせる。

家具と言えば、あちこちからもらい受けてきたちぐはぐな棚が幾つかと、やはり中古の食卓や木箱、そして簡易寝台が一つあるきりだ。こんな油臭く雑然とした部屋で親方はよく寝られるものだと思うが、ティトゥスが寝起きしている屋根裏部屋も居心地の悪さから言えば引けを取らないだろう。棚には下書きやスケッチ、銅版画の試し刷りなどの紙がろくに仕分けもされないまま片端から突っ込まれている。作業台にしている食卓や木箱には、数限りない顔料の壜（びん）、絵の具調合用のすり鉢、フラスコ、器、汚れた布、パレット、銅板、鑿（のみ）、数限りない絵筆、油の大壜、その他その筋の者でなければ何に使うのかまったく想像もできない謎の道具類がひしめいていた。裏庭に面した側の窓からは、普段ならこの時間は夕日が射しこんでくるが、今日はひたすら鉛色が広がり、ストーブの重い鉄色と対を成している。

何より異様なのは、あちこちに立てかけられた絵画の画面以外は殺風景とも言えるこの部屋が、異様に人の気配に満ち溢(みあふ)れていることだった。人の気配、そう、人の気配だ。無数の視線が親方に向かって注がれているような雰囲気だ。まるで劇場のようだ。ティトゥスは慣れてしまっているが、ふとした折にこの気配に寒気を覚えることがあった。この妖気の理由は、親方の絵だった。部屋の奥にはほぼ完成した集団肖像画、画架の上には武具を仕上げ中の女神像、老け顔だが若いと分かる男の肖像画、そして完成したティトゥス自身の肖像画があった。今ティトゥスにとってこの工房が異様に感じられるのは、鏡を見るより生々しく感じられる自分の絵と対峙(たいじ)せざるを得ないからだ。その他にも、何枚もの騎馬像の下書き、自画像のデッサン、群衆の描きこまれた磔刑図(たっけいず)の銅版画、裸婦像の無数の試し刷り……。どれを見ても、それは絵画を見ているというよりは人と対峙しているような現実味を感じさせるのだ。必ずしも精密でない、絵の具を擦(こす)り付(つ)けたような画面——あのキウィリス王の壁画のように——から、人の視線が放たれていた。

こちらが見ているのではない、彼らから見られているのだ……

その異様な空気の中で、レンブラント親方は、慎重に配置された燭台を無造作に動かし、作業台の一つに据えると、カルコーエンを切りつけた短刀を天眼鏡で眺めはじめた。たった今話があると言ったのを忘れたかのように、ただひたすら手元に集中している。ティトゥスはそれを止めようとして諦めた。親方がこうなってしまうと、もう話しかけても無駄だった。

カルコーエンは説明を求めるような視線をティトゥスに向けたが、何事かを悟ったらしく、黙って自分の傷の手当てを始めた。付き人もつけずに自分で持ち運んでいる外科医の道具が入った重い鞄から、奇妙な匂いのする軟膏や清潔そうな包帯を取り出し、器用にほとんど右手だけで治療を行った。ティトゥスはいったんは位置を直した蠟燭の一本を取り上げると、カルコーエンの横の小卓に置いた。

カルコーエンの呆然とした目つきは、何も見ていないかのようだ。ただただ手順通りに手元を動かしているだけのようにも思えた。傷は左手の甲の、手首にほど近いところに一直線に入っていた。皮が少しめくれているようにも見える。

しばらくの間、沈黙の中で二人の作業が続く。あまりにも無言の時間が続いたので、ティトゥスはかえって緊張し、吐き気がして少しばかり耳が遠くなるような感覚を覚えた。見慣れたはずのこの肖像だらけの部屋も、今日ばかりは異常に息苦しく感じた。まさしく群衆の注視にさらされる気分だ。しかし何よりも異様なまでに人の存在感をたたえていたのは、マイヤーが無理矢理置いていったあの絵、肖像のない肖像画だった。誰の姿もないのに、いや、ないからこそだろうか、そこには重く濃密な気配が淀んでいた。

あれはやはりヴァニタスではない。ヴァニタスではあり得ない。肖像の──肖像のあるはずの──前の卓には、向かって右手に極彩色の鸚鵡（おうむ）のいる止まり木、左手には模様の彫刻がある箱、水晶を連ねたものと思われる首飾り、ひときわ大きな、少し角張った球体のような水晶の塊、そして中央には少し端の擦り切れた紙が広げられていた。地図だ。ティトゥスは目を凝らした。あれは確かにアフリカの地図だ。市庁舎の床に描かれているのと同じ形の、間違いなくアフリカの地図だった。

改めてその絵を見直すと、ティトゥスは左手の箱が、自分が持っている、ついさっき親方に渡したあの小箱だと気づいた。素人がどことも知れない異国趣味を模して彫ったような模様、そして、すでに売られてしまったあの首飾り。やはりどう考えても、あの絵はレンブラント親方の許（もと）で、親方の持ち物を小道具にして描かれた絵に違いなかった。ただ、人物だけが抜き取られたように消えている。レンブラント親方の筆運びと違和感がないように塗りつぶすのはかなり高度な業だろう。誰がいったい、何のためにそんなことをしたのかはまた別な問題だ。

問題の絵は、他の絵と一緒に、何の特別な扱いも受けずに立てかけられている。ティトゥスの小箱は今、親方の背後の作業台に無造作に置かれている。

ティトゥスは絵をもっとよく見るために数歩近づいた。どこかで自分の足音以外の物音がしたような気がする。ティトゥスは立ち止まり、音のした方向に振り返った。気づくと、工房の入り口にナンドが姿を現した。

「すまない。下に誰もいないがこっちに人の気配があったので来てしまった。ティトゥス、台所の戸棚に渡したいものを置いてきた。後で確認してくれ」

ナンドはいつもとまったく同じ調子でそう言うと、親方に視線を走らせた。親方は闖入者(ちんにゅうしゃ)に気づいてもいないのか、あるいはまったく意に介していないのか、ちらりと顔を上げることとさえしなかった。

ナンドの言葉につい、ティトゥスは上の空で生返事をしてしまった。というのも、ナンドは一人ではなかったからだ。美しい煙水晶のような肌をした背の高い女性を連れていたのだ。ティトゥスは彼女にぼんやりと見とれたが、失礼だということに突然気づいて目をそらした。ナンドはティトゥスの視線に気づいて、彼女をティーレンス夫人のお使いだと、紹介とも言えない短い言葉で紹介しただけだった。

親方がようやく顔を上げた。

「そちらは例の船乗りの友人か？」

ぶっきらぼうにただそう問うと、ティトゥスの返事を待たずに、ナンドに向かってうなずいた。

「丁度いい。あなたにも聞いていただこう」

「何をです？」

ナンドが聞き返すと、親方はまるでそれを無視するかのように言った。

「起こったことをそのまま見ればいいだけだ。私に分かって君らに分からないはずはないのだが、君らはちゃんと見ていないのだ。ただそれだけだ。

ではまず話を整理しよう。前提として、翼竜館は仕事柄、誰にも気づかれずに外部からの出入りは容易ではなく、ことに外から侵入することは極めて困難で、特に例の金庫部屋は完全に鉄格子に覆われていて、ホーヘフェーン氏が持っていた唯一の鍵がなければ出入りは不可能だということでよいかな？

時間経過とともに起こった出来事はこうだ。

まず、四日前の昼前、二週間ほどハノーファーに出かけていたホーヘフェーン氏が馬車で帰宅した。その時の様子には、旅の疲れは見られたものの、特に変わったところはなかった。昼食はホーヘフェーン夫人やマイヤーとともに取り、その時もおかしな様子はなかった。

午後、ホーヘフェーン氏は不在の間にたまった親書や書類に目を通していた。夜にはカルコーエン医師が膝の具合を診ることになっていたので、午後の四時ごろ、マイヤーがその件の確認のためにホーヘフェーン氏の書斎に入っている。その時、ホーヘフェーン氏の様子は一変していた。顔色は悪く、床に座り込んで脂汗を流していた。そして、ある用件のために私に会いたいと言い出した。この後彼と会ったティトゥスの話によって、これは私が四七年ごろに描いた絵に関する用件であることが分かっている。

その絵というのが、今ここにある、この絵だ」

親方が指さしたのは、もちろん、例の肖像のない肖像画だった。

「この絵については、また後に話そう。いずれにしても、この絵そのものは、第二のホーヘフェーン氏の正体に関しては関係しないがね。その日の午後、ホーヘフェーン氏はこの絵を私に鑑定してもらおうとしてうちに使いを出したということだ。マイヤーを私の元へと寄越してきた。そしてそれと同時に、執事から職人に至るまでの家中の者に暇を出し、家から出してしまった。残ったのは夫人と、新米の女中、そして、外で暇をつぶさせるのが難しい下男一人だった。実は夫人までも家から出そうとしたらしい。

マイヤーは日暮れ時にうちに来て、家の裏庭でティトゥスと話した。そしてティトゥスはナンドを用心棒として連れて、マイヤーの馬車で翼竜館に向かった。ティトゥスは翼竜館に招じ入れられ、ナンドは外でティトゥスを待った。ティトゥスが見た館内の様子は、召使いたちがいないせいで整わず、とても自分から招いた客人を受け入れるような状態ではなかったという。マイヤーがティトゥスを案内し、マイヤー自身はその時、もう自宅に帰るようにと言われてそのまま翼竜館を辞去している。

ティトゥスはホーヘフェーン氏の書斎に入った。するとホーヘフェーン氏は下着同然の格好で取り乱し、ティトゥスを相手に要領を得ない話をした。その時に分かったのはただ、彼が、私が四七年に描いた作品、ある肖像画の件を話したがっていたらしいということだけだった。

そうこうしているうちに、また女中が現れ、客人の来訪を告げた。するとホーヘフェーン氏はいっそう取り乱し、ティトゥスが持っていた画帳の紙挟みをかき回した。

どうやらこの時に、あるものが紛れ込んだらしい」

親方はおもむろに振り返り、背後の作業台から例の手紙を取り上げた。あの「闇の左目」等々の、謎の言葉が記された手紙だ。

「画帳を返されたティトゥスは、追い出されるように書斎を出、階下の玄関の間を通った。すると玄関には客人が二人いた。一人はティトゥスも知っているカルコーエン医師だ。もう一人は、この時には明らかにならなかったが、後にカルコーエン医師が話したことによれば、アニェージというイタリア人のペスト医師だということだ。

アニェージは勉学のために、トゥルプ博士から紹介されてカルコーエン医師のもとにやって来た、この街の誰にとっても初対面の男だった。ティトゥスはこの時、カルコーエン医師と話はしたが、アニェージ医師の顔を見てはいない。カルコーエン医師によれば、彼は仕事柄、他人にあまり顔を見せたくはないということだった。後に、それは彼がペスト医師だからだということがカルコーエン医師によって語られる。

ティトゥスはその夜はそれで帰宅する。翌日、ホーヘフェーン氏がペストで亡くなって、早朝に郊外の墓地に秘密裏に埋葬されたという噂が流れる。その時の状況は、カルコーエン医師とホーヘフェーン夫人、そして女中アンナの証言によるとこの通りだった。

まず、カルコーエン医師とアニェージ医師の二人が書斎に通される。すると、ホーヘフェーン氏はすでに様子がおかしく、身体にはペストらしき斑点も現れ始めていた。患者はすぐに嘔吐し、二人の医師は彼を書斎内の寝台に横たえた。それからホーヘフェーン氏の具合は悪くなる一方だった。ペストの専門家と内科学にも通じたカルコーエン医師の間では、治療方針についての意見が一致しなくなり始めていた。アニェージ医師はカルコーエン医師を使いだてして階下の玄関の間にいる女中を呼びつける。

が、医師二人は書斎の中で口論になり、女中を書斎に入れることなく、上のホーヘフェーン夫人の部屋に留め置くことになった。患者は感染性の病気かもしれないので、二人ともその部屋から動くなと命じる。この後いよいよ外科医と内科医の意見は決裂し、ペスト医師はカルコーエン医師にこの館から去れと一方的に命じるに至った。

カルコーエン医師が辞去する直前、アニェージ医師は自ら階上の夫人の部屋に行き、女中に湯や布の用意を命じる。治療に使うためだ。女中がそれらのものを書斎に運び入れると、最後にアニェージ医師は、患者がいつもつけていた指輪を抜き取って女中に渡している。カルコーエン医師はこれを見届けた後、アニェージ医師に事態を任せて翼竜館を辞去したという。

　ここからは夫人と女中の証言だ。日の出前、ペスト医師が再び夫人の部屋に現れ、ホーヘフェーン氏がペストで亡くなったので、今すぐ葬儀屋と市当局に言い渡して遺体を厳重に埋葬しろと言う。アニェージ医師は、それまで事態にはいっさい関わっていなかった下男を使いにやって家のことを取り仕切れる人間を呼びに行かせ、下男はマイヤーを連れてきた。ここから先はマイヤーの証言も含む。屋敷に着くと、玄関の間には半ば気を失った女中が倒れ、屋内は異臭で満ちていた。マイヤーは動転した奥方の代わりにアニェージ医師から話を聞き、下男に手紙を持たせて葬儀屋を呼びに行き、自分はカトリックの司祭のもとに走った。

　あとはそれらの複数の関係者たちの衆目の元、シーツや何かで巻かれたホーヘフェーン氏の遺体は棺に納められ、その朝のうちに郊外の墓地に埋葬された。この時マイヤーや司祭たちが見たのは黒くなった手足だったというが、間違いなく遺体がそこにあったことを確認している。いやもしそのシーツの包みの中に遺体がなく、切断した手足だけを見せられたのだとしたら、その遺体の本体をどうしたのかという話になる。そちらのほうがむしろ困難だ。なので、遺体は間違いなくそこにあったと考えられる。

埋葬を終え、朝になると、アニェージ医師はカルコーエン医師の家にいったん立ち寄り、荷物を引き上げてそのままこの街を去ったようだ。カルコーエン医師に言い残した言葉によると、ハノーファーに向かうと言ったらしい。

ただし、この二日後にトゥルプ博士のもとに、パドヴァ大学からの紹介状を持ったこちらが本物と思しきアンブロジオ・アニェージ医師が現れている。というわけで、カルコーエン医師が連れてきたホーヘフェーン氏の死を見届けたアニェージと名乗る男が何者なのか、それは私には分からない。その男の目的も分からない。

さて、ここまではいいだろうか？」

それまでひどくいぶかしげな目つきでただ親方を見つめていたカルコーエンが、傷を負っていないほうの手を上げると、話を止めた。

「ちょっとお待ちいただきたい、親方。あなたはまるで私が共犯でもあるかのような言い方をなさる。私が連れてきたなどと……何者であろうと、彼が翼竜館に向かおうとした私に強引についてきたのだ。私はティトゥス君にはただ余計なことを言いたくないから同僚であるかのような曖昧な言い方をしただけだ。私は巻きこまれたのだ。一方的にだ」

「先生の言い分はよく分かった。だが今はただ私の話を聞いてほしい。そうすれば、私が何のためにこんなことを言っているのか、先生にもよく分かるはずだ。

　埋葬の翌日の午前中、ティトゥスはペストの噂が本当かどうかの情報収集のため、翼竜館に夫人を訪ねている。もしペストが本当なら、自分も感染している可能性はなくもないのだから、図々しいとも取れるその行動は正当化されるだろう。ティトゥスは夫人から問題の夜の話を聞いた後、マイヤーとともに再び書斎に入る。書斎に入る理由としては、その晩、ホーヘフェーン氏にかき回された画帳から落ちたデッサンを探すためというものだった。もっとも、それが本当だったかどうかについてはここでは問わないことにしよう。それ自体はこの件においては無関係だからだ。

　マイヤーとそこにいる時、何か物音がした。やがてそれは人のうめき声だと分かり、二人は慌ててその出所を探す。例の金庫部屋の中から聞こえてくるようだというので、その扉を開けようとするが、鍵はホーヘフェーン氏本人しか持っていない。そして金庫部屋の壁の内部には人間の出入りが不可能な鉄格子が仕込んである。扉は錠前屋の夫婦によって解錠され、中で気を失っていた人物は救出された。それが今、翼竜館で手当てを受けている、ホーヘフェーン氏本人としか思われない人物だ。

　この時、この第二のホーヘフェーン氏の正体について重要と私が考えるあることと、関わりはあるものの、直接の手がかりにはならないと思われるあることが起きている。一つずつ説明しよう。

重要なこととは、これだ」

親方は作業台の上の例の箱を開けると、中からあるものを取り出した。ティトゥスは自分が恥ずかしくなってつい目を逸らした。それはティトゥスが翼竜館の書斎で拾った、水晶でできていると思しき謎の球体だった。

「我が息子ティトゥスは、少し恥ずかしい話だが、集中しすぎると他の事がおろそかになる性質がある。特に手元を忘れがちで、普段も、絵の具のついた絵筆を腰から下げた雑囊に入れたり、デッサン用の木炭で真っ黒になった手を懐に突っ込んだりというようなことをしょっちゅうやっている。まだ余所の家から金貨など持ち帰って来ていないのがありがたくて涙が出るくらいだ。

そのティトゥスが、この時にもやらかしてくれたようだ。何か物音が聞こえた時、ティトゥスは書斎でデッサンの切れ端を探してあちこちを覗いている真っ最中だった。ティトゥスはあるものを見つけ、それは何だろうと思って手に取ったとき、金庫部屋から聞こえてくるのは人のうめき声だということで大騒ぎになって、手に取ったものを自分の雑囊につっこんでしまった。それがこれだ」

それは明らかに天然の形状ではなかった。人の手で綿密に磨かれ、ほんの少し楕円に寄せた形に成形された球体だった。

「ティトゥスにはこれが何なのか分からなかったようだ。正直に言うと、私も少し考えた。見たことはあったので、思い出したが。

さて、これが何なのかはまたすぐ後に話そう。もう一つ、第二のホーヘノフェーン氏発見現場にあったものについて話そう。金庫部屋で彼が横たわっていたすぐそばにあったのが、この絵だ」

親方はさっきよりは小さな動作で例の絵を指した。

「先に認めよう。これは確かに私が描いた絵だ。外部からの依頼によって描いたものだし、正直、自作としてはさほど重要視していなかったので、いつ誰の依頼で描いたかはそうそう思い出せなかった。が、絵柄からして四〇年代後半だ。そうなるとだいたい何の絵だったかも思い出した。とある船乗りをモデルとした肖像画だ。そう、肖像画だった。なので、今現在ここにある絵は、ある種の改変が加えられている」

それまで一言も発さずに親方の話を聞いていたナンドが、突然口を開いた。

「親方、あなたは今、その絵を第二のホーヘフェーンの件に関しては重要ではないと言ったが、俺にとってはそうは思えない。少なくとも俺は、その絵に関してあんた方が知らないことを知っている。少なくとも俺にとっては非常に重要なことだったし、あんた方もそれを聞いておくべきじゃないかと考えている。話すとすれば、ある男から聞かされた重大な秘密も含むことになるが、よく考えると、その男にはそれを誰にも言うなと言われた覚えもなければ、俺もそれを秘密にするという約束をした覚えがない」

「それは興味深いな」親方が先を促した。「是非聞かせてもらおう」

「そうだな……どこから話すか……そう、俺が今まで日々の糧として使っていた金は、俺が持っていたナンド・ルッソ名義の口座にあった金だ。俺は何の疑問もなくそれを俺のものだと思っていたし、自分の名はそこに記されたフェルナンド・ルッソだと思っていた。が、その確信が揺らぐ出来事があった。ティトゥス、今まで話さなくて悪かったと思っているが、これは俺個人の問題であって、今回のペストの件やファン・レイン工房の問題にはまったく関係がないと思っていたから、お前を煩わせたくなかったんだ。俺はこの数日、ある男たちにつきまとわれていた。最初は偶然に出会った奴らにすぎないと思っていたが、奴らは最初から俺を探していたらしい。そのうちの一人から言われた。俺が持っている口座は、十五年前にニコラス・ホーヘフェーンがナンド・ルッソという船乗りのために用意したものだと。奴らは、その口座の動きを監視していて、つい最近俺が金を引き出したので、俺に接触したのだと。

結論から言うと、そのナンド・ルッソというのは、ニコラス・ホーヘフェーンの生き別れの双子の片割れだ。迷信深いカトリックの家だったホーヘフェーン家が、双子は縁起が悪いというので片方を養子に出したんだ。その時に関わったのが、慈善家のティーレンス夫人と、レンブラント先生、あなたもご存知の名士、トゥルプ博士だ。経緯(いきさつ)は省くが、結果として、俺はホーヘフェーン兄弟の件について、この二人の証言を得るに至った。

ホーヘフェーンの片割れヤンは、養子に出された先でフェルナンド・ルッソと名付けられ、十四、五歳の頃に家出をして船乗りになったらしい。ヤンもニコラスも、生涯に何度か、もう一方を探そうとしてティーレンス夫人やトゥルプ博士と接触したらしい。

夫人も博士も秘密は完全には明かさなかったが、ニコラスはヤンが船乗りになりティーレンス夫人と接触があったことを知り、ヤンはホーヘフェーンの名を知った。ニコラスはいつかヤンがまた夫人のもとに現れた時に匿名で肖像画を描かせる段取りをつけ、ヤンは海の上でホーヘフェーンが宝石商であることを知った。

ヤン、いやナンドは十数年後に再びティーレンス夫人を訪ねた時、その宝石商としてのニコラスに熱心に会いたがったのだという。夫人はそれは財産のためだろうと考えて警戒したようだったが、実はそうじゃなかった。ナンドがニコラスに会いたがった最大の理由は、他では取り合ってもらえなかったある取り引き、成功すればニコラスにも多大な富をもたらすだろうある情報のためだった。

それはティーレンス夫人も知らないことだったが、俺はそれを、さっき言った男たちから聞くこととなった。ナンド・ルッソが摑んでいたものとは、アフリカ産のダイヤモンドだ」

カルコーエンが誰にもはっきりと聞き取れるくらい大きく息を吞んだ。いったい何のことだろう？　ティトゥスは数瞬の間、なかなか意味を成そうとしないそれらの言葉を頭の中で転がした。ナンドは皆の様子をうかがい、話を続けた。

「アフリカから金や色宝石が取れることは知られている。そのために幾つもの国が、国家をあげて関わろうとしているくらいだ。相場師たちも毎日、そういう話をしている。だが、ダイヤモンドが取れるなんていう話はまだ誰も聴いたことがない。ダイヤモンドがインドで取れるものだということは、ダイヤモンドと縁のない庶民でさえ知っている常識だからな。

だがもしそれが本当の話だったら？　アフリカの広さを考えれば、もしかしたらインドよりはるかに大量のダイヤモンドが取れたとしても不思議じゃない。地理的にもアフリカはインドよりはるかに近い。そして採掘権を仕切っているマハラジャもいない。大変なことになる。だが、一人二人の力でどうにかなることでもない。少なくとも、ダイヤモンド取引に知見のある人間と組まない限りどうにもならない。

俺に付きまとって来た男たちは、もともとはそのアフリカ産ダイヤモンドを追っている者たちだということだった。その過程でナンド・ルッソという人間を知って、その名義の口座を監視していたのだ。そこに俺がひっかかった。だがあいにくと……ああ、これはここではティトゥスしか知らないことか……俺には実は過去の記憶というものがない。俺は自分がナンド・ルッソであるという確信がないんだ。そしてどうやら、口座開設の経緯からして、俺はナンド・ルッソ本人には若すぎるらしい。ティーレンス夫人は俺をかつてのナンド・ルッソにそっくりだと言った。この成り行きから考えると、どうやら俺はナンド・ルッソのかなり若い頃の子ということになりそうだ」

親方がいぶかしげに首をひねり、両腕を組んだ。

「俺としては、その絵に描かれていたというモデルの顔が見たかったたね。こうなると、誰がいつ、どうやって、その絵を改造したのかが知りたい。いやそれ以前に何の目的でそんなことをしたのかが気になる」

「当然だろうな。だが、その話を聞いても、私の考えは変わらん。この絵自体は、第二のホーヘフェーン氏の正体とは直接の関わりはない。だが、今の話で私にも、私の推測を確実にするある種の確信が生まれた」

親方は、足元のやや低い作業台に置いた例の短刀をちらりと見たが、また顔を上げて話を続けた。

「私の話にはまだ続きがある。時間的には遡(さかのぼ)ることになるが、ホーヘフェーン氏の過去の話をしよう。彼はダイヤモンド専門の商人ではなかったが、アフリカとの付き合いがもともとあった。それはカルコーエン先生が誰よりもよくご存じだろう。何しろ、数年前に研究のためにアフリカに行った時には、ホーヘフェーン氏の世話になっていたくらいだからな。カルコーエン先生は最近も、ホーヘフェーン氏が契約した商船の乗組員の診察を任されていたとティトゥスから聞いている。

私がこれもティトゥスから聞き出したと知ったらカルコーエン先生は不愉快に思われるかもしれない。申し訳ないが、私が何もかも根掘り葉掘り聞いてしまった。どうもそのホーヘフェーン氏から診察を任されていた船員たちというのは、アフリカで奇妙な病気にかかっていたようですな」

親方は小箱からあの虫の小瓶を取り出した。

「これだ。船員たちは、身体にこの虫が寄生していたとか。これを取ってやらないと、やがて彼らは謎の死を迎えるということのようだが」

「その通りです。その虫を見つけて取り出してやるくらいしか方法がない。だが逆に言えば、外科的な処置が完璧ならば、彼らは健康を取り戻す。お恥ずかしい話だが、私は事実上、その処置を請け負ってホーヘフェーン氏から報酬をもらうことで生計を立てている。他に選択肢はなかったのだ。私が自分の意志でしたことではない。言わば私は巻きこまれたのだ。もう放っておいてもらえないだろうか？　これ以上関わり合いになるのはごめんなのだが」

「果たしてそうだろうか？

このずんぐりとした、羽も生えていない、芋虫でもなければ羽虫でもない奇妙な虫は、一見全く見たことのない、奇抜で異様なもののように見える。だが、よくよく見れば分かる」

親方は天眼鏡を取り上げ、役者のように大げさな身振りで、わざとらしくその小瓶を拡大して見るような仕草を見せた。

「これはただの蠅(はえ)だ。どこにでもいるただの蠅だ。緻密に手足や羽をむしり取って、紫や茶の染料に浸し、少しばかり血をなすりつけただけのものだ」

カルコーエンが抗議の声をあげた。

「何をおっしゃいます?!　どうしてそのような、根拠もないことを?!」

「根拠はある。見れば分かるだろう。ただ見ればいい。いや、普段から蝿をよく見ていない者には分からないかもしれない。だが、ちゃんと見れば、ただただよく見ればいいだけのことだ。そうすれば分かる。染料も、もっと明るい時によく見れば特定できそうだ。染料を普段から見ている者になら分かる。何なら、蝿を潰さないようにして取ってきて、同じ処置をして見比べれば分かる。ただそれだけのことだ」

「しかし……いったい何故、誰がわざわざそんなことをするというのです……?」

「これを作られたのは先生でしょうな。理由も、私にはもう見当がついた」

一瞬強い視線をカルコーエンに送ると、親方は水晶球や小箱と並べてその瓶と天眼鏡を置いた。

「さて、先生、あなたは今までに二度ばかり、私は巻き込まれただけだとおっしゃった。確かにあなたは、片目を失って収入の手立ても無くした以上、ホーヘフェーン氏の持ってくる謎の仕事を引き受けざるを得なくなり、偽アニェージに踏み台にされ、正体の分からない第二のホーヘフェーン氏を看病しておられる。そればかりか、ついさっきとティトゥスが初めてあなたを訪ねて行った時と二度、姿さえ見せない何者かに襲われて怪我をしている。そうでしたな？」

「その通り。だからこそ、放っていてほしいのですが」

「もし本当にこの通りなら、さぞかし煩わしいでしょう」

「本当なら、とはずいぶんな言われようではありますまいか？」

「そうだろうか。先生、ホーヘフェーン氏の過去にも、彼が亡くなった時にも、第二のホーヘフェーン氏の看病にも、偽アニェージにも、二度の襲撃にも、謎の虫にも、関わっているのはあなただけだ」

「どういう意味です？ 私からすると、ティトゥス君がホーヘフェーン氏を訪ねて来られた後彼が亡くなり、またティトゥス君が訪ねて来られると生きたホーヘフェーン氏が発見されたようにしか見えない。変なこじつけをすれば誰でも怪しく見えてしまうだけではありませんか？」

まだ何か言おうとしたカルコーエンを制止すると、親方はまた後ろに振り返って一枚の紙を取り上げた。一流の商品を扱う画家でさえなかなかお目にかかれない上質な紙、そう、ティトゥスが持ってきてしまった、というより、あれはホーヘフェーン氏のせいでティトゥスの画帳に紛れ込んだ、例の手紙だった。

「これはホーヘフェーン氏宛ての手紙だ。先生、何故そんな訝(いぶか)しげな目をなさる？

これはティトゥスが例の癖で持ってきてしまったものではない。取り乱したホーヘフェーン氏に画帳をひっかきまわされ、その時に紛れ込んだと思しい。いや、私はむしろ、これはホーヘフェーン氏がわざとティトゥスに持たせたのではないかとさえ思っている。どうだろうか、先生？」

「何故私にそんなことをお聞きになる？　私は関係ない。これ以上妙なことに私を巻き込まないでいただきたい」

「先生、そんなことを言っている場合ではないだろうに。私はこの手紙の字には見覚えがある。かつて、ある絵画の契約の際にこの字を見ているからだ。もっとも、その当該の人物の筆跡は他にもそこかしこに残っているはずだから、照合は容易だろう。その絵画というのは、あなたならよくご存じだろう、カルコーエン先生、他ならぬ『ヨアン・デイマン博士の解剖学講義』だ。あなたは膨大な費用を払って、デイマン博士の次に目立つ場所に自分の肖像を描かせたのだから、忘れはしないだろう」

「何をおっしゃる……？　確かに集団肖像画の件はその通りですが、私はそんな手紙は知らない」

「たとえあなたが何と言おうとも、あなたが書かれた書類と照らし合わせれば分かることだ。むしろ私が一人でそう主張するより、客観的な誰かにそうして欲しいくらいだ。それで明確になるだろう」

　カルコーエンは反論もせずに沈黙した。

「しかし、たとえこの謎の手紙を書いたのがカルコーエン先生だったとしても、それだけでは何の話にもならん。問題はここからだ。これを見て欲しい」

　これというのは、ついさっきカルコーエンの足元に転がった短刀だった。ティトゥスはどうしても「呪い」という言葉が頭を離れず、不安が沸き上がった。そうではないか。呪い。そうでもない限り、誰もいない所でそんなものが空中から湧いて出て人を襲うはずがない。

　ティトゥスの不安をよそに、親方は布を巻いた刀身のほうを手にし、柄を上にしてそれを持ち上げた。

　柄に何か灰色のものが付着している。

「人の手形、ことに指先の痕は、一人ひとりまったく違うものだということをあなた方は知っているだろうか」

　親方は空中で短刀をひねくり回してしげしげと眺めた。

「思ったよりはっきり残っているな……。これはある顔料を限界まですり潰して作った、煙になって舞い上がるほど細かい粉だ。手の脂で柄に残った痕にそれをまぶしてある。この手の持ち主は、ありがたいことに思いのほか脂手だったようだな。

よく見てくれ、これは手の痕だ。

指先の模様というものは、それこそ一人ひとり完全に異なるのだ。私がそれに気づいたのはだいぶ昔のことだ。あの頃持っていたラファエロの絵についていた指痕は、まず間違いなくラファエロ自身のものだろう。そう思ってスケッチを取っておいたのは正解だった。つい先日、指痕が一致するので間違いなく彼の真作と断定できる絵画を手に入れた。彼の絵は絵の具が薄塗りな上、画面がきれいなので、手の痕が残ったりするとはっきりと分かるのだ。

まあそれはともかくだ。それと同じことが誰の手でもできるということだ。カルコーエン先生、この金属の柄にはっきりと残った手痕は、あなたのその、ほっそりしていて肉薄ながら幅が広く、人差し指から小指の四本の長さが比較的よく揃った、その右手と一致するのではないだろうか。少なくとも、その中指と薬指の指痕を取ってこれと照合すれば、これは確実にあなたの手だと断言できる」

「何のことです?!　だったとしたらどうだと言うのです！」

「この剣はその手で逆手に持たれている。その持ち方で自分自身の左腕を危険のない程度に切りつけることは、あなたにはそう難しいことではないのではなかろうか」

「つまり親方、あなたは、私が自分で自分を切りつけたとでも言うのですか?!」

「その通りだ」

「何だってまたそんなことを私がするというのです？　私は何者かに襲われたのですよ？　自分で自分に切りつけて、何の得もありますまいに」

「さあどうでしょうかな。カルコーエン先生、あなたは二度、誰も見ていない何者かに襲われている。言わば、あなたしかその瞬間を知る者はいない。もしその何者かが存在していなかったとしても、あなた自身はその襲撃を可能にすることができる」

「何ということを……！」

「襲撃者など存在しなかったのですよ、先生。それどころではない。ペスト医師も存在しなかった」

　それまで包帯を巻いた手をもう一方の手で守るようにして力なく腰かけていたカルコーエンは、すこしよろめきながら立ち上がった。

「ばかな！　あなたが何を言っているのかまったく理解できない！　あのアニェージ、少なくとも偽アニェージは、私と一緒にいるところをティトゥス君も見ているではないか！　女中やマイヤー氏、いや、あの治療と葬儀に関わったすべての人間が彼と話をした処(どころ)ではなく、彼から様々な指図を受けている。その彼が存在しないとは、いったい、何のつもりなのです？」

「確かに、あの場を取り仕切った人間はいた。しかし、偽アニェージは存在しない」

「何が言いたいのです……？」

「あれはカルコーエン先生、あなただったのだ」

カルコーエンは少し顔を歪めて沈黙した。

「もちろん説明はしよう。あの日、カルコーエン先生は、ティトゥスには顔も見せなければ一言も言葉を交わしてもいないある人物を連れて翼竜館を訪れた。そして女中にはわざと二人の人間が言い争いをしているかのような声だけを聞かせ、その後はペスト治療用のマスクや何かで顔を隠し、声色や訛りを使って別な人物になりすましてその場を取り仕切り、翼竜館を後にした。実際、あなたを知っていたマイヤーは、顔を隠したペスト医師を最初はあなただと思ったと言っている」

「何をおっしゃっているのです、親方。本当に訳が分からない……だったら、その私が連れてきたという人間はどこへ消えてしまったというのです？　あの日、あの家から人に知られずに出入りすることはほとんど、いやまるきり不可能だったと先に言ったのはあなたではないのですか？」

「その人間がどうなったかって？　ずいぶんと大胆な質問をされますな。核心を突かれたらどうするつもりだったのですか、先生。ではっきりと言おう。その人物は殺されてしまった。そして埋葬された」

「だがしかし、ペストに冒された患者やその遺体を何人もが見ている！」

「黒くなった手足の遺体か？　それはそうだろう。その人物の手足が黒かったのは当然だ。何故なら、その人物はアフリカの人間だからだ」

ティトゥスははっとした。そして、失礼と知りながらも、横目でレオナを見てしまった。そう、漆黒の肌だ。彼女のように、おそらく……

「そう、ペストなどなかった。ペスト医師もいなかった。埋葬されたのはホーヘフェーン氏ではない。金庫部屋で発見されたのは、謎の第二のホーヘフェーン氏ではない。あれが本物のホーヘフェーン氏だ」

「だんだん分かって来た」そう言ったのはナンドだった。「つまりこういうことか。あの日、カルコーエンは顔を隠したアフリカ男を連れてホーヘフェーンの館にやって来た。ティトゥスにはその男の顔を見せない言い訳としてその男をペスト医師に仕立てた。そして何らかの理由で、ホーヘフェーンの書斎でその男を殺し、顔を隠して、ペストで死亡したホーヘフェーンということにして埋葬させた。ペストということなら誰もが動揺し、黒い手足を見せれば信じるだろう。取り乱した者たちは、その見せられた手足がホーヘフェーンのような太り肉であるかどうかに気づかないかもしれないし、ホーヘフェーンより痩せていてもペストのせいと思い込むかもしれない。カルコーエンはそれがホーヘフェーンであるという印象を強めるため、わざわざ本物のホーヘフェーンから抜き取ってその男の指にはめた指輪を女中の目の前で外し、女中に奥方のところへ持って行かせたりもした。だが、埋葬されたのはホーヘフェーンではなく、その肌の黒い男だ。

　ではホーヘフェーンはどうしたのか。おそらく、その男を殺すこと自体は最初からカルコーエンとホーヘフェーンの間で決まっていたことなのかもしれない。が、その前にティトゥスが見た動揺した様子や発見された時の状態からして、主導したのはカルコーエンで、ホーヘフェーンは仕方なく従い、どこかでカルコーエンに疎まれたのではないかと思う。もしかしたら、殺しには反対したのかもしれない。邪魔だと判断されて眠らされ、閉じ込められたのではないだろうか。アジアやアフリカには、まだ我々が知らない麻薬や麻痺性の薬がある。カルコーエンはおそらく、それをかなりの程度使いこなすのではないかな。今意識のない第二の、いや、本物のホーヘフェーンは、カルコーエンが意識を取り戻させようとしているのではなく、眠らせ続けているのではないか？　ここで彼を殺せば目立ってしまう。ならば、衰弱して死ぬまで眠らせておけばよいのだからな」

　カルコーエンはごく小さなうめき声をもらす。落ちくぼんだ右目が少しばかり伏せられた。

「問題は、何のためにそんなことをしたのか、ということだ」

　親方がおもむろに手をあげ、カルコーエンの襟元を指差した。

「ダイヤモンドだな、カルコーエン先生。そうだろう？」

　指差された先で、きらりと何かが光る。それはティトゥスが幾度か目にしている、あの大粒のダイヤモンドの飾りピンだった。カルコーエンは親方の視線を避けるようにして少し身体を斜めに逸らした。その動きで、ダイヤモンドがよりいっそう強い七色の輝きを放った。

「私は最初はその目的は分からなかった。だがたった今、ナンドの話でそれが分かった。ペストはなかった。ペスト医師もいなかった。襲撃もなかった。そして、謎の寄生虫による病気もなかった。あんたたちは、先生、船員たちの身体にダイヤモンドを埋め込んでアムステルダムに持ち込み、寄生虫と称して摘出していたのだ。宝石くらい、服や持ち物に隠して持ち込むことくらいできるだろうが、そうすれば輸送に関わる秘密を知る者をいたずらに増やすだけになってしまうからな」

それから長い沈黙が続いた。カルコーエンは右手でそっと襟元の輝きを隠したが、中指にはめられた指輪もきらりと光った。長い沈黙。カルコーエンは魂が抜き取られるような静かな溜息をもらすと、軽く呟き込み、諦めきった表情を見せた。

「もう勘弁してほしい……もう何もかも嫌なのだ、私は。ほとんど眠れもしないし、眠れば夢を見る。雲間から差し込んだ光に、橙色の巨大な鳥が何千羽、何万羽と飛び立ってゆくのだ……それは、私には分かる……すべてがもう終わりだという意味なのだ……」

そうだ。それは我々のダイヤモンドだ。もう十年近く前、もともとアフリカやムスリムの医薬に興味を持っていた私は、いつか本格的に彼の地で研究する機会を得たいと思い続けていた。ある時社交上の付き合いからホーヘフェーンと知り合いになり、ほどなくしてアフリカとの付き合いのある彼からいろいろと便宜を受けるようになった。私は、親方にあの集団肖像画を描いてもらったすぐ後、もう六年前のことになりますでしょう、ついに西アフリカに向かう商船に乗せてもらうことができました。

まさか負傷して左目を失って帰ることになるとは夢にも思っていなかった……しかし、タンジェで帰国に向けて静養している間、ホーヘフェーンの命を受けた彼の手下たちから、ある話を持ちかけられた。それがダイヤモンドの秘密の輸送の件だった。

彼は私の生計を立てる見返りに、私の技術を提供させたのだ。私に選択肢はなかった。

私は親友であるタンジェのムスリムの外科医と組んで、この仕組みを請け負った。彼がタンジェで船員の奇病の診察と称して、麻酔と外科の技術を駆使してダイヤモンドを船員の身体に埋め込む。その船員は帰国後に私のところにやってきて、成長した虫の摘出と称して私がダイヤモンドの摘出をする。私は船員本人や、もしこの仕組みに何かを勘づいた人間に見せるために、わざわざあの気味の悪い蠅の標本まで作った。

ホーヘフェーンは確かに、私にもタンジェの親友にも充分な報酬を支払ったがね。私はダイヤモンドには目がなかったので、現金ではなく、研磨した後のダイヤモンドを幾つか受け取っていた。いつも襟元に身に着けているこのピンは、その中でも最高のものだ。私は自分に残った視力は、ただただダイヤモンドのためだけにあるとさえ思っている。この美しさを見ることのできる間は、どんなことをしてでも生きて行くし、そのためなら何でもするつもりだった。

私はダイヤモンドがどこから来るのかは知らなかった。最初は、ですがね。だがほどなくして、それはアフリカで見つかったものだと察しましたよ。ホーヘフェーンはそれについて何も私には話さなかった。だが、そうです、私にとっては、自分の手に入るかどうかだけが関心の的でした。それがどういう経路で、どういう手段でもたらされているのかはどうでもよかったのです。下手にそれを追及することで自分がこの枠から外されることのほうが恐ろしかった。私はただ黙って自分の役割をまっとうし、幾つもの石を受け取った。もちろん今、慈善病院の浸水から避難してきた私は、懐にすべての財産を入れていますよ。ダイヤモンドはことがあればすべて持って逃げられるところがいい。

私がどれほどダイヤモンドを愛しているか、語り尽すことはできないでしょう。そんなことをしようとも思わない。この方法で持ち込まれるダイヤモンドはどれも数カラットの大きさがあり、どれも大変素晴らしい品質だった。だがある時、タンジェから大変な知らせが届いた。原石で百カラットに達するかもしれない石が見つかったというものだった。現地の神官たちはこれを神聖視し、『闇の左目』と呼んでいるという、持ち出すことさえ大変なものであるらしい。

私とホーヘフェーンは頭を悩ませた。さすがにその大きさの石を人間の身体に埋め込むのも取り出すのも難しい。腕や腿（もも）ではなく柔らかい腹になら埋め込めるだろうが、処置は命に関わる水準にもなりかねない。だが、我が親友の技量ならば埋め込みは可能だと私は信じた。そして私にも、それを取り出すことはできると思ったのだ。

私はある計画を立てた。タンジェの親友に指示し、面倒なヨーロッパ人の船員ではなく、奴隷狩りから救出したアフリカ人の青年を使うことにした。彼を奴隷狩りや部族間の争いのない土地へ連れて行ってやると言って騙したのだ。

その時、我が親友がどのくらい悪辣な手を使ったのか、何らかの強制や脅迫があったのかを私は知らない。何か残酷な面があったとしても、私はそれを知らないのですよ。私は巨大ダイヤモンドを埋め込んだこのアフリカの王子――我々は彼をそう呼んでいた――を殺すつもりはなかった。タンジェでも埋め込みの際に充分養生させたと思っていたし、私も彼をできるだけ傷つけないようにしてやり、事後にはしっかりと静養させて、そして最終的にはタンジェで自由の身にしてやるつもりだったのです。

しかし実際に開いてみると……もう体内で化膿が始まっていた。そして、石を取り出す時に内臓を傷つけてしまった……。出血が止まらず、結局これが致命傷となってしまった。最初からこのダマスカスの剣計画――お分かりだろう、ダマスカスで、鋳造の際に奴隷の腹に刃を突っ込んで冷却されたという刃物の伝説に基づいた命名だ――に及び腰だったホーヘフェーンは、すっかり怯えてしまって、アフリカの王子に麻酔をかけた時点で切開に反対し始めた。私は気持ちが落ち着く薬だとだまして、麻薬で彼を黙らせるしかなかった。私の計算では、ホーヘフェーンが眠っている間に施術を終わらせ、その後数日、翼竜館でアフリカの王子を静養させ、回復したらタンジェへ帰してやるつもりだったのです。

あなた方は、何故わざわざ翼竜館でそれをしたのか疑問に思うかもしれません。何故、病院の敷地内でしなかったのかと。逆に、病院の圏内ではそれはできなかった。当然でしょう。もし養生中なり死ぬかした王子の姿を見られ、専門知識を持った看護人や医者たちに関心を持たれては困るからだ。翼竜館なら、新しく来た召使いが体調を崩したとでも言えば、使用人たちはみな主人の言うことを信じるでしょう。もしも万が一王子が死ぬようなことがあっても、やはり、召使いが急病で死んだということにすればいいのですよ。

王子が死んでしまうことまでは考えに入れていましたよ。しかし、何より誤算だったのは、ホーヘフェーンが取り乱したことでした。彼はすっかり参ってしまっていた。薬が切れて目覚めた時に王子が生きていればともかく、死んでしまった今となっては……ホーヘフェーンが自ら秘密を明かしてしまうようなことも考えられた。私は王子の遺体だけではなく、ホーヘフェーンも始末しなければならなくなった。そこでペストという罠（わな）を考えたのです。

そもそも王子の顔を見られないためにペスト医師という設定を考えついたのは、これとはまったく別件でトゥルプ博士から世話を頼まれたアニェージ医師の件がヒントになった。ペスト、そうペストだ。王子の肌の色を利用して、これはペスト死の遺体だから包みを解いてはならない、日にちをあけずに素早く埋葬しなければならないということにできる。ホーヘフェーンは致死量まで麻薬を盛って金庫部屋に放置しておけばいずれ死ぬはずですからね。この手で首を絞めるなり刺すなりできなかったのは私の弱みだった。いずれは異臭がするなり金庫部屋が開けられるなりして発覚して謎の死体ということにはなるだろうが、すでに埋葬されたはずのホーヘフェーンと同定されることはないだろうと思ったのですよ。

私はペスト医師を演じた。女中にはわざと口論しているかのような声を聞かせ、黒い手足の病人――実際はもう死者でしたが――を見せた。あらかじめホーヘフェーンから抜き取っておいた指輪を黒い手から抜いて、女中から夫人に届けさせたりもした。女中はその時、私の思惑通りに、その場にはペスト医師だけではなく、明かりの届かないどこかに私もいるはずだと思ったでしょう。

あなた方が聴きたいだろうことは、こういうことでしょう？　これが聴きたかったのでしょう？　そうです。その通りですよ。ペストも、ペスト医師も、呪いも、奇病の虫もなかった。襲撃もなかった。今まで、落ち目のはずの私がいつも宝石を身に着けていることで私に妙な関心を持った者もいたのです。そういう者たちに対して、何か理不尽な災いがあるかのように演出してやると、みな関わり合いを恐れていなくなった。私はティトゥス君にもその予防線を張ったまでです。その剣は……ええ、親方、あなたがおっしゃる通りだ。その痕に私が手を重ねると、ぴったりと合うはずだ。これで全てです。しかし私は警吏の前でも法廷でもこの話はするつもりは無い。何も証拠はないのです。誰も私を罰することはできないでしょう」

　その時、親方が立ちあがり、蠟燭の明かりの中にあるものを差し出した。彼が手にしていたのは、あの謎の水晶球だった。

「ティトゥス、これが何だか分かったか？　彼の義眼だよ。目を失った者の中には、その目が落ちくぼんで見えないようにするためにこういうものを使うことがある。お前がホーヘフェーン氏の書斎でこれを拾ったと言ったな。私が全てはカルコーエン先生の仕組んだことだと気づいたのは、これが何だか分かったからだ。何を隠すためだったのかはその時には分からなかった。が、何かを、絶対に誰にも見つからないよう隠すために、義眼を外してその何かを自分の体内に隠したのだと思った。たった今ナンドのダイヤモンドの話を聞いて、虫の件も、義眼の件も、全てダイヤモンドのためだと分かった。義眼を外した時に落としたのは誤算だっただろう。ティトゥスに返せと迫ったのは、手紙のほうではなく、この義眼だったはずだ。何しろ、物事が全てティトゥスの話した通りであるのなら、先生は手紙がティトゥスの手に渡ったことなど知りはしないからな。

やはりあの手紙は、ホーヘフェーン氏がわざとティトゥスに持たせたのだろうと思う。アフリカの王子の腹を切る計画におびえたホーヘフェーン氏が、どうしたらいいのか分からないまま、何とかして誰かにこのことを知ってもらおうとしたのだと思う。帰宅した後、出張中にたまった私信を整理していると、カルコーエン先生からのあの手紙を見つけ、彼はすっかり怯えてしまったのだろう。憶測にすぎないが、私はそう思う。あの時ティトゥスを自宅に呼びつけたのは、それがあの時点で唯一の可能性だったからだろう。膝のせいか、怯えてしまったからか、出かけるのは無理だったのかもしれない。何とかして、カルコーエン先生に知られても怪しまれない誰かを家に呼んで、思い切って事情を話して警吏を呼んでもらうか何かしたかったのではないだろうか。利用できるのは、あの改変された肖像画の件しか思いつかなかったのかもしれない。

先生、義眼をお返ししよう。『闇の左目』はそこにあるわけだな？」

「その通りだ……。よくお分かりになられましたな、親方。最初は、他の石を持ち歩く時と同じに、普通に懐に持ち歩くつもりだった。しかし、これは特別な石だ。絶対に、何があっても、何としてでも、誰にも存在を知られるわけにはいかない。失う可能性が万に一つあってもいけない。普通の隠し場所であってはいけないのだ。

だが……私が甘かったようだ……これは私には御せるようなものではなかった……夢を見るのですよ。眠れもしないのに。鳥の夢……暗闇の太陽の夢……河や……大陸や……虹の……説明のしようもない夢を……気が狂いそうだ……」

カルコーエンは急に力を失ったように、また椅子にぐったりと腰を下ろした。汗で額に張りついた髪をかき上げ、左目にかけた眼帯を乱暴にむしり取る。右目よりもひどい隈と、少し腫れ上がったように見える瞼が現れた。額に手を当て、顔をしかめる。それまでナンドの後ろに控えていたアフリカ人の女性がそっと進み出て、カルコーエンのすぐそばに屈みこんだ。

「私は洗礼名をレオナといいます。弟と『闇の左目』を探していました。ティーレンスの奥様は何も知りません。あの方はただ、私を身寄りのない可哀想な女だと思って雇って下さっただけ。私は、この霊石と弟がこの街にいるだろうことは感じていました。弟がもう死んだかもしれないことも。『闇の左目』が必ず私を導いてくれると信じていました。そして、『闇の左目』が、『光の右目』を探し出してくれるだろうことも」

カルコーエンは包帯を巻いた左手で目の周りを覆うと、右手をその下に入れた。また顔をしかめ、両手を離すと、左目は落ち窪んで力を失ったように見えた。何かを右手に握っている。レオナは横からそっと両手を差し出した。カルコーエンがその上に投げやりに何かを置いた。

レオナが掌を開くと、その上に見慣れない光が走った。ティトゥスは思わず目を見張った。蠟燭の明かりの中で、それは陽の光の中の鏡とも思えるほどの輝きを放ったのだった。いや違う。何と言ったらいいのだろう。研磨した宝石のような華々しさはなく、煌めくというより、周囲の光を集めて、奥底から再びその光を新たに生み出すような、柔らかさと鋭さを併せ持った輝きだった。レオナのごくわずかな動きで、その光は変化した。大きさは——光るものの大きさは分かりにくいが——一ダイム(二・五センチ)ほどか、もしかしたらそれよりはるかに大きいのかもしれないし、ずっと小さいのかもしれない、ほとんど球体のようでもあり、柔らかい幾つもの角を持つ、研磨していない水晶か何か……いや、あれが手を加えていないダイヤモンドというものなのだろうか。

ティトゥスは我知らずのうちに震えていた。畏怖とも驚嘆ともつかない気持ちが身の内からあふれた。

レオナが手を握るとその光は消えたが、ティトゥスの震えは止まらなかった。

「『光の右目』も返してください」レオナが右手を軽く挙げた。「呼んでいます。二つ揃ってあなた方が持っているのは大変危険です。災いを呼びます。どうか私たちに返してください」

空気をまさぐるようなレオナの仕草を、ティトゥスは陶然と見つめた。どうして彼女がここにいるのか、ティトゥスは知らない。問うようにナンドを見ると、意味を察したのか、彼は聞こえるかどうかという小さな声で、俺も操られたのかもしれないと言った。

レオナは自分の力の及ぶ範囲を探ろうとでもいうように、空気の流れを調べるかのように、あるいはこの世では見えない隙間をまさぐるかのように、指の一本一本をかすかに動かしながら、右手を顔の前に差し出した。

画架を回りこんで親方のすぐそばに近づくと、親方は数歩引いて場所を譲った。レオナは例の箱や手紙を置いた作業台のそばに立つと、『闇の左目』を置き、親方のパレットナイフを手に取った。

レオナは、開け放したままになっている箱の横に置かれた蓋を裏返し、蓋裏にパレットナイフを突き立てた。さして力を入れたようには見えなかったが、乾いた音がして板が割れて飛び散った。

　中から藁屑と布のようなものが現れた。レオナが探ると、何かが手元で光った。それは燭台の光を顔色なからしめる強烈なものだった。裏庭に面した窓から雲間の陽光が射しこんだのだった。ティトゥスがはっとして顔を上げると、もうすでに雨は止んでいた。窓の上部にはいまだに重い雲が覆いかぶさっているが、中庭の向かいの家との間からは、晩夏の夕日らしい強い光線がまっすぐに射抜き、レオナの指先にある何かがそれを受け止めたのだ。

　その場にいたすべての者の視線がそこに注がれた。レオナが取り出したのは、『闇の左目』とほぼ同じ大きさのもう一つの石だった。それはレオナの手の上で、夕日の中でもはっきりと分かるほど、透明な青の色彩を帯びていた。何が起こっているのか分からないまま、ティトゥスはその美しい何かをよく見ようと目を凝らした。二つの四角錐(しかくすい)を底辺で貼り合わせたような形の、直径が一ダイムほどの、ダイヤモンドを見慣れない者の目にも分かる、間違いなくこの上ない逸品だった。レオナが『光の右目』と呼んだのがこれであることは明らかだった。

レオナは、慈しむように『闇の左目』と『光の右目』を両の手に包み込んだ。

「その方は罰する必要はありません」

低く静かな、しかしよく通る声がカルコーエンを刺し貫くように放たれた。

「もうすでに、そのかたは罰せられていますから。ただ、弟だけは丁寧に弔ってあげてください。弟も洗礼を受けていますので、この地で敬意を払って眠らせてあげてください。いずれ数百年の時が経てば、あなた方の全てに大地の力が及ぶでしょう」

それだけ言うと、レオナは身を翻した。ティトゥスには、重い熱気をはらんだ風が舞い起こったように感じられた。彼女のほんのわずかな動作の一つ一つに、全てを圧倒するような大きな力が秘められている。レオナは数歩歩くと、ふいに姿が見えなくなった。いや、ただたんに彼女はみなの間をすり抜けて工房を出て行っただけに過ぎないのだろう。しかしティトゥスにはレオナがその場で消えてしまったように思えたのだった。


「ティトゥス、先生を送ってさしあげろ」

沈黙を破って親方が言った。それは有無を言わさない終了の宣言だった。

ティトゥスは身動きして初めて、自分がいつの間にか拾った生乾きの絵の具だらけのぼろ布を左手で握りしめていたことに気づいた。

カルコーエン医師の手助けをしながら急な階段を下りるのに手間取ったティトゥスは、いったん彼の荷物を工房に置いたままにしていた。それを取りに戻ろうとした時、ナンド・ルッソに語り掛ける親方の言葉を聞いた。その瞬間初めて、ナンドと親方が二人で対峙していることに気づいた。

立ち聞きをするつもりはなかった。が、親方のごく穏やかな言葉には、その場に漫然と踏み込んで邪魔をしてはいけないような静謐（せいひつ）な気迫があり、ティトゥスの足は工房の前で止まってしまったのだった。

「さて、不思議なものを見たついでに、私も少し不思議な話をしよう。理不尽で、信じない者も多いだろう話だ。これはさっきのホーヘフェーン氏の正体には関わらない話だったので、誰にも聞かせる必要はなかった。ただ、ナンド殿、あなたは別だ。あなたはこの話を聞く権利がある。いや、義務があると言ったほうが、もしかしたらいくらいかもしれない」

短い沈黙の後、親方は続けた。

「四七年のことだ、私はある注文を受けた。お大尽の宝石商、ニコラス・ホーヘフェーン氏が相当な報酬で、一人の船乗りをモデルとした肖像画を依頼してきた。世の絵画の注文というものは、軍人や学者の頭部習作（トローニー）や画家自身の自画像、田園の風俗画などは多いものだが、船乗りの絵を求める注文というのはどういうわけか聞いたことがない。私も初めてだった。ホーヘフェーン氏の代理人が連れてきたモデルというのがナンド・ルッソだった。彼はただ報酬のためにこの仕事を引き受けたのだろうと思っていたが、どうやらそうではないようだった。彼は代理人から依頼者の名を聞きだした上でその仕事を引き受けたらしいのだ。

　私は画家としてちゃんと構図を考えていたのだが、彼が台無しにしてくれたよ。彼はどうしてもこれを描きこんで欲しいというものを持ち込み、ポーズにも注文をつけた。構図としては格好のいいものではなかったが、しかし私はそれを容認した。何故なら、彼が依頼者に何かを伝えようとしているのだと理解したからだ。

　ナンド・ルッソは彫りの粗い小箱と水晶の首飾りと、水晶かと思われる大きな石を持って来た。そこに描きこまれているから分かるだろう。そして私に、当代随一の正確なアフリカの地図も用意してくれと要求した。言う通りに、高価な最上級の地図を用意したよ。何しろ費用はホーヘフェーン氏が支払ってくれることになっていたからな。彼は代理人が用意したやや上品ぶった衣装と、私がより南洋的な印象を出すために使った妻の遺品の珊瑚の指輪を身に着け、懐に忍ばせた何かの書類をちらりと見せ、私の鸚鵡を従えた格好で構図に収まった。

仕事の最後の日になると、ナンドは箱に入った首飾りを私に渡した。これを預かってほしい、とな。いつか必ず受け取りに来るから、と。その頃彼はあまり元気そうではなく——もっとはっきりと言うと、何か病みついたような、不吉なものを漂わせていた。結論から言うと、彼はいつまでたってもこれを受け出しには来ず、私はあの不吉さを思わずにはいられなかった。彼は無事なのだろうかとね……

今やっと分かったよ。彼が持っていた大きな石はありふれた水晶などではなかった。彼はそれを持ち歩くより、蓋のドームの下に隠し、事情を知らない私に預けたのだな。あの頃はまだ私も羽振りがよく、まさか破産宣告を受けて財産を競売しなければならなくなるなどと、私だけではなく、誰も想像しなかった。彼も、博物趣味のレンブラント・ファン・レインは一度手元に置いたもの、預かりものを手放すことなど絶対にないと踏んだのだろう。

しかし不幸なことに、後年、中の首飾りは私の財産だと誤解されて競売されてしまった。ただその不幸中の幸いに、箱のほうはがらくた扱いされてまだ子供だったティトゥスの手元に残った。

絵そのものは、描き上がった直後に予定通りホーヘフェーン氏に引き渡された。彼はこの絵をずっと大切にしてきたのだな……。そして彼は、あなたが伝えようとしたことを理解したのだろう。私はキウィリス王の益体(やくたい)もない噂は信じていない、しかし、ナンド・ルッソ殿、私はあなたなら信じる。私は一度描いた人間は間違いなく見分けられる。あなたは彼の息子でもなければ名義を名乗っただけの成りすましの他人でもない。ナンド・ルッソ本人だ」

それから長い長い沈黙が続いた。ティトゥスは不安になり、そっと工房に足を踏み入れた。そこにいたのは親方ただ一人だ。その視線の先には、あの鸚鵡や地図に囲まれた男の肖像画があった。

少し古臭く感じる様式の服に身を包み、今まさに何かを言おうとしている、その声が聞こえるような絵だ。彼が指輪をしていないことも、懐に何か書類のようなものを持っていないことも、ティトゥスは最初から分かっていたような気がする。

彼の指先は、西アフリカのある一点を指差していた。

それが双子の兄弟に伝えようとしていたことだったのだ。

夜遅くに疲れながらも興奮して帰って来たシモンは、災害と工事の現場について大量の情報を仕入れていた。床上まで浸水した家屋は市の中心部の地盤沈下した数軒で済んだらしい。床下がやられた家は多いようだが、それも、夕刻に奇跡のように雨がやんで以降、やはり奇跡のように速やかに水が引いていったらしい。あの雨はいったい何だったのか。嵐やただの長雨ではなく、何か不可思議な力が引き起こした呪いのようなものではないのかと言い出す迷信深い者も、いるにはいたらしい。

それよりも、シモンの関心の中心は、間一髪のところで守られた、アウデ・スハンスの運河だった。火縄銃手組合の広間に広げられた幾つもの見取り図や図面のうち、誰にも見覚えのない真新しい測量図のおかげで、アウデ・スハンスからヨーデンブレーストラートにかけての幾つかの運河に、致命的な弱点があることが分かったのだという。それは市の東側に造成された新興地区の工事のせいでできたものらしい。そこに水の流れが集中し、陸地に向けて決壊する恐れがあった。集中的に土嚢と砂利を積むことによって、シモンの言葉を借りれば、「アムステルダムは水没の危機から救われた」のだという。

シモンのお気に入りは、その見慣れない測量図はフランスのスパイのものだ、という説だった。もっとも、その説の出どころ自体がシモンなのだが。彼は、アムステルダムの弱点を探りに来たルイ十四世の手先が、自分の説教で改心してその測量図を置いていった、と固く信じていた。実際、フィリップ・ドルーシュが誰にもスケッチを見せようとしなかったことも、彼がこの水害の後に工房に無断で帰って来なかったことも事実だ。しかし、スパイとしてあんなに挙動の目立つ自称貴族を送り込んで来たのだとしたら、フランス王の側近は相当浮世離れした連中ばかりということになるが、それもあり得そうなところがフランスらしいと言うべきかもしれない。

一六六二年九月二十四日、ケルン選帝侯兼司教マクシミリアン・ハインリヒは、市庁舎のレンブラント・ファン・レインの絵はもうそこにはなかったと記している。撤去の正確な時期とその理由についての記録はない。この絵の報酬が受けられなかったことでレンブラント工房とファン・レイン家の財政は悪化し、レンブラント親方は旧教会にあった妻サスキアの墓所を売却せざるを得なかった。が、二度目の破産に至らなかった陰に、誰とも知れない友人が置いていった金のおかげがあるということは債権者たちは知らない。もっとも彼らにとって、債権が回収できさえすれば、その出所はどこからでも構わないのだろうが。

しかしそのキウィリス王の壁画に関する地味な醜聞も、ホーヘフェーン家のひっそりとした動きを隠すには充分だった。ホーヘフェーン商会はアムステルダムを引き払ってアントワープに帰ると、商売をやや縮小して家督は子息が継いだらしい。先代は何やら体調を崩したとかで早々と隠居したが、もともと頑強な体質であるらしく、田舎の屋敷で彼と会った者はみな、思ったよりは元気そうだと言うらしい。かつてペストの疑いで早すぎる埋葬をされそうになったらしいという件については、さすがに誰もあからさまに問うことはなかった。慈善でアムステルダムの郊外に他人のための墓地を買ったということに至っては、知る者もいない。

いずれにせよ、ホーヘフェーン家のペストに関する曖昧な噂は、翌年の本物のペストの流行によってあっという間に押し流されてしまった。キウィリス王の一件から一年も経たないうちに、ヘンドリッキエがペストで亡くなった。ティトゥスもそれから何年もしないうちに、まだ二十代半ばで亡くなっている。親方、あなたが何度も親しく描いた人は皆若死にしてしまいますね。奥様もそうでしたね。一人目の愛人もそうでした。いや、やはり何か力を持っている人は恐ろしいですね。そう言えば、カルコーエン先生もヘンドリッキェさんの翌年に亡くなってしまわれましたね。お年もまだ四十ちょっとじゃなかったですかね？　親方、あの方の肖像画も確か描かれてますよね？　何ですって？　肖像画を描いた人間など何百人もいる。そのうちの数人についてだけあれこれ言うのはやめてくれって？　ああ、そうですか。では黙るといたしましょう……

だがそんな嫌味を言う者たちの言葉も、相場の暴落や法外な儲け話、戦争の噂、洪水、名士たちのささやかな醜聞、イングランドの新たな革命騒ぎに埋もれ、街の喧騒にまぎれ、誰にも顧みられることがなくなり、やがてかき消されてしまった。

アフリカで公式に最初のダイヤモンドが発見されたのは、それから二百年後のことだった。

解説

日下三蔵（ミステリ評論家）

高野史緒の筆歴を振り返ってみると、二〇一二年『カラマーゾフの妹』（8月／講談社↓講談社文庫）で第五十八回江戸川乱歩賞受賞、というトピックが、ひときわ目を惹く。一九九五年に前年の第六回日本ファンタジーノベル大賞の最終候補作となった『ムジカ・マキーナ』（7月／新潮社↓ハヤカワ文庫ＪＡ）でデビューして以来、その実力を高く評価されながらなぜか無冠だった著者の初めての文学賞受賞が、一般的には新人賞とされる江戸川乱歩賞！　その作品はドストエフスキー『カラマーゾフの兄弟』の続編で、原典で解決されなかった謎を解き明かす本格ミステリ！　インパクトがあり過ぎる。

「一般的には新人賞とされる」と書いたのは、乱歩賞は純粋な新人賞ではなく、応募資格が「プロ・アマ問わず」であるからだ。別ジャンルで活躍していた長坂秀佳、桐野夏生、藤原伊織、野沢尚らは別としても、第四回の多岐川恭、第八回の佐賀潜、第十一回の西村京太郎、第十三回の海渡英祐、第十五回の森村誠一、第十六回の大谷羊太郎、第十九回の小峰元、第二十三回の藤本泉は乱歩賞受賞以前にミステリの著書を出しているし、第九回の藤村正太、第十二回の斎藤栄、第十八回の和久峻三、第二十回の小林久三、第二十三回の梶龍雄、第二十四回の栗本薫らは雑誌に作品を発表していた。

とはいえ、近年では既成作家の受賞は第五十二回の早瀬乱、第五十四回の翔田寛くらいしかなく、ほぼ普通の新人賞として機能していただけに、デビュー十七年の実力派作家の受賞は大きな話題となった。

当時、プロ作家ならば受賞して当然では？　といった意見も散見したが、いくつかの新人賞の選考に関わった立場から言わせてもらえば、それは違う。新人賞に求められるのは可能性、将来性であり、器用にまとまったプロの水準作よりも、型破りなパワーを持った新人の作品の方が、断然有利なのだ。『カラマーゾフの妹』は「プロの水準作」を遥かに超えた乾坤一擲（けんこんいってき）の勝負作と認められたからこそ受賞に至ったのである。

高野史緒がどんな作家であるか、駆け足で確認しておこう。デビュー作『ムジカ・

マキーナ』は架空のヨーロッパを舞台にした幻想的な歴史小説、第二長篇『カント・アンジェリコ』(96年8月/講談社↓講談社文庫)は歌劇をテーマにしたSF冒険小説、第三長篇『架空の王国』(97年10月/中央公論社)はタイトル通り架空の小国を舞台にした国際謀略小説であった。

第四長篇『ヴァスラフ』(98年10月/中央公論社)は、ロシア帝国にコンピュータ・ネットワークが構築されている世界で仮想空間を扱ったSFファンタジー、第五長篇『ウィーン薔薇(ばら)の騎士物語』(00年3月~01年9月/全5巻/中央公論新社C★NOVELSファンタジア)は、十九世紀末のウィーンを舞台にした謀略サスペンスである。

十三世紀暗黒時代を舞台にした連作長篇『アイオーン』(02年10月/早川書房)、古代エジプトを舞台にした『ラー』(04年5月/早川書房)、帝政ロシアが支配する江戸を舞台にした『赤い星』(08年8月/早川書房)と続き、『カラマーゾフの妹』が長篇第九作となる。

量産とはほど遠い執筆ペースであり、それだけにどの作品も読み応えがある。音楽、演劇、絵画といった芸術を扱った作品が多く、ほとんどの作品で、SF、ファンタジー、ミステリ、冒険小説、歴史小説、ホラーの各ジャンルがミックスされている。ジャンル小説においては、読者も作者も特定のジャンルに帰属意識を持ちがちだが、そうしたジャンルの境界を軽々と超えていくところに高野史緒の個性がある。

本書『翼竜館の宝石商人』は、二〇一八年八月に講談社から書下しで刊行された。『カラマーゾフの妹』に続く第十長篇である。歴史小説と本格ミステリの成分が多めだが、もちろんそれだけではない。

舞台となるのは一六六二年のアムステルダム。現在はオランダの首都として知られる運河の街だが、当時はオランダの前身ネーデルラント連邦共和国の貿易都市である。この街に工房を構えるレンブラントは、既に代表作の「夜警」を発表して人気画家となっていたが、一方で浪費癖が甚だしく、工房の経営は苦しかった。

プロローグでは、この街に広がる噂話が紹介される。市庁舎にローマ時代の英雄キウィリス王の幽霊が出るというのだ。しかも、それはレンブラントの描いた肖像画から抜け出したものだという。かつて富と名声を手にしながら、現在は没落した老大家は、世間の噂には取り合わず、絵を描き続けていた。

過去の記憶を失った商人のナンド・ルッソは、市庁舎で絵描きと思しき青年と出会う。彼、ティトゥスはレンブラントの息子であり、自身も画家でありながら、苦しい工房の経営に当たるマネージャーの役割を果たしていた。

ナンドの指輪がティトゥスの実母の形見だったという奇縁から彼の家に招かれたナンドは、ホーヘフェーン商会の使いが、どうしてもレンブラントに来て欲しいと要請する場面に遭遇し、ティトゥスと共に商会に向かうことになる。

翼の生えた蜥蜴の飾りのために翼竜館と呼ばれる宝石商の屋敷に招かれたティトゥスだったが、続いて外科医のカルコーエン博士が到着すると、碌に話もしないうちに追い出されてしまう。

翌朝、翼竜館から棺が運び出され、葬儀すら行わずに埋葬された。その周章てぶりと、遺体の手を見た者が真っ黒だったと証言したことから、ホーヘフェーンは黒死病――つまりペストで死んだのではないか、という噂が広がった。

運河に水の淀んだこの街でペストが流行したら大変なことになる。折悪しく雨で水が溢れたりしたら命取りだ。

さらに翌日、施錠された翼竜館の金庫部屋の中で瀕死の男が発見される。男はホーヘフェーンとそっくりであった。この男は何者か？　宝石商は本当にペストで死んだのだろうか？

ここまでで全体の三分の一だが、まだまだ奇妙な事件、不可能としか思えない状況が次々と発生する。ホントにちゃんと解決するのか心配になるほどだが、終盤になって意外な探偵役が登場し、それまでに張られた伏線を綺麗に回収するのだから驚く。

大量の謎で構成された作品だが、作者は「前代未聞のトリック」に挑んだりはせず、あくまで物語としての面白さを優先している。ひとつひとつの謎はオーソドックスなパターンの組み合わせで、例えばホーヘフェーンには双子の兄弟がいる。なんだ、じゃあ簡単じゃないか、と思う読者は、もう作者の術中に嵌(は)まっている。本書では、すべての謎が真相から目をそらすための目眩(めくら)ましとして配置されているのである。最後まで読み終わった読者は改めてプロローグの噂話を思い出し、作者の構成力に舌を巻くことになるだろう。


本書の後には、オーケストラを舞台にヴァイオリンの消失事件を扱った音楽ミステリ『大天使はミモザの香り』(09年11月/講談社)が出ている。他に(いまのところ)唯一の短篇集『ヴェネツィアの恋人』(13年2月/河出書房新社)があるが、旧作の大半が文庫化すらされていないのは不思議でならない。

本書の文庫化を機に、精緻(せいち)な工芸品のように巧みで美しい高野史緒の作品群が、多くの読者の注目を集めることを願ってやまない。

本書は二〇一八年八月、小社より単行本として刊行されました。

|著者| 高野史緒　1966年茨城県生まれ。茨城大学卒業。お茶の水女子大学人文科学研究科修士課程修了。1995年、第6回日本ファンタジーノベル大賞最終候補『ムジカ・マキーナ』でデビュー。2012年『カラマーゾフの妹』で第58回江戸川乱歩賞を受賞。著書に『ヴェネツィアの恋人』、『デッド・オア・アライヴ』(江戸川乱歩賞作家アンソロジー)、『大天使はミモザの香り』などがある。

よくりゅうかん　ほうせきしょうにん
翼竜館の宝石商人

たかのふみお
高野史緒

講談社文庫

定価はカバーに
表示してあります

2020年10月15日第1刷発行

発行者——渡瀬昌彦
発行所——株式会社　講談社
東京都文京区音羽2-12-21　〒112-8001
電話　出版　(03) 5395-3510
　　　販売　(03) 5395-5817
　　　業務　(03) 5395-3615

Printed in Japan

デザイン—菊地信義
本文データ制作—講談社デジタル製作
印刷———豊国印刷株式会社
製本———株式会社国宝社

ISBN978-4-06-520698-0

講談社文庫刊行の辞

二十一世紀の到来を目睫に望みながら、われわれはいま、人類史上かつて例を見ない巨大な転換期をむかえようとしている。

世界も、日本も、激動の予兆に対する期待とおののきを内に蔵して、未知の時代に歩み入ろうとしている。このときにあたり、創業の人野間清治の「ナショナル・エデュケイター」への志を現代に甦らせようと意図して、われわれはここに古今の文芸作品はいうまでもなく、ひろく人文・社会・自然の諸科学から東西の名著を網羅する、新しい綜合文庫の発刊を決意した。

激動の転換期はまた断絶の時代である。われわれは戦後二十五年間の出版文化のありかたへの深い反省をこめて、この断絶の時代にあえて人間的な持続を求めようとする。いたずらに浮薄な商業主義のあだ花を追い求めることなく、長期にわたって良書に生命をあたえようとつとめるところにしか、今後の出版文化の真の繁栄はあり得ないと信じるからである。

同時にわれわれはこの綜合文庫の刊行を通じて、人文・社会・自然の諸科学が、結局人間の学にほかならないことを立証しようと願っている。かつて知識とは、「汝自身を知る」ことにつきていた。現代社会の瑣末な情報の氾濫のなかから、力強い知識の源泉を掘り起し、技術文明のただなかに、生きた人間の姿を復活させること。それこそわれわれの切なる希求である。

われわれは権威に盲従せず、俗流に媚びることなく、渾然一体となって日本の「草の根」をかたちづくる若く新しい世代の人々に、心をこめてこの新しい綜合文庫をおくり届けたい。それは知識の泉であるとともに感受性のふるさとであり、もっとも有機的に組織され、社会に開かれた万人のための大学をめざしている。大方の支援と協力を衷心より切望してやまない。

一九七一年七月

野間省一

講談社文庫 最新刊

講談社文芸文庫 

田岡嶺雲
数奇伝
著作のほとんどが発禁となったことで知られる叛骨の思想家が死を前にして語る生い立ちは、まさに「数奇」の一語。生誕一五〇年に送る近代日本人の自叙伝中の白眉。
解説・年譜・著書目録＝西田　勝
978-4-06-521452-7
たＡＭ１

中村武羅夫
現代文士廿八人
かつて文士にアポなし突撃訪問を敢行した若者がいた。好悪まる出しの人物評は大人気。花袋、独歩、漱石、藤村……。作家の素顔をいまに伝える探訪記の傑作。
解説＝齋藤秀昭
978-4-06-511864-1
なＵ１

講談社文庫 目録

高野和明 13階段
高野和明 グレイヴディッガー
高野和明 K・Nの悲劇
高野和明 6時間後に君は死ぬ
高里椎奈 星空を願った狼の〈薬屋探偵怪奇談〉
高里椎奈 雰囲気探偵 鬼鶫航(きのつぐみわたる)
大道珠貴 ショッキングピンク
高橋和 女流棋士
高木徹 ドキュメント 戦争広告代理店〈情報操作とボスニア紛争〉
たつみや章 ぼくの・稲荷山戦記
たつみや章 夜の神話
武田葉月 横綱
高嶋哲夫 メルトダウン
高嶋哲夫 命の遺伝子
高嶋哲夫 首都感染
高野秀行 西南シルクロードは密林に消える
高野秀行 怪獣記
高野秀行 アジア未知動物紀行 ベトナム・奄美・アフガニスタン
高野秀行 イスラム飲酒紀行

高野秀行 移民の宴〈日本に移り住んだ外国人の不思議な食生活〉
高野秀行 角幡唯介 地図のない場所で眠りたい
田牧大和 花合せ〈濱次お役者双六〉
田牧大和 質草破り〈濱次お役者双六 二ます目〉
田牧大和 翔ぶ梅〈濱次お役者双六 三ます目〉
田牧大和 半可心中〈濱次お役者双六〉
田牧大和 長屋狂言〈濱次お役者双六〉
田牧大和 錠前破り、銀太
田牧大和 錠前破り、銀太 紅蜆(べにしじみ)
田牧大和 錠前破り、銀太 首魁(しゅかい)
田丸公美子 シモネッタのどこまでいっても男と女
竹内明 秘匿捜査〈警視庁公安部スパイハンターの真実〉
高殿円 メサイア〈警備局特別公安五係〉
高野史緒 カラマーゾフの妹
瀧本哲史 僕は君たちに武器を配りたい〈エッセンシャル版〉
竹吉優輔 襲名犯
竹吉優輔 レミングスの夏
高田大介 図書館の魔女 第一巻 第二巻
高田大介 図書館の魔女 第三巻 第四巻

高田大介 図書館の魔女 烏の伝言(からすのつてこと) (上)(下)
大門剛明 反撃のスイッチ
大門剛明 完全無罪
大門剛明 死刑評決〈「完全無罪」シリーズ〉
橘もも OVER DRIVE(オーバードライブ)
橘もも 著 沖田×華 原作 安達奈緒子 脚本 小説 透明なゆりかご (上)(下)
滝口悠生 愛と人生
高山文彦 ふたり〈皇后美智子と石牟礼道子〉
瀧羽麻子 サンティアゴの東 渋谷の西
高橋弘希 日曜日の人々(サンデー・ピープル)
陳舜臣 中国五千年 (上)(下)
陳舜臣 中国の歴史 全七冊
陳舜臣 小説十八史略 全六冊
陳舜臣 新装版 阿片戦争 全四冊
陳舜臣 琉球の風〈レジェンド歴史時代小説〉(上)(下)
千早茜 森の家
千野隆司 大店の暖簾(のれん)〈下り酒一番〉
千野隆司 分家の始末〈下り酒一番(二)〉
千野隆司 献上の祝酒〈下り酒一番(三)〉

講談社文庫　目録

講談社文庫 目録

堂場瞬一　埋れた牙
堂場瞬一　Killers（上）（下）
堂場瞬一　虹のふもと
土橋章宏　超高速！参勤交代
土橋章宏　超高速！参勤交代 リターンズ
戸谷洋志　Jポップで考える哲学〈自分を問い直すための15曲〉
富樫倫太郎　信長の二十四時間
富樫倫太郎　風の如く 吉田松陰篇
富樫倫太郎　風の如く 久坂玄瑞（くさかげんずい）篇
富樫倫太郎　風の如く 高杉晋作篇
富樫倫太郎　スカーフェイス〈警視庁特別捜査第三係・淵神律子〉
富樫倫太郎　スカーフェイスII デッドリミット〈警視庁特別捜査第三係・淵神律子〉
富樫倫太郎　スカーフェイスIII ブラッドライン〈警視庁特別捜査第三係・淵神律子〉
豊田　巧　警視庁鉄道捜査班〈鉄血の警視〉
豊田　巧　警視庁鉄道捜査班〈鉄路の牢獄〉
夏樹静子　新装版 二人の夫をもつ女
中井英夫　新装版 虚無への供物（上）（下）
中島らも　今夜、すべてのバーで
中島らも　僕にはわからない

鳴海　章　フェイスブレイカー
鳴海　章　謀略航路
鳴海　章　全能兵器AiCO（アイコ）
中嶋博行　ホカベン ボクたちの正義
中嶋博行　新装版 検察捜査
中嶋博行　新検察捜査
中村天風　運命を拓く〈天風瞑想録〉
中山康樹　ジョン・レノンから始まるロック名盤
梨屋アリエ　でりばりぃAge
梨屋アリエ　ピアニッシシモ
中島京子　FUTON
中島京子　妻が椎茸だったころ
中島京子ほか　黒い結婚 白い結婚
奈須きのこ　空の境界（上）（中）（下）
中村彰彦　乱世の名将 治世の名臣
長野まゆみ　簞笥のなか
長野まゆみ　レモンタルト
長野まゆみ　チマチマ記
長野まゆみ　冥途あり

長野まゆみ　45°〈ここだけの話〉
長嶋　有　夕子ちゃんの近道
長嶋　有　佐渡の三人
永嶋恵美　擬態
永井　均／内田かずひろ 絵　子どものための哲学対話
なかにし礼　戦場のニーナ
なかにし礼　生きる力〈心でがんに克つ〉
なかにし礼　夜の歌（上）（下）
中村文則　最後の命
中村文則　悪と仮面のルール
編／解説 中田整一　真珠湾攻撃総隊長の回想〈淵田美津雄自叙伝〉
中村江里子　女四世代、ひとつ屋根の下
中野美代子　カスティリオーネの庭
中野孝次　すらすら読める方丈記
中野孝次　すらすら読める徒然草
中山七里　贖罪の奏鳴曲（ソナタ）
中山七里　追憶の夜想曲（ノクターン）
中山七里　恩讐の鎮魂曲（レクイエム）
中山七里　悪徳の輪舞曲（ロンド）

長島有里枝 背中の記憶
長浦 京 赤刃
長浦 京 リボルバー・リリー
中澤日菜子 お父さんと伊藤さん
中澤日菜子 おまめごとの島
長辻象平 半百の白刃 虎徹と鬼姫(上)(下)
中脇初枝 世界の果てのこどもたち
中脇初枝 神の島のこどもたち
中村ふみ 天空の翼 地上の星
中村ふみ 砂の城 風の姫
中村ふみ 月の都 海の果て
中村ふみ 雪の王 光の剣
中村ふみ 永遠の旅人 天地の理
夏原エヰジ Cocoon 〈修羅の目覚め〉
西村京太郎 七人の証人
西村京太郎 華麗なる誘拐
西村京太郎 寝台特急「日本海」殺人事件
西村京太郎 十津川警部 帰郷・会津若松
西村京太郎 特急「あずさ」殺人事件
西村京太郎 十津川警部の怒り
西村京太郎 宗谷本線殺人事件
西村京太郎 奥能登に吹く殺意の風
西村京太郎 特急「北斗1号」殺人事件
西村京太郎 十津川警部 湖北の幻想
西村京太郎 九州特急「ソニックにちりん」殺人事件
西村京太郎 十津川警部 幻想の信州上田
西村京太郎 十津川警部 金沢・絢爛たる殺人
西村京太郎 東京・松島殺人ルート
西村京太郎 新装版 殺しの双曲線
西村京太郎 愛の伝説・釧路湿原
西村京太郎 山形新幹線「つばさ」殺人事件
西村京太郎 新装版 名探偵に乾杯
西村京太郎 十津川警部 君は、あのSLを見たか
西村京太郎 南伊豆殺人事件
西村京太郎 十津川警部 青い国から来た殺人者
西村京太郎 十津川警部 箱根バイパスの罠
西村京太郎 新装版 天使の傷痕
西村京太郎 新装版 D機関情報
西村京太郎 十津川警部 猫と死体はタンゴ鉄道に乗って
西村京太郎 韓国新幹線を追え
西村京太郎 北リアス線の天使
西村京太郎 十津川警部 長野新幹線の奇妙な犯罪
西村京太郎 上野駅殺人事件
西村京太郎 京都駅殺人事件
西村京太郎 沖縄から愛をこめて
西村京太郎 十津川警部「幻覚」
西村京太郎 函館駅殺人事件
西村京太郎 内房線の猫たち 〈異説里見八犬伝〉
西村京太郎 東京駅殺人事件
西村京太郎 長崎駅殺人事件
西村京太郎 十津川警部 愛と絶望の台湾新幹線
西村京太郎 西鹿児島駅殺人事件
西村京太郎 札幌駅殺人事件
仁木悦子 猫は知っていた
新田次郎 新装版 武田勝頼 (一)陽の巻 (二)水の巻 (三)空の巻
新田次郎 新装版 聖職の碑
新田次郎 新装版 風の遺産

新田次郎 新装版 鷲ヶ峰物語
日本文芸家協会編 愛染夢灯籠〈時代小説傑作選〉
日本推理作家協会編 犯人たちの部屋〈ミステリー傑作選〉
日本推理作家協会編 隠された鍵〈ミステリー傑作選〉
日本推理作家協会編 Play 推理遊戯〈ミステリー傑作選〉
日本推理作家協会編 Doubt きりのない疑惑〈ミステリー傑作選〉
日本推理作家協会編 Bluff 騙し合いの夜〈ミステリー傑作選〉
日本推理作家協会編 Symphony 漆黒の交響曲〈ミステリー傑作選〉
日本推理作家協会編 Esprit 機知と企みの競演〈ミステリー傑作選〉
日本推理作家協会編 Life 人生、すなわち謎〈ミステリー傑作選〉
日本推理作家協会編 Love 恋、すなわち罠〈ミステリー傑作選〉
日本推理作家協会編 Propose 告白は突然に〈ミステリー傑作選〉
日本推理作家協会編 Acrobatic 物語の曲芸師たち〈ミステリー傑作選〉
日本推理作家協会編 謎 0 1 0〈大沢在昌選 スペシャル・ブレンド・ミステリー〉
日本推理作家協会編 ベスト8ミステリーズ2015
日本推理作家協会編 ベスト6ミステリーズ2016
二階堂黎人 ラン迷宮〈二階堂蘭子探偵集〉
二階堂黎人 増加博士の事件簿
新美敬子 猫のハローワーク

西澤保彦 新装版 七回死んだ男
西澤保彦 人格転移の殺人
西澤保彦 麦酒の家の冒険
西澤保彦 新装版 瞬間移動死体
西村健 ビンゴ
西村健 地の底のヤマ(上)(下)
西村健 光陰の刃(上)(下)
楡周平 青狼記(上)(下)
楡周平 陪審法廷
楡周平 宿命(上)(下)〈ワンス・アポン・ア・タイム・イン・東京〉
楡周平 血戦〈ワンス・アポン・ア・タイム・イン・東京2〉
楡周平 修羅の宴(上)(下)
楡周平 レイク・クローバー(上)(下)
西尾維新 クビキリサイクル〈青色サヴァンと戯言遣い〉
西尾維新 クビシメロマンチスト〈人間失格・零崎人識〉
西尾維新 クビツリハイスクール〈戯言遣いの弟子〉
西尾維新 サイコロジカル(上)〈兎吊木垓輔の戯言殺し〉(下)〈曳かれ者の小唄〉
西尾維新 ヒトクイマジカル〈殺戮奇術の匂宮兄妹〉
西尾維新 ネコソギラジカル(上)〈十三階段〉

西尾維新 ネコソギラジカル(中)〈赤き征裁vs.橙なる種〉
西尾維新 ネコソギラジカル(下)〈青色サヴァンと戯言遣い〉
西尾維新 ダブルダウン勘繰郎 トリプルプレイ助悪郎
西尾維新 零崎双識の人間試験
西尾維新 零崎軋識の人間ノック
西尾維新 零崎曲識の人間人間
西尾維新 零崎人識の人間関係 匂宮出夢との関係
西尾維新 零崎人識の人間関係 無桐伊織との関係
西尾維新 零崎人識の人間関係 零崎双識との関係
西尾維新 零崎人識の人間関係 戯言遣いとの関係
西尾維新 xxxHOLiC アナザーホリック ランドルト環エアロゾル
西尾維新 難民探偵
西尾維新 少女不十分
西尾維新 本題〈西尾維新対談集〉
西尾維新 掟上今日子の備忘録
西尾維新 掟上今日子の推薦文
西尾維新 掟上今日子の挑戦状
西尾維新 掟上今日子の遺言書
西尾維新 掟上今日子の退職願

講談社文庫 目録

はやみねかおる そして五人がいなくなる〈名探偵夢水清志郎事件ノート〉
はやみねかおる 都会のトム&ソーヤ(1)
はやみねかおる 都会のトム&ソーヤ(3)〈いつになったら作戦終了？〉
はやみねかおる 都会のトム&ソーヤ(4)〈四重奏〉
はやみねかおる 都会のトム&ソーヤ(5)〈IN塀戸〉(上)(下)
はやみねかおる 都会のトム&ソーヤ(6)〈ぼくの家へおいで〉
はやみねかおる 都会のトム&ソーヤ(7)《怪人は夢に舞う〈理論編〉》
はやみねかおる 都会のトム&ソーヤ(8)《怪人は夢に舞う〈実践編〉》
はやみねかおる 都会のトム&ソーヤ(9)〈前夜祭 内人side〉
はやみねかおる 都会のトム&ソーヤ(10)〈前夜祭 創也side〉
勇嶺 薫 赤い夢の迷宮
服部真澄 クラウド・ナイン
初野 晴 向こう側の遊園
原 武史 滝山コミューン一九七四
濱 嘉之 警視庁情報官〈シークレット・オフィサー〉
濱 嘉之 警視庁情報官 ハニートラップ
濱 嘉之 警視庁情報官 トリックスター
濱 嘉之 警視庁情報官 ブラックドナー
濱 嘉之 警視庁情報官 サイバージハード
濱 嘉之 警視庁情報官 ゴーストマネー
濱 嘉之 警視庁情報官 ノースブリザード
濱 嘉之 鬼手〈世田谷駐在刑事・小林健〉
濱 嘉之 電子の標的〈警視庁特別捜査官・藤江康央〉
濱 嘉之 列島融解
濱 嘉之 オメガ 警察庁諜報課
濱 嘉之 オメガ 対中工作
濱 嘉之 ヒトイチ 警視庁人事一課監察係
濱 嘉之 ヒトイチ 画像解析〈警視庁人事一課監察係〉
濱 嘉之 ヒトイチ 内部告発〈警視庁人事一課監察係〉
濱 嘉之 カルマ真仙教事件(上)(中)(下)
濱 嘉之 新装版 院内刑事
濱 嘉之 新装版 院内刑事〈ブラック・メディスン〉
濱 嘉之 院内刑事〈フェイク・レセプト〉
馳 星周 ラフ・アンド・タフ
早見 俊 上方与力江戸暦
畠中 恵 アイスクリン強し
畠中 恵 若様組まいる
畠中 恵 若様とロマン
葉室 麟 風渡る
葉室 麟 風の軍師〈黒田官兵衛〉
葉室 麟 星火瞬く
葉室 麟 陽炎の門
葉室 麟 紫匂う
葉室 麟 山月庵茶会記
葉室 麟 津軽双花
長谷川 卓 嶽神〈上・白銀渡り〉〈下・湖底の黄金〉
長谷川 卓 嶽神伝 無坂(上)(下)
長谷川 卓 嶽神伝 孤猿(上)(下)
長谷川 卓 嶽神伝 鬼哭(上)(下)
長谷川 卓 嶽神列伝 逆渡り
長谷川 卓 嶽神伝 血路
長谷川 卓 嶽神伝 死地
長谷川 卓 嶽神伝 風花(上)(下)
幡 大介 股旅探偵 上州呪い村
原田マハ 夏を喪くす
原田マハ 風のマジム
原田マハ あなたは、誰かの大切な人

講談社文庫　目録

藤沢周平　新装版 決闘の辻
藤沢周平　新装版 雪明かり
藤沢周平　義民が駆ける〈レジェンド歴史時代小説〉
藤沢周平　喜多川歌麿女絵草紙
藤沢周平　闇の梯子
藤沢周平　長門守の陰謀
船戸与一　新装版 カルナヴァル戦記
藤田宜永　樹下の想い
藤田宜永　流砂
藤田宜永　女系の総督
藤田宜永　血の弔旗
藤田宜永　大雪物語
藤 水名子　紅嵐記(上)(中)(下)
藤原伊織　テロリストのパラソル
藤田紘一郎　笑うカイチュウ
藤本ひとみ　新・三銃士 少年編・青年編〈ダルタニャンとミラディ〉
藤本ひとみ　皇妃エリザベート
福井晴敏　亡国のイージス(上)(下)
福井晴敏　川の深さは

福井晴敏　終戦のローレライ I～IV
福井晴敏　平成関東大震災〈いつか来るとは知っていたが今日来るとは思わなかった〉
藤原緋沙子　遠花火〈見届け人秋月伊織事件帖〉
藤原緋沙子　春疾風〈見届け人秋月伊織事件帖〉
藤原緋沙子　暖鳥〈見届け人秋月伊織事件帖〉
藤原緋沙子　霧の路〈見届け人秋月伊織事件帖〉
藤原緋沙子　鳴子守〈見届け人秋月伊織事件帖〉
藤原緋沙子　夏ほたる〈見届け人秋月伊織事件帖〉
藤原緋沙子　笛吹川〈見届け人秋月伊織事件帖〉
藤原緋沙子　青嵐〈見届け人秋月伊織事件帖〉
椹野道流　亡羊の嘆〈鬼籍通覧〉
椹野道流　新装版 暁天の星〈鬼籍通覧〉
椹野道流　新装版 無明の闇〈鬼籍通覧〉
椹野道流　新装版 壺中の天〈鬼籍通覧〉
椹野道流　新装版 隻手の声〈鬼籍通覧〉
椹野道流　新装版 禅定の弓〈鬼籍通覧〉
椹野道流　池魚の殃〈鬼籍通覧〉
椹野道流　南柯の夢〈鬼籍通覧〉
深水黎一郎　世界で一つだけの殺し方

深水黎一郎　ミステリー・アリーナ
深水黎一郎　倒叙の四季〈破られた完全犯罪〉
藤谷 治　花や今宵の
深町秋生　ダウン・バイ・ロー
古市憲寿　働き方は「自分」で決める
船瀬俊介　〈万病が治る！ 20歳若返る！〉かんたん「1日1食」!!
二上 剛　黒薔薇 刑事課強行犯係 神木恭子
二上 剛　ダーク・リバー〈暴力犯係長 葛城みずき〉
藤野可織　おはなしして子ちゃん
古野まほろ　身元不明〈特殊殺人対策官 箱崎ひかり〉
古野まほろ　陰陽少女
古野まほろ　禁じられたジュリエット
藤崎 翔　時間を止めてみたんだが
藤井邦夫　大江戸閻魔帳
藤井邦夫　三つの顔〈大江戸閻魔帳(二)〉
藤井邦夫　渡世人〈大江戸閻魔帳(三)〉
藤井邦夫　笑う女〈大江戸閻魔帳(四)〉
福澤徹三・糸柳寿昭　忌み地〈怪談社奇聞録〉
福澤徹三・糸柳寿昭　忌み地 弐〈怪談社奇聞録〉

講談社文庫　目録

2020年9月15日現在